MEMORY AND TRADITION IN
JEWISH AMERICAN LITERATURE AND MOVIES

ユダヤの記憶と伝統

編
広瀬佳司
伊達雅彦

彩流社

ユダヤの「記憶と伝統」

エリ・ヴィーゼル（一九二八–二〇一六）が主張するように、ユダヤの「記憶（する）」とは、迫害と追放の歴史を伝えるユダヤ人が果たすべき責務なのかもしれない。ヴィーゼルが『夜』（一九五六）、そして『忘却』（一九九二）や晩年の作品『ソンダーバーグ事件』（二〇一〇）で訴えるように、ホロコーストというナチス・ドイツによるユダヤ人大量虐殺の歴史が、伝えるべき記憶として最初に想起される。しかし、ユダヤの「伝統」とは当然のことながら、迫害の歴史を超えて、ヘブライ語聖書（旧約聖書）時代から連綿と続くユダヤ人特有の豊饒な精神史である。

ユダヤ系の欧米作家の描き出す世界が、ユダヤ教という宗教の歴史やその精神史と深く関わることは明白であろう。言い換えれば、聖書の創造的で文学的でもある「雅歌」のような恋愛詩は、万葉集の「相聞歌」を想起させるが、万葉集が日本民族の心のふるさととも言われるように、聖書の世界はユダヤ系作家たちの精神的土壌となっている。

また、迫害の歴史もユダヤ教のメシア思想と結びつき「人造人間ゴーレム伝説」（原語の発音はゴレムまたはゴイレム）が生まれ、そこから現代ユダヤ系作家による「救世主スーパーマン」「スパイダーマン」というスーパーヒーロー像へと繋がってきた。

ゴーレム伝承とは逆に、ユダヤ人に憑依するディブックという悪霊もユダヤ民話にはよく出てくる。イディッシュ語作家シュロイメ・アンスキー（一八六三－一九二〇）が描いた『ディブック』（一九一六）は映画にもなり有名である。悪霊に取りつかれたユダヤ人は不思議な力を持つツァディックの力を借りる。超正統派のハシド派の人々が半神半人的な存在と信じる指導者こそがツァディックである。こうした神秘思想も、色々な形でユダヤ系のアメリカ文学に散見できる。ツァディックは、神と直接的な会話をすると信じられる絶対的な存在でもある。

「モーセ五書」や「ヨナ書」、「ヨブ記」のように神と対話する人間のダイナミズムもユダヤ精神史の豊饒さの源になっている。こうした伝統に依拠する精神史がユダヤ系文学に深みと陰影のあるユーモア精神をもたらしていることは事実であろう。一つの例が、ユダヤ系文学や映画に現れるシュレミール（馬鹿・まぬけ）やシュリマゼル（不運な人）などのコミカルな人物像である。

そしてヘブライ語聖書に裏付けられた長い文化伝統は、様々な形で二十世紀、二十一世紀のアメリカ文学を代表するユダヤ系作家にも受け継がれている。バーナード・マラマッド（一九一四－

八六）、ソール・ベロー（一九一五―二〇〇五）、シンシア・オジック（一九二八―）、ハイム・ポトク（一九二九―二〇〇二）、二〇一八年に死去したフィリップ・ロス（一九三三―二〇一八）、スティーヴ・スターン（一九四七―）、パール・エブラハム（一九六〇―）、マイケル・シェイボン（一九六三―）、イディッシュ語作家でありながらアメリカで活躍したヨシュア・シンガー（一八九三―一九四四）、アイザック・バシェヴィス・シンガー（一九〇二―九一）、ハイム・グラーデ（一九一〇―八二）など枚挙に暇がない。イディッシュ語詩人ヤコブ・グラッドシュタイン（一八九六―一九七一）も忘れてはならない一人である。

こうした、アメリカ生まれのユダヤ系作家や、東欧・ロシア移民のユダヤ人作家たちは、現代アメリカのユダヤ社会という新たな環境のもとで、ユダヤ民族の豊かな精神伝統という空間を見事に描き出している。文学作品を通じて、連綿と続くユダヤの伝統文化を現在に蘇らせ、そうすることで自分たちの堅固なアイデンティティを確立させている。それは同時に、「ユダヤ人を根絶する」を掲げたナチスの「最終的解決」という狂気に満ちた野望を打ち砕く精神的な勝利でもある。

このように、ユダヤ系の文学は、「記憶」と「伝統」を併せ持つが故に現代のアメリカ社会にあって繁栄を続けることが出来るのであろう。

第一章では、広瀬佳司がイディッシュ語を母語にする東欧出身の二人のノーベル賞作家を扱う。アイザック・バシェヴィス・シンガーとエリ・ヴィーゼルは、東欧のハシド派出身ではあるが、彼らの文学創作理念は極端に対照的だ。二人の世界観の違いが何に由来するのかを考察した。その理念の相違は、ホロコーストの記憶とユダヤの精神伝統という問題が深く関わる。そうした点に注目して、二人の作家の記憶と伝統の意味を明らかにしている。

第二章では、佐川和茂がハリー・ケメルマンのラビ・スモール・シリーズを扱う。このシリーズは、単なる探偵小説ではなく、読者に対して知的な興奮を含んだ推理の楽しみを与えるとともに、戒律に沿って生きるという、ユダヤ教の記憶と伝統に基づいた「古い道」をも示しているのである。ユダヤ教の記憶と伝統が人としての生き方を教え、人生を築かせ、人を不完全な現世の修復に向かわせるのであれば、「古い道」を歩むことには意義がある。

第三章では鈴木久博が、マラマッドの『もうひとつの生活』におけるユダヤ的色彩に注目する。主人公レヴィンは、ユダヤ色が濃い『助手』の主人公フランク同様、イディッシュ民話に頻出する人物像シュリマゼル及びシュレミールであると考えられる。主人公がそのような人物となる行動の背後に潜む、善の実践を重視するユダヤの伝統的精神や、人間の失敗に関するユダヤ教の思想に着目することで、『もうひとつの生活』のユダヤ的側面を指摘する。

第四章では、ソール・ベローは、長い間アメリカに同化したユダヤ系アメリカ人作家として活躍してきたが、『ベラローザ・コネクション』はホロコーストやユダヤの伝統を無視してきたことを償うために書かれた作品であることを、アンドリュー・ゴードンが分析する。作品の主人公である語り手は、ホロコーストの記憶を拒絶し、愛する人との接触を避けることによって、生きながらにして死すという状態であった。しかし、苦しみながらホロコーストを認識することによって、人間的な深みを得ていく。

第五章では、井上亜紗がソール・ベローの『ベラローザ・コネクション』における、伝統と記憶を担う身体の再現を通して記憶することの意味を吟味する。過去を現在に再現するというユダヤの記憶の実践にあたって、身体が覚えていた伝統が力を発揮するプロセスを確認できる。さらに、ホロコーストの余波を生きる人々の身体は、回想録のなかで役者さながらに虚構と現実との境界領域に置かれ、読み手にその記憶を促しつつも把握という名の暴力を阻止する。

第六章ではシンシア・オジックのデビュー作『信頼』（一九六六）における歴史の意味と役割を、芸術との対立関係に着目しながら秋田万里子が考察する。オジックの考える歴史とは、単なる過ぎ去った過去の出来事ではなく、後世の人が正しく判断し、継承していくものである。そしてオジックは、ユダヤの集合的記憶の共有こそがユダヤ人のアイデンティティを構築すると考える。ユダヤ性を意識せずに書き始められた本作は、次第にその主題を歴史の継承問題へと移していくことで、意図せずユダヤ系文学へと変貌を遂げる。

第七章では、マイケル・シェイボンの長編作品に見られるユダヤ性の表象の推移について坂野明子が議論している。長編第二作や第三作で過越祭やゴーレムなどユダヤ教やユダヤの伝説を、シェイボンは作品を牽引するツールとして利用した。二〇〇七年の『イディッシュ警官同盟』では、主人公が、記憶と伝統の堅い枠組みを換骨奪胎し、柔軟で可塑性のあるユダヤ性に到達する姿を描き出しており、ユダヤ遺産の継承の問題に新たな可能性を見出したと言えるだろう。

第八章では山本玲奈が、固有の土地を持たないユダヤ人は、民族としての記憶を世代間で共有することがアイデンティティを構築する重要な過程であり、記憶を次世代に継承する行為が彼らの伝統であると分析する。ジョナサン・サフラン・フォアの『エブリシング・イズ・イルミネイテッド』においては、主人公アレックスが書いた手紙やユダヤ人一族の書物などの「書かれたテクスト」が、封印された悲惨な記憶が子孫に引き継がれていく中で重要な役割を果たしている。

第九章では風早由佳が、実験的な詩の創作に取り組むだけでなく、各国の口承文学の収集、翻訳を精力的に行っているジェローム・ローゼンバーグを取り上げる。ローゼンバーグのアンソロジーの一つ『大いなるユダヤの書』（一九七八）を中心に取り上げ、聖書との形式的な類似性を指摘した。また、ユダヤの伝統を伝え、記憶する術としての詩の意義を探りながら、ディアスポラの民としてのユダヤ人と言葉の中に居場所を見出す詩人との共通点を明らかにした。

第十章では奥畑豊が、戦後イギリスを代表するユダヤ系劇作家ハロルド・ピンターの政治劇を、真実の記憶を語り再現し得たはずの「声」の剥奪という暴力的主題に着目しつつ論じる。作家自身のホロコーストに対する問題意識やユダヤの伝統に対する姿勢を明らかにした上で、ここでは『誕生日パーティー』（一九五七）を原点とするピンター政治劇の展開と、それらの作品が示唆する「アウシュヴィッツ後」の文学やフィクションの可能性についても考察する。

第十一章では、二〇一〇年代の映画を取り上げる。『手紙は憶えている』では「最後の機会」と化したホロコースト加害者に対する妥協なき死の応報に、『帰ってきたヒトラー』では記憶の風化、一九三〇年代と現代ドイツとの類似性並びに歴史の反復可能性に、『否定と肯定』では、「忘却の穴」の上に築かれた捏造の言説が真正の記憶を脅かすポスト・トゥルース的状況に焦点を当て、各映画がホロコースト生存者たちの喪失・不在によって惹起された現在の問題を扱っていることを中村善雄は詳細に分析している。

第十二章では、アメリカ映画の中には様々な形でユダヤ人が表象されているが、やはりユダヤの伝統に沿ったものが多いことを、伊達雅彦が具体的に分析する。例えば、「ユダヤ人＝頭脳明晰」のパブリック・イメージから「科学者」や「医者」あるいは「会計士」のような知的労働に携わる登場人物にユダヤ系の人間が設定されている。また「反ユダヤ主義」や「ジューイッシュ・マザー」、「ユーモア」と言ったユダヤの伝統に根差したキーワードと関連する形の登場人物が散見される。

このように、各執筆者が「ユダヤの記憶と伝統」というテーマに絞り、ユダヤ系の作品を様々な角度から分析している。扱った作品も出来る限り新たなものに挑戦している。ユダヤ系詩人ジェローム・ローゼンバーグやユダヤ系イギリス作家ハロルド・ピンターなど今まであまり論じられなかった作家論も注目に値するだろう。また斬新な映像論も刺激的であろう。有名な作品を扱う場合も、極力新たな視点で論じている。そうすることで、今までにないユダヤ系文学研究の深遠さ、と同時にその楽しみ方を感じ取っていただけるのではないだろうか。

広瀬　佳司

ユダヤの記憶と伝統　目次

第1章　二人のノーベル賞作家が記憶するもの

エリ・ヴィーゼルとアイザック・シンガーの場合

広瀬　佳司

1　はじめに

私は死者たちに記憶を頂いている。そのために、彼らの特使として彼らがどうして消えていったのか、たとえそうすることが苦痛を伴っても、私には語る義務がある。そうしなければ、死者たちを裏切り、自分をも裏切ることになるのだ。死者たちを見つめ、そして書き留めなくてはならない。（Wiesel, *From the kingdom of Memory* 一六）

この『記憶の王国より』からの引用に明らかにされているように、エリ・ヴィーゼル（Elie Wiesel 一九二八－二〇一六）の記憶とはホロコーストという特殊な時空間に束縛されている観がある。それればかりではなく、ホロコーストの歴史を記憶することが将来のホロコーストの発生を抑止する意味があると考えているようだ。

一九四四～四五年にかけての少年時代に、ヴィーゼルはホロコーストを自ら経験した。イディッシュ語で書かれた彼の処女作『そして世界は沈黙を守った』（*Un die Velt hot geshvign* 一九五六、新英訳 *Night* 二〇〇六）によれば、収容所の選別の際に母と幼い妹の姿を目にしたのが二人との最後であったという。また、一九四五年に解放される直前に強制収容所内の極悪な環境下で非力のままに命を落としていく父の姿を目の当たりにした。ユダヤ人としての彼の記憶とは、そうした過酷な状況下で命を落としていった同胞へのレクイエムなのであろう。

ヴィーゼルはハンガリー（現在はルーマニア）のシゲト出身であり、アイザック・バシェヴィス・シンガー（Isaac Bashevis Singer 一九〇二－九一）はポーランドのレオンチンというシュテトル（ユダヤ人町）の生まれである。二人はともに東欧ユダヤ人社会で、イディッシュ語を母語にしてユダヤ超正統派であるハシド主義（ユダヤ敬虔主義、Hassidism）の環境で育った。

そんな二人であるが、文学観は対照的と言えるほど異なる。それを議論の発端にしてイディッシュ文化伝統と記憶について考察してみたい。

2　ヴィーゼルの記憶の意味

ヴィーゼルは、生きている限り「記憶」することを避けることは出来ないと対談の中でも論じている。

記憶の反対は、今日われわれが言うところのアルツハイマー病なのです。私が今までに著した一番悲惨な小説が、アルツハイマー病をテーマにした小説でした。この病を徹底的に研究し、その過程で、アルツハイマー患者やその家族とも会いました。この病気には、逃れるすべがありません。怒りですら創造性を秘めています。それは成長の始まりなのですが、アルツハイマー病、忘却というのは、すべての終末なのです。

だからこそ、記憶を消そうとしてはいけません。たとえそれが苦痛を伴うものであっても、あなたの人生を豊かにするものなのです。結局、記憶がない文化など意味がありません。記憶がなければ人は生きられないし、回想なくして人間は存在することが出来ません。（*Elie Wiesel: Conversations* 一五〇）

「今までに著した一番悲惨な小説」と言及されているのが、一九九二年に出版された小説『忘却』（*The Forgotten*）である。主人公の父親が、アルツハイマー病で第二次大戦直後の出来事を忘れかけている。その状況を描くことでヴィーゼルは、「記憶」することが人間の本質であることを強調している。小説では主人公マルキール・ローゼンバウム（Malkiel Rosenbaum）の父親エルハナン（Elhanan）がアルツハイマー病になり、戦後間もない一九四六年にシオニスト運動の旗手である親友が、亡き元反ユダヤ主義者に復讐するためにその妻を凌辱するのを目撃しながら制止できなかった彼自身の罪の記憶を、すでに半世紀以上も経過しているにも拘わらず息子のマルキールに伝えた。そして、父の望み通り息子が、その罪が犯されたルーマニアへ行き、犠牲になった女性に謝罪する、というのが作品のモチーフになっている。

当然ながら若いマルキールには戦争体験はなく、父の記憶は負の遺産にしか思えなかったが、次第に自分に課せられた記憶の伝承に目覚め、父の依頼を引き受ける。ルーマニアを訪れたマルキールが、今は老婦人となったその女性を探し当て謝罪すると、その謝罪は受け入れられた。それどころか、その老女はエルハナンの誠意に応えマルキールに感謝の口づけをする。

マルキールは最終的に、「私が父に代わって過去の証言者になります。それが、父を死なせない息子の義務なのです」（三〇九）とその決意をルーマニアで彼の前に現れた亡き祖父の霊の前で誓う。ヴィーゼルにとって記憶とは、このようにホロコーストとイスラエル建国までの彼自身のシオニストとしての経験に深く根差している。

時系列で考えれば、作者ヴィーゼルは明らかに主人公ではなく父親のエルハナンの方に近い。つまり、作者自身の負の歴史を息子のマルキールに伝える形式を取っており、それは一見ヴィーセルの自己批判ともとれるが、それと同時にホロコーストという絶体絶命の状況にあったユダヤ人に救いの手を差し伸べず「沈黙を守った」世界への強い批判ともとれよう。

ヴィーゼルは、自身の十五歳時の体験――未曽有のユダヤ人大虐殺ホロコースト――にあくまでも固執する。否それ以上で、「捕らわれている」というべきかもしれない。ホロコーストを通して、死という現実世界が強烈に焼き付けられた結果、灰と煙になった同胞ユダヤ人の記憶が彼から離れることはなかった。彼は、一九九〇年の五月にアウシュヴィッツを再び訪れている。一九九〇年に出版している『記憶の王国より』の一節である。

私が収容所の監視塔や細い通路を見ていると、夢の中の様に、突然多くの人々がひしめき始める。ゾッとするような、名も知れぬ過去の人々が再び私の眼前に現れた。生死を越えた別次元の世界でうごめいている。……だから今まで私は、収容所を再訪するのを拒んでいたのだ。そうした亡霊に会うのが怖かった。(一〇六―七)

そうした悪夢から必死に逃れようとヴィーゼルは、意図的に聖書、タルムード、ハシド主義という学問に目を向けたようだ。(1) そうでなければ恐ろしい悪夢に苛まれ、彼は生きられなかったのかもしれない。自殺したホロコースト生存者の詩人パウル・ツェラン(Paul Celan 一九二〇―七〇)がそうであったように。女流作家のシンシア・オジック(Cynthia Ozick 一九二八―)が短編「ローザ」("Rosa"

一九八三）で描く、収容所で惨殺された亡き娘の霊に憑かれた母親ローザの異常心理にもこの状況が活写されている。

3　シンガーとヴィーゼルの対照的な小説哲学

ホロコースト以前の一九三五年にアメリカへ渡ったシンガーには理解の及ばないのがホロコーストの現実であろう。短編「カフェテリア」（"The Cafeteria" 一九七〇）には、過去の恐怖に怯えながら暮らすホロコースト生存者の若い女性が描かれている。しかし彼は、直接的なホロコーストへの言及を避け、過去という時空を超え、四次元世界という普遍的なテーマに力点を置く。そればかりか、短編の最後は常にユーモアで閉じる読者サービスを忘れない。彼自身がホロコーストを体験していないために、直接的な描写を避けている面もあるが、それ以上にシンガーの関心は、特殊な環境下にある人物の個性を描出することにあった。イディッシュ文学の碩学イッツィク・ゴッテスマン（Itzik Gottesman）がシンガー文学のそうした特徴を端的に指摘している。

シンガー自身よくわかっていることだが、ユダヤ人コミュニティを強調する伝統を共有していない。このために、彼はイディッシュ語世界では批判の対象であった。シンガーは共同体よりもむしろ個人を重んじていた。（Gottesman 一六五）

ヴィーゼルも含め、多くのイディッシュ語作家がシンガーを批判するのはこのためであろう。「古き良きユダヤ人町（シュテトル）が戦前までは存在し、そこに住む人々は深い信仰心に支えられた善良な人々ばかりであった」という前提が多くのイディッシュ語作家の作品世界の前提にある。ヴィーゼルも例外ではない。そのために、『そしてすべての川は海へ』（*All Rivers run to the Sea*）の中でも、厳しくシンガーを批判する。

シンガーはポーランドのユダヤ人たちをセックス狂のように描いている。敬虔なラビもヨム・キプル（贖罪の日）の前夜でも浮気の事しか考えていない。もちろん、それが虚構とは理解しているが、それでも……。（三五一）

つまり、シンガーはイディッシュ文学の不文律を破っているのだ。つまり、ホロコーストの犠牲であったユダヤ人社会は、ヴィーゼルが描くように「宗教的で真摯に生きる貧しい人々に満ちていた」ことを前提にしなくてはいけない、という不文律である。

もう一歩論を進めると、ホロコースト時代にユダヤ人を見殺しにしたポーランド人を否定的に描く傾向がユダヤ系の作家には散見される。これもまた、ユダヤ人作家の暗黙裡の共通理解なのかもしれない。イェジー・コシンスキ（Jerzy Kosiński 一九三三–九一）の『ペインティッド・バード』（*The*

Painted Bird 一九五六）に描かれる冷酷非道なポーランド人の姿はその典型であろう。シンガーはこの点でも他の作家と異なっている。そうした傾向のあるユダヤ系の作家が捉える否定的なポーランド人のイメージとは異なり、非常に勤勉で最後まで正直に生きるポーランド人女性を描いた短編「洗濯女」（"The Washwoman"）などはシンガーが目にした個別のポーランド人である。『ある愛の物語』（*Enemies, A Love Story* 一九六九）の働き者で、自らの命を張って主人公のハーマンを戦時中、自分の家の納屋に匿い、献身的に彼に尽くしたポーランド人女性ヤドヴィーガの姿などがとても印象的だ。ステレオタイプに描かれがちな人物像に反する、シンガー文学の真骨頂であろう。

一方、ヴィーゼルは『記憶の王国』の中で「なぜ私は書くのかと自らに問い掛けて、彼自身の創作目的を明らかにしている。

> なぜ私は創作するのであろう？　犠牲者たちを忘却から救うためである。死者が本当の死を克服するためなのだ。（二一）

すべては、忘却からホロコーストの犠牲者を救い出すためであると述べている。ヴィーゼルの創作目的が極端に限定されていることが窺える。それは、ホロコースト生存者としての彼の宿命なのかもしれない。

この辺が自由奔放なシンガー文学世界と根本的に異なる理由であろう。シンガーも、母親や弟を第二次大戦中に失ったという意味ではヴィーゼルと共通する。しかし、バシェヴィス・シンガーが敬愛していた兄、イスラエル・ヨシュア・シンガー（Israel Joshua Singer 一八九三－一九四四）は一九三三年に『フォワード』（*The Daily Yiddish Forward*）紙のレポーターとしてアメリカへ渡りイディッシュ語作家としてアメリカで活躍していた。現に弟のバシェヴィスをアメリカに呼び寄せたのもこの兄である。またイディッシュ語作家である姉のエスター・クライトマン（Esther Kreitman 一八九一－一九五四）も第一次世界大戦前にロンドンに移住している。シンガーの父ピンホス・シンガー（Pinchos Menachem Singer）はホロコーストの迫害が始まる前に死去している。二人の人生を比較すると、同じ東欧のハシド主義社会で生まれ育ったにも拘わらず、ヴィーゼルとシンガーの「ホロコースト」への思いに乖離があるのは当然かもしれない。

4　二人のイディッシュ語作家のイディッシュ語の象徴性

シンガーがイディッシュ語作家として初めてのノーベル文学賞を一九七八年に受賞し、一九八六年にヴィーゼルがノーベル平和賞に輝く。イディッシュ語とは主に戦前の東欧・ロシアの大部分のユダヤ人が用いていた生活言語であった。戦後は、ホロコーストの結果、その言語の話者が激減するが、アメリカを中心とするハシド主義などの超正統派ユダヤ人社会の生活言語として用いられている。そのアメリカでも、ヴィーゼルがイディッシュ語作家であったことはあまり知られていない。

日本ではイディッシュ語という言語の存在ですらほとんど知られていない。また、今後、イディッシュ語作家がノーベル賞を受賞することは考えにくい。その理由は、イディッシュ語の書き手も読み手も激減しているからだ。ホロコースト以前は世界で一千百万のユダヤ人がイディッシュ語を用いていたが、二〇〇〇年の調査ではアメリカで二十五万人、イスラエルでも同数の二十五万、その他の地域で十万と、正に「死にゆく言語」化している。オジックの「嫉妬、アメリカのイディッシュ語」("Envy, or Yiddish in America" 一九七二)の冒頭でも、『フォワード』紙の編集者が窓から外の通りの葬列を見て、「出版部数を一部減らせ」と叫ぶ、というよく知られたジョークが披露されている。もちろん言外に高齢のイディッシュ語話者が、また一人消えたことを匂わすジョークだ。まさにこの言語の衰退ぶりを物語っている。超正統派と言われるユダヤ教社会では、今も日常生活や、学童教育もすべてイディッシュ語で行われている。筆者が二〇一六年に訪れたキャッツケル・マウンテン地区のキリアス・ジョエルのハシド主義コミュニティもその代表であろう。ニューヨーク市内から車で二時間ほどの人里離れたこのコミュニティは、喧騒のマンハッタンとは対照的に静かな山間部に位置する。周囲から聞こえてくる言葉はイディッシュ語のみの別空間だ。スーパーが一軒あり、レジの女性も当然ながら剃髪した頭に鬘を被り、スカーフで覆っている正統派のユダヤ人女性である。男性たちは例の黒装束を身につけている。売られている本も子供向けのイディッシュ語の絵本のみ、他はヘブライ語の宗教本だけであった。

さて、イディッシュ語の作品が英訳を通してアメリカで話題になった作品の一つがシンガーの書いた「馬鹿者ギンペル」("Gimpel the Fool" 一九五三)だ。後にノーベル文学賞をシンガーよりも二年早い一九七六年に受賞することになる将来の文豪ソール・ベロー(Saul Bellow 一九一五―二〇〇五)の英訳である。シンガーは、必ずしもベローの英訳に満足していなかったようだが、シンガーがアメリカで受け入れられる契機となった作品であることに変わりない。シンガーにとって彼の母語イディッシュ語には特別な思いがあった。その思いが直截に『ノーベル賞受賞講義』(*Nobel Lecture*)に記されている。

イディッシュ語は殉教者の言葉であり、聖者、夢想者、カバリストの言葉であった――ユーモアに溢れ、人間が忘れることはない記憶に満ちている。比喩的な表現をすれば、賢明で慎みのあるすべての人の言葉なのだ。つまり、恐怖に怯えながらも希望の持てる人類の言葉なのだ。(九)

最後の部分に表されているように、シンガーにとってイディッシュ語の象徴性は「恐怖に怯えながらも希望の持てる人類の言葉」なのであり、必ずしもホロコーストを経験した東欧・ロシアのユダヤ人の専有物ではなく、あらゆる人々の「怖れ」と「希望」に満ちた言語なのである。

ヴィーゼルも彼の母語であるイディッシュ語への特別な思いと自身のホロコースト体験を結びつけて『そしてすべての川は海へ』で論じている。

私が最初に発した言葉がイディッシュ語であり、最初の恐怖感を表したのもこの言葉である。そのイディッシュ語を通して私は子供時代と結ばれるのだ。よく言われているように、神はヘブライ語でものを書き、ユダヤ人のイディッシュ語の会話に耳を傾けた。

笑うときにも、泣くときにも、そして祝ったり、後悔したりするときにも、記憶を手繰るとそこにはイディッシュ語がある。恐怖に満ちた過去を回想するのに、よりふさわしい言葉があろうか？　イディッシュ語がなければホロコースト文学に魂はあり得ないのだ。もし、私が最初の回想をイディッシュ語で書いていなかったら他の作品は生まれなかっただろう。今までにもまして、イディッシュ語への郷愁に包まれている私だ。（二九二）

「イディッシュ語なしではホロコースト文学に魂はありえない」と結論付けることからも明らかなように、ヴィーゼルにとって、イディッシュ語はホロコーストの象徴でもある。シンガーの考えに重なるところはあるものの、本質的な相違が感じられよう。

ヴィーゼルは回想録である『夜』を著すことで作家としてのスタートを切った。ジャーナリストとしてはイディッシュ語やヘブライ語で多くの記事や短編小説も書いているが、『夜』はイディッシュ語で書かれ出版された唯一の書物である。彼の母語であるイディッシュ語への思いもこの作品によく表されている。まず、イディッシュ語原作の『そして世界は沈黙を守った』というタイトルからも明らかなように、ホロコーストで虐殺されるユダヤ人を世界は見殺しにした、というヴィーゼルの強い批判が暗示されている。

仏語訳のタイトル『夜』(*La Nuit* 一九五八、英訳 *Night* 一九六〇、日本語訳『夜』一九六七)では原作の冒頭部分や最終部分に表された著者の、無関心な世界への憤りや、神への批判がすべて削除されている。仏語訳をした際に、編者が意図的に、批判的なタイトルや内容を避けたのであろう。初訳から半世紀余り後に、ヴィーゼルの妻マリオン・ヴィーゼル(Marion Wiesel)がフランス語から英訳した『夜』(二〇〇六)ですら題名は変えられていない。その英語新訳の最後は次のように終わっている。

ブーヘンヴァルトで解放された三日後、私はひどい病にかかった。病院に移されて二週間、生と死の間を彷徨った。[…]鏡の奥から死体が私をじっと見ていた。その彼の目の表情は今も忘れられない。(一一五)

しかし、イディッシュ語原文ではここでは終わらない。イディッシュ語原作から本邦初として拙訳を引用したい。

なぜだかわからないが、私はその鏡をたたき割った。その鏡の中の私の姿を粉々に。そして、そこで気を失った。

ブーヘンヴァルト強制収容所から十年が過ぎた。世界の人々はそんなことは忘れかけている。ドイツは独立国となり、軍隊も復活した。ブーヘンヴァルト強制収容所の意地悪いサディストの女刑吏は、子供も作り幸せな生活をしているのだろう。

戦犯たちはハンブルグやミュンヘンを闊歩しているのだろう。過去は拭い去られ、忘れ去られた。ドイツ人や反ユダヤ主義者たちは、六百万の犠牲者の話など伝説だと主張し、世界もそれを鵜呑みにするのだろう。それは今日でないにしても、明日かも、或いは明後日かもしれない。

私は、ブーヘンヴァルト強制収容所で書き留めたことを残すことは意味があると考えたが、そうすることで歴史の流れを変え、人々の良心を揺り動かすことができると信じるほど私は馬鹿ではない。今日、昔のように書物に力があるとは思えない。過去に於いて沈黙していた世界は明日も変わることはあるまい。ブーヘンヴァルト強制収容所での十年後、私はまだ自問している。「鏡を叩き割ったことに意味があったろうか？　意味があったろうか？」

これがイディッシュ語で書かれた原作『そして世界は沈黙を守った』の最終部分である。ここで疑問がわく。一九五六年にブエノス・アイレスでイディッシュ語版が出版された時は二四五頁の作品がフランス語に翻訳され、ジェロメ・リンドン（Jérôme Lindon）が編集し、一七八頁にまで短くされ出版された。一九六〇年の英訳もすべてこの仏語版の『夜』によるものだ。最終的にヴィーゼルの妻マリオンの新英訳は一一五頁にまで縮小された。英訳本で三千部売れるのに三年かかった、というから最初はあまり話題にはならなかった作品だったが、マリオンによる英語の新訳も出て二〇一一年までには六百万部売れ、三十か国語に翻訳された。

原作『そして世界は沈黙を守った』の最後の部分は、おそらく最初に仏語で出版された際に、神の存在を否定する「冒頭部分」と同時に編集者が故意に削除したものではないかと考えられる。しかし、疑問が残るのは、なぜマリオンが新訳を出版した際に最後の部分をつけ加えなかったのだろうかということだ。その新訳の「まえがき」の中でヴィーゼルは、最初の英訳を原作どおりに訂正しなかったのは、当時英語が堪能でなかったことと、無名の作家であったので英国の出版社が翻訳者を見つけたということで満足していたからだという。しかし、マリオンが新英訳を出した時にはノーベル賞作家として地位を確立していたわけであるから、その気になれば原作に忠実に翻訳できたはずである、しかし、そうはしなかった。なぜであろうか？　その理由として次の三つの事が考えられる。

1　イディッシュ語原文があまりにも直截で悲観的であること。

2　イディッシュ語原文に於ける〈神の存在や人間性否定〉、ドイツ人への恨み・憎しみが露わであるため。

3　世界への皮肉と批判が直接的すぎて、ノーベル平和賞を一九八六年に受賞した作家としては、不適切な言説であると受け止められることへの懸念。

強制収容所から解放された直後のヴィーゼルは、鏡に映る衰弱しきった自分の顔に死の影を見たに違いない。そして、その影を追い払うために鏡を叩き割る彼の行為には生への強烈な意思が反映されている。

イディッシュ語という母語で、死の収容所での経験を描いて世界が変わると期待することもなく、現代社会に於ける言葉の力の喪失も十分に理解していた。それにも拘らず、母語で自分の経験を描き切った。それは、とりもなおさずイディッシュ語を生活言語としていた死者たちとの絆を保とうとする努力だったのではないだろうか。その半面で、自分たちを苦しめたドイツ人たちへの憎しみと、迫害を見て見ぬ振りをした世界への憤りが、この最後の部分に込められていると考えられる。ホロコースト経験を共有しない非ユダヤ人には、耳の痛い非難にしか聞こえなかったはずだ。そのために最後の部分を新英語訳でも削除したのではないだろうか。しかし、残念なことに収容所でのヴィーゼルの本当の思いは薄められてしまった。映画『否定と肯定』(*Denial* 二〇一六)にもあるように歴史修正主義者の主張がまかり通るポスト・トゥルース的現代社会を考慮に入れると、最新英訳でも削除されたヴィーゼルの結論部分の意義は大きい。この政治的な判断はヴィーゼル文学の弱点として後の作品にも影を落としている。

5　宗教伝統意識——ハシド主義の始祖バール・シェム・トヴ

シンガーがバール・シェム・トヴの一生を描いた『天国の領域』（英訳 *Reaches of Heaven* 一九八〇）をイディッシュ語で著わしたのが一九七九年である。この作品の冒頭で、この本はあくまでも著者の印象に過ぎないことを断っている。

この作品は決してラビ・イスラエル・バール・シェム・トヴの伝記ではありません。ほとんど彼の実人生は知られていませんので、伝記を著わすことは不可能なのです。ですからこれは、ラビ・イスラエルの思考方法、感情、精神的な達成、落胆に関する私が抱く印象や空想なのです。この作品で描く奇跡はあいまいで、心理学的にも説明のつくものなのです。ラビ・イスラエルは神への深い信仰心と人間への多くの不信感、とりわけ完璧たる彼自身の能力への疑心を抱いていた人物であると私は見ています。すべての偉大な宗教思想家がそうであったように、孤独な人物で、素朴で、かつ洗練された人で、神聖な力に魅了され、そして人間の苦しみや厳しい試練と自分の狭量さに苦しんだ人なのです。（一）

この序文にあるように、ハシド主義の宗祖であるバール・シェム・トヴに対するシンガーの客観的な見方が窺われる。バール・シェム・トヴの深い信仰心は否定しないが、彼自身が奇跡を行ったとシンガーは受け止めていない。であるからこそ、作家シンガーは、宗教指導者として興味を持てる人物として『天国の領域』を書いたのであろう。

これはイディッシュ文学の巨匠の一人であるイツハク・レーブ・ペレッ（Yitzchaq Löb Peretz, 一八五一－一九一五）の代表的な短編「もっと高みでなければ」（"If Not Higher" 一九〇〇）の態度にも類似する宗教的な指導者を見つめる客観性である。

シンガーのハシド主義に関する態度がこのペレッに似ている。おそらく文学的・思想的な影響をペレッから受けているのに違いない。イディッシュ文学の世界的な権威である元ハーバード大学教授ルース・ワイス（Ruth Wisse）も指摘しているように、シンガーは「ユダヤ教的な世界から離れながらも、ハシド主義という実践を重んじた教えに敬意を示している」（XXI）。それはイディッシュ語を重んじるハシド主義伝統へのノスタルジーなのかもしれない。

ペレッの短編「もっと高みでなければ」では、啓蒙主義者であり非宗教的な主人公の青年が、とあるシュテトル（ユダヤ人町）を訪れる。そこで、妄信的に崇拝されるハシド主義のラビのうわさを耳にする。そのラビは、町のユダヤ人が不幸に陥ると決まって姿を消すという。ハシド派の敬虔なユダヤ人たちは、ラビが天国へ赴き神に嘆願していると信じている。そんな非現実的な話を信じない青年は、密かにラビの後を追ってついて行く。すると森に向かい、木を伐り出して薪を作るではないか。その薪を背負って貧民街へ行き、寒くても薪も買えない老いたユダヤ人女性の家を訪れ、持参した薪をくべて暖を取らせる。もちろんお金など取らない。ラビの無言の献身ぶりを見た青年は、後で町の人々に「どうでしたか？　私たちのラビは天国へ上っていかれたでしょう」と尋ねられる。すると青年は「もっと高みでなければね」と答えた。

このペレッツと同じように、シンガーはユダヤ教の素朴な精神伝統が受け継がれているハシド主義に人間的な関心を抱く。それが、『天国の領域』の世界である。決して、ハシド主義宗祖であるラビ・イスラエル・バール・シェム・トゥを神格化していない。シンガーはバール・シェム・トゥを通してユダヤ教の原点となる多神教的な宗教伝統に気付いたのではないだろうか。若きバール・シェム・トゥを描くときに、自然への近さ、そしてそこに神性を見ている宗祖の目を感じているのだ。


若きバール・シェム・トゥは毎朝、神聖な大海で洗われた新鮮な日の出の太陽を見ることに飽きることはなかった。小鳥のさえずりに耳を傾け、牛の鳴き声、馬のいななきにも心を躍らせた。この世界は神聖で、あらゆる木々に、花、草の葉、そして蝶の中に彼は神を見た。この世は、この世であることに喜びを感じている。生命を生み出す大地が死んでいるなどと考えようもない。
（十五）

神の本質の「聖なる火花」がすべてのものに内包されていると考えるティクーン思想にもつながるものであろう(2)。

この『天国の領域』は、シンガーが「まえがき」でも述べているように、決して、バール・シェム・トヴの自伝ではない。むしろ、宗祖の人間としての苦しみと悩み、弱い側面と熱狂的に救世主を待つユダヤ人大衆の反応を客観的に描くことで、人間バール・シェム・トヴの実像に迫ろうとしたのがシンガーのこの作品なのだ。

バール・シェム・トヴは、従来のユダヤ教律法学者たちの権威主義に革命をもたらした。シンガーが注目した点は、まさにこの革命的な宗教改革者バール・シェム・トヴの姿だったのではないだろうか。

この点、エリ・ヴィーゼルのバール・シェム・トヴに関する描写はあくまでも従来的な奇跡を生み出す聖者のイメージである。『森の門』（*The Gates of The Forest* 一九六六）の序文でハシド主義の伝統の意味を強調している。

　ユダヤ人に危機が迫ると偉大なラビ・イスラエル・バール・シェム・トヴは決まって森のある場所に行き、そこで瞑想した。火を灯し特別な祈りを唱える。すると奇跡が起きて、ユダヤ人は危機を避けることが出来た。

　時がたち、今度は弟子の有名なメッツリッツの説教師（マゲッド）が同じ理由で神にお願いするために、森の同じ場所へ出向き祈るのだった。「宇宙の主よ、私はいかに火を灯すのかわかりませんが、祈りだけはまだ言えます」。すると、祈りは成就した。

　時代を経て、ユダヤの民を救うために再びメッツリッツの説教師が森へ入って行き神に尋ねた。

「私はいかに火を灯すのかも、祈りも分かりません、でもこの場所だけは存じています。これで十分でしょうか?」それで十分で、願いはかなう。

それから時が経って、リジンのラビ・イスラエルの番になった。災難を克服するために、安楽椅子に腰を掛け、両手で顔を覆い、神にこう言った。「私はいかに火を灯すのかも、祈りも分かりません、それだけでなく森のその場所さえわかりません。できることは、この物語を伝えるだけなのです。これで十分でしょうか?」これで十分であった。(序文)

シンガーとヴィーゼルが描出するバール・シェム・トヴ像は類似点もあるが、根本的に異なるのはシンガーが、その宗祖をあくまでも弱点も持つ人間として捉えているのに対し、ヴィーゼルは、ユダヤ人としての不文律を守り、その宗祖を絶対的な存在として神格化している点であろう。そうして、バール・シェム・トヴを代表とする崇高なラビたちを描くことでハシド主義の伝統を「伝承」として伝えようとしている。

二人の相違は、聖書中のユダヤの輝かしいダビデ王やソロモン王の話をどのように解釈するかで捉え方が変わってくるのにも似ている。二人の王が勇気もあり、知恵もある名君であったと捉えるか、最後は二人ともに女性の虜となってしまう愚かな人間的側面を持つ個人として見るかは受け取り手次第である。言うまでもなく、ヴィーゼルは輝かしい名君としてダビデやソロモンを捉える視点であろう。つまり、理想化されたユダヤ王の存在である。

シンガーは一方、現代社会にも見られる人間の驕りや弱さを兼ね備えた人物像として二人の王を理解する立場である。『ショーシャ』（*Shosha* 一九七八）の中でも、ソロモン王のようになることを夢見る幼い主人公が描かれている。ソロモン王には千人の妻があった、という聖書の一節に興味を示す主人公の言説がある。一夫多妻に関する興味が主人公の少年の視点から描出されている。王様は何でも許されるのだ、と主人公は幼友達のショーシャに自慢する。シンガーにとれば輝かしい王様も、人間的な欲望に左右される人間でしかない。ユダヤ伝承の極めて現代的な解釈であろう。

6 ゴーレム伝承

東欧を中心にゴーレム（土くれで作られたロボット）伝承がユダヤ民族にはある。長い迫害という試練に晒された民族のメシア（救世主）到来願望の一つと考えられる。中でもよく知られているのがプラハのゴーレムであろう。イェフダ・レーヴ・ベン・ベザレル（Judah Loew ben Bezalel 一五二五－一六〇九）はプラハのラビであり、迫害からユダヤ人を救うためにゴーレムを創造したとされる。ゴーレムとは旧約聖書「詩編」百三十九篇十六節で言及されている「ゴーレミ」（my substance, yet being unperfect）という箇所が言葉の起源のようだ。つまり、まだ「不完全な人間」である。これが、イディッシュ伝承となり、そして現代のアメリカ社会でも広く文学のモチーフとして用いられるようになる。アメリカ映画界では、「スーパーマン」や「スパイダーマン」へと発展していく。

アイザック・シンガーが著した『ゴーレム』(*The Golem, The Daily Yiddish Forward* 一九六九、英訳一九八二) やヴィーゼルの描いた『ゴーレム』(*The Golem* 一九八三)、それに現代女流作家シンシア・オジックの『プッターメッサー』(*Puttermesser Papers* 一九九三)、さらにマイケル・シェイボン (Michael Chabon 一九六三ー) も『カヴァリエ&クレイの驚くべき冒険』(*The Amazing Adventures of Kavalier & Clay* 二〇〇〇) にゴーレム伝承をモチーフに用いている。それぞれが独自の脚色をしている。

ここでは、シンガーが描くユダヤ伝承『ゴーレム』とヴィーゼルが伝える『ゴーレム』を比較しながら二人のユダヤ伝統への態度を検証することで、迫害の記憶と、ユダヤ伝承のテーマになっているゴーレムの象徴性を吟味したい。

シンガーが捉えるゴーレム伝承は、現代小説の要素である恋愛をモチーフとし、ゴーレムとユダヤ女性ミリアムの恋愛関係を作り上げている点に特徴がある。

プラハに住む非ユダヤ人伯爵ブラティスロースキーはギャンブル狂で借金まみれになるが、それでも商人のエリエゼル・ポルナー氏に返済見込みのない多額な借金をする。案の定返せなくなると、伯爵は一計を案じ、自分の幼い娘を屋敷に隠し、ユダヤ人のポルナーが「儀式殺人」(ユダヤ人が儀式に用いるパンを焼くためにキリスト教徒の子供の血をそれに混入するというデマ) のために娘を奪い殺害したと偽証工作をし、善良なユダヤ商人を「儀式殺人」の罪に陥れようとした。その無実な商人を救うために、ラビ・レイブは土くれからゴーレムを創造し、「真実」(4) (אמת Emeth) というヘブライ語三文字をそのゴーレムの額に刻むことで生命を吹き込む。そしてそのゴーレムに伯爵の娘を屋敷から救い出させ、裁判所へ連れて来させることで善良なユダヤ商人ポルナーの無実が証明される。

そこまではラビの計画通りであったが、次第にゴーレムは成長し巨大化し意思をも持つようになり、ラビに従わなくなる。そのために、ラビはユダヤ人女性のミリアムに命じ、ゴーレムに多量のワインを飲ませて眠らせ、何とかラビは額の聖なる文字(アレフ)を消すことでゴーレムを元の土くれに戻す。しかし、ミリアムとゴーレムの間にはすでに愛情が芽生えていた。その結果、ゴーレムの死後、彼女も姿を消してしまう。「愛は一度心に刻まれると、聖なる文字よりも強烈で決して消し去ることはできない。永遠に生き続けるのだ」(**Singer** 八四)とシンガーは物語を閉じる。

このシンガーの描く、ゴーレムとミリアムとの愛のテーマは、オジックの『プッターメッサー』(*Puttermesser Papers* 一九八七)でも展開されている。おそらく、作家として尊敬していたシンガーの影響であろう(3)。伝承の上にさらなる創作を加え現代という時代に合致した新たなユダヤ伝承を作り上げている。

シンガーとは対照的にゴーレムを描くのがヴィーゼルである。彼の『ゴーレム』はあくまでも伝承に従っている存在だ。一五八〇年にプラハの高名なラビ・イェフダ・レーヴ・ベン・ベザレルが創造したゴーレムの伝承に基づく話の展開だ。数々の「儀式殺人」からユダヤ人を救うゴーレムの活躍を伝えている。シンガーやオジックに見られるような個性を持つゴーレムは登場しない、あくまでもラビに忠実な伝統的存在である。

不思議な話を展開するときに、ヴィーゼルの「語り手」として墓堀人がしばしば登場する。『忘却』でも奇妙な予言や、過去の亡霊の話をする役割を演じる。

イェフダ・レーヴ・ベン・ベザレルが創り上げるゴーレムは、たびたびの窮地からユダヤ人を救出してユダヤ人社会は平和が保たれた。そして、最後にラビは役目を終えたゴーレムをシナゴーグの屋根裏部屋へ連れて行き、秘密の祈りを唱えることで土くれに戻した。しかし、物語はそこでは終わらない。ラビはゴーレムが眠る屋根裏部屋に人が近づくことを厳しく禁じていた。その理由は、一説によれば「ゴーレムは生きたままで、呼び出されるのを待っているのだ」という。これが実はヴィーゼルが処女作『そして世界は沈黙を守った』で訴えかけた「死の淵からユダヤ人を救って欲しい」という彼自身の魂の叫びに呼応している。つまり、窮地のユダヤ人をいつでも救ってくれる存在の熱望であろう。「語り手」の墓堀人はその作者の思いを代弁している。

「もしまだゴーレムがユダヤ社会に生き続けていれば、もっと安らかに眠れるのだがね。どうしてラビはゴーレムを私たちから奪ってしまったのだろう。ユダヤ人の苦しみと我々の権利への侵害の時代が過去のことだとでもいうのだろうか？　我々ユダヤ人を守ってくれる盾が必要ではないとでもいうのかね？」（一七）

この「ゴーレム」こそ、ブーヘンヴァルト強制収容所でヴィーゼルが心から待ち望んでいた救世主なのではなかったろうか。ここに、ヴィーゼルが「ゴーレム」伝承（メシア思想）を受け継いで伝えていく必然性があったのであろう。この救世主待望という夢はユダヤ人のみならず、多くの打ちひしがれた世界の人々に一縷の希望を与える大切な伝統として語り継がれるべき記憶でもあろう。

7　おわりに

二人のノーベル賞作家アイザック・シンガーとエリ・ヴィーゼルは、戦前の東欧で類似したハシド主義の環境で育ち、イディッシュ語を母語にする共通点があるにも拘わらず非常に対照的な文学世界、記憶、伝統意識を有していた。二人の大きな相違は、ホロコースト経験の有無であろう。人類がかつて経験したことが無かった国家主導の組織的な大量虐殺の経験である。シンガーは、ヴィーゼルとは異なり、直接的なホロコースト経験がなかったせいかアメリカ生まれの現代作家と同じように、その特殊で歴史的な事件を客観視する。

ヴィーゼルが主張するユダヤの「記憶と伝統」とは、ホロコースト生存者としての義務感がその根底にある。それはヴィーゼルの想像力を制限する作用もあった。

対照的に、シンガーはヘブライ語聖書という悠久のユダヤ伝承への関心が高い。長いユダヤ史の一部としてホロコーストを捉え、その特定の歴史にのみ拘泥することはない。むしろ独自な人物に属する「特別な個性」と「ユダヤの伝統」がいかに結びつき、そして新たな関係を結ぶ可能性があるのかを問い続けた作家であった。だからこそ、多くの現代アメリカのユダヤ系作家がシンガー文学に深い影響を受け続けるのであろう。つまり、シンガー文学は現代作家が見失いかけているユダヤ伝統という文化の根と現代社会とのコラボレーションの華なのだ。おそらくそれが時代の変化に応じて再解釈を続けるユダヤ律法（タルムード）の伝統と通底しているのかもしれない。

注

（1）Elie Wiesel. *From the Kingdom of Memory* を参照。
（2）Isaac Bashevis Singer, *Reaches of Heaven*, 31.
（3）ヘブライ語三文字 אמת は「真実」を意味する。ヘブライ語は右から読む。最初の文字はアレフ、二番目がメム、そして最後がテスである。しかし、最初の文字を取ると、それは「死体」（מת）を意味する。
（4）オジックの "Envy, or Yiddish in America" に描かれている若い女性ハナの視点が作家自身のシンガー観であると考えられる。

引用・参考文献

（本文中の引用の日本語訳は全て原文からの筆者訳）

Chabon, Michael. *The Amazing Adventures of Kavalier & Clay*. New York: Random 2000.
Gottesman, Itzik. "Folk and Folklore in the Work of Bashevis." *The Hidden Isaac Bashevis Singer*. Ed. Seth L. Wolitz. Austn:

U of Texas P, 2001.

Kosiński, Jerzy Nikodem. *The Painted Bird*. Boston: Houghton Mifflin Harcourt , 1965.

Ozick, Cynthia. "Envy, or Yiddish in America." *The Pagan Rabbi and Other Stories*. New York: Knoph, 1972.

——. *Puttermesser Papers*. New York: Knoph, 1987.

——. *The Shawl*. New York: Knoph, 1989.

Peretz,Yitzchaq Löb. "If not higher" *I. L. Peretz Reader*. Ed. Ruth Wisse. New York: Schocken Books, 1990.

Singer, Isaac Bashevis. "The Cafeteria." "The Washwoman." *In My Father's Court*. Trans. Channah Kleinerman-Goldstein, Elaine Gottlieb, and Joseph Singer. New York: Farrar, Straus and Giroux, 1966.

——. *Enemies, A Love Story*. Trans. Aliza Shevrin and Elizabeth Shub. New York: Farrar, Straus and Giroux, 1978.

——. *Nobel Lecture*. London: Jonathan Cape, 1979.

——. *Reaches of Heaven*. New York: Farrar, Straus and Giroux, 1980.

——. *Shosha*. Trans. Joseph Singer and I.B. Singer. New York: Farrar, Straus and Giroux, 1966.

——. *The Golem*. New York: Farrar, Straus and Giroux, 1982.

Wisse, Ruth. *I.L. Peretz Reader*, New York: Schocken Books, 1990.

Wiesel, Elie. *Un di Velt hot Geshvigun (And the World Remained Silent)*. Argentina: Central Organization of Polish Jews in Argentina, 1956.（『夜』村上光彦訳、みすず書房、一九六七年）

——. *The Gate of the Forest*. New York: Schocken Books, 1982.

——. *From the Kingdom of Memory*. New York: Schocken Books, 1990.

——. *The Forgotten*. New York: Simon & Schuster Inc., 1992.

——. *All Rivers Run to the Sea*. New York: Schocken Books, 1995.

———. *Elie Wiesel: Conversations*. Ed. Robert Franciosi. Jackson: U of Mississippi, 2002.
———. *Night*. Trans. Marion Wiesel. New York: Hill and Wang, 2006.
———. *The Sonderberg Case*. Trans. Catherine Temerson. New York: Alfred A. Knoph, 2010.

第2章　ラビ・スモール・シリーズにおける記憶と伝統

ユダヤ人の古い道を求めて

佐川　和茂

1　はじめに

ハリー・ケメルマン（Harry Kemelman 一九〇八～九六）は、ユダヤ教の知識が豊かな作家であり、シャーロック・ホームズ（*Sherlock Holmes Long Stories, Sherlock Holmes Short Stories*）やブラウン神父（*The Omnibus of Father Brown*）と並んで、彼が創作したラビ・スモール・シリーズ（全十二巻）は探偵小説に変革をもたらした。このシリーズは、数百万に上るというその読者に対して、知的な興奮を含んだ推理の楽しみを与えるとともに、戒律に沿って生涯を運営するという、ユダヤ教の記憶と伝統に基づいた「古い道」をも示しているのである。

ユダヤ人にとって記憶と伝統は存続のための盾である。長期にわたる彼らの差別と迫害の歴史において、それらは存続のための偉大な教師でもあった。加えて、記憶と伝統を彩るユダヤ人の祝祭日も重要である。ラビ・スモール・シリーズには、過越祭を含めたユダヤ人の祝祭日が織り込まれている。

ところで、ケメルマンは、ラビ・スモール・シリーズを三十年以上の長きにわたって執筆し続けたという。作者自身の教職やイスラエル体験を含めたさまざまな人生体験をその中に織り交ぜており、息の長い体系的な生産性の維持が、ケメルマンの特質である。

そうしたケメルマンの長きにわたる生涯の運営は見事である。それは、これから眺めてゆくラビ・デイヴィッド・スモールの人生の描写にもよく反映されていると思う。

ちなみに、東欧出身のアシュケナジ系ユダヤ人の場合、亡くなった祖父母の名前にちなんで子供に名づけることが多い。ユダヤ人の記憶と伝統を絶やさないようにという思いからであろう。スモールという名字は、家系に小柄な人物が多かったということであろうか。また、デイヴィッドという名前は、ダビデ王を連想させようか。名前は、その人の魂の本質に影響を与えるものかもしれない。

さて、ユダヤ教の精神的指導者であるラビが探偵としても活躍する、という意外な設定をしたケメルマンのラビ・スモール・シリーズは、何百万という読者を持ち、幅広い人気を得ているというが、その魅力とは何であろうか。

それはまず、痩せて青白く猫背であり、一見して風貌の冴えないラビ・スモールを、推理力の鋭い探偵に仕立て上げた、という意外性であろうか。この外見と内実の不均衡は、たくまざるユーモアを醸し出し、読者を惹きつけてやまない。たとえば、G・K・チェスタトンの、小柄で風体のぱっとしない神父が探偵を演じる場合と比較すれば、類似性はあるが、カトリック教のブラウン神父よりラビ・スモールのほうに、宗教者としての特色を見出せよう。すなわち、このシリーズを通して、われわれはユダヤ教の精神的な指導者の姿に、それもユダヤ教の伝統、伝統的な「古い道」、を信奉するラビの姿に触れ、サスペンスに満ちた探偵小説を楽しみつつ、ユダヤ人の歴史・宗教・商法などに親しむことができるのである。これは、ユダヤ人やユダヤ文学に関心を抱く人々にとって、いかに魅力的であろうか。

ラビ・スモール・シリーズ全体を通して、読者は、流浪、迫害、イスラエルを含むユダヤ人の歴史に触れ、ユダヤ教の現世主義や現世の修復というミッション、動物を含めた生命への畏敬、生涯学習の意義などに親しみ、ダイヤモンド、百貨店、不動産・建設業を含むユダヤ人の事業の進展に目を見張るのである。

シリーズのこれらの特質が、シナゴーグの用務員であるスタンレーや、シナゴーグ付属のユダヤ人学校の校長であるブルックスなど、多様で興味深い人生の描写と相まって、読者に繰り返し本シリーズを紐解かせる要因となっているのではないか。本シリーズは、単なる探偵小説ではない。推理の展開を味わいながら、いたるところに挿入されたユダヤ教やユダヤ人の生活についても知ることができるのであるから、非常に有益である。

また、ラビ・スモールは、「ユダヤ人のシャーロック・ホームズ」にたとえられ、英国探偵の場合のように機知に富んだ鋭い推理力を発揮するが、加えて、ユダヤ聖書の注解タルムードの解釈法「ピルプル」を犯罪捜査に応用している。これも伝統的なユダヤ人の「古い道」を信奉するラビ・スモールならではの手法と言えよう。ピルプルという多面的で微細な解釈法は、実に優れた知的訓練になるという。ピルプルから問いが次々と生み出され、果てしなく議論が続く。そこで、ラビ・スモールが独特な抑揚でピルプルを唱えつつ推理を展開してゆく過程に、読者はハラハラする緊張感を覚えよう。

その緊迫感に加えて、今日ユダヤ社会にその身分を負っているラビが、シナゴーグの理事会メンバーの投票を経て、果たしてラビ職の「契約更新」を果たせるのかという、シリーズ中で繰り返されるサスペンスが重なってくるのである。

たとえば、シリーズ第一巻『金曜日、ラビは寝過ごす』(*Friday the Rabbi Slept Late*)において、まだ弱冠二十代後半のラビ・スモールは、父祖のように伝統的なユダヤ教のラビを務める覚悟であり、優れたタルムードの知識によって、精神的な指導者となり、現代アメリカのユダヤ社会を導こうとするのである。

ところが、ボストンより車で三十分の町バーナーズ・クロッシングで暮らす現代アメリカのユダヤ人会衆やシナゴーグの理事会メンバーの多くは、二つの大戦間に成長し、幼年学校や日曜学校やヘブライ語学校にさえ通ったことがない。彼らは、ユダヤ教への関心に乏しく、しかも、現代アメリカでの物質的成功の夢に忙殺されている。この人々に対してラビがユダヤの伝統を説くことは至難であろうが、こうした世代ほど実は精神的なよりどころに欠け、大海原を漂う不安定な状況にあり、頼れるものを欲しているのである。ユダヤの伝統を感知する「レーダー」が備わっているというラビ・スモールは、彼らがユダヤ教を軽視しようとする際、頑強に抵抗してゆく。ラビは、人の生涯を運営してゆく際にきわめて実践的であるユダヤ教の戒律に従って社会を秩序づけようと望み、原則を守る人として、しばしば会衆の思惑にそぐわない言動を引き起こしているのである。また、大学において彼らの次世代に当たる若者たちにユダヤ教育を施してゆくのである。

ところで、ラビ・スモールには、ユダヤ人のラビに特徴であるあごひげがない。ただし、あごひげの無いラビと、あごひげを生やしていてもラビの資質の欠けた人を比べたらどうであろうか。明らかに前者に軍配が上がるであろう。

実際、ラビ・スモールは常に信仰が強固であるということではない。信仰と懐疑の間を揺れ動く人間である。決して超人的な存在ではなく、換言すれば、きわめて人間らしい人物と言えよう。ちょうどノーベル文学賞を受賞したユダヤ系アメリカ作家のアイザック・バシェヴィス・シンガーが神へ祈りをささげる半面、ホロコーストを黙認した神への抵抗を説く姿と似ているかもしれない。

ちなみに、ユダヤ教はきわめて実践を重んじるので、ただ信仰しているということでは、十分ではない。信仰を実際の行動によって示さねばならない。ラビ・スモール自身もしばしば述べているが、人の心は常に揺れ動いているので、ラビ・スモールでさえ、神に対して懐疑を抱くことはしばしばしばであるという。そこで、実践こそが、信仰を示し、それを強めてゆくことになるのである。

2 ラビ・スモールの教育

ラビ・スモールは、毎年ラビ職を解雇されるかもしれない危機に見舞われる状況で思う。ラビ職を去るときがくれば、教職か、ジャーナリストの道を代わりに選ぶであろうと。実際、ラビは、安息日や祝祭日にシナゴーグで説教をするのであり、これは大学で講義をすることと大差がないであろう。シナゴーグで大勢の会衆を相手に説教をしているのであるから、大学においても大小のクラスで講義をすることに問題はないであろう。教室では、ラビとして戒律に基づいて会衆を導く代わりに、戒律を含むユダヤ思想に基づいて学生たちを教えることになる。したがって、退職するラビにとって、教職への異動が最も円滑であるように思われる。

ラビ・スモールは、シリーズ中で二回（『火曜日、ラビは激怒する』（*Tuesday the Rabbi Saw Red*）、『その日、ラビは町を去る』（*That Day the Rabbi Left Town*）にわたって、ボストンの大学でユダヤ思想を教えるが、記憶と伝統に関して教育の果たす役割は重要である。

ユダヤ人たちは、ラビによる教育の仕組みを作ることで、伝統を継承し、何世代も前の記憶を残し続けることができたのである。

ラビ・スモールの教育法は、ユダヤ教が説くように、絶えず問いかけ、学びを各自の生き方と関連付けることであり、換言すれば、各自の生涯運営計画の中にユダヤ思想を位置づけ、それを血肉化することである。そのために彼のクラスでは、きわめて活発な討論が展開されてゆく。受講者たちは、講義を聴くとともに、関連する多くの文献を読み、考え、問いかけ、ユダヤ思想を血肉化するよう求められる。

したがって、ラビが教育に携わるとき、受講生に対して単に読書をして研究するだけでなく、その内容をよく吟味して考え抜き、自らの結論に到達するよう促す。そして、教師の言葉をうのみにするのではなく、教師に反論したり、教師と意見が食い違うことを、むしろ強く勧めている。このような自由な教育から、新たな発展や変革が生まれてくるのであろう。

このように教育を通して、また、良き教師との出会いによって、受講生たちが良い生き方への変革を見出せるならば、最高であろう。

いっぽう、大学において、互いに無連関な講義を漫然と聴き、リポートを提出し、単位を取得するだけでは、大きな問題が残るであろう。それでは、しっかりとした教育を受けているとは言えない。ラビ・スモールは試験に関しても、単に覚えたことを吐きだすという記憶の問題ではなく、受講者たちの生き方に有益な内容を問うことを求めてやまない。試験が終わったら、すぐに忘れてしまうような内容では、教育の意味がないからである。

かくしてラビ・スモールは、教えることを楽しむ。教えることによって、自らも学ぶことが多いと言う。受講生の理解を深めようと工夫して教える過程で、多くの類推や霊感が浮かび、それが自らの思想を豊かにしてくれるからである。

元来、ラビ・スモールは若者たちに人気があるが、それは、彼らに対して決して上から見下ろす態度ではなく、平等な立場で問いかけ、語り合うからである。たとえば、『月曜日、ラビは旅立つ』(*Monday the Rabbi Took Off*)において、留学したイスラエルの大学で苦労しているアメリカ人の若者ロイに語りかけ、また、『ラビ・スモールとの対話』(*Conversations with Rabbi Small*)において、逆境を乗り越え結婚を目指す二人のユダヤ系の若者と語り合う際にも、それはよく表れている。この態度が、二十五年間のラビ職を辞めて大学教授となる第二の人生において、彼に大きな成功をもたらすのである。

シリーズ中には、学歴を詐称し、有力者のコネで昇進したケント教授や、他人の博士論文を盗用したミラー准教授(『その日、ラビは町を去る』)や、教授会で常に編み物をしているハンベリー女性学部長(『火曜日、ラビは激怒する』)など、教育や研究に生ぬるい態度を持つ教員も少なからず登場するが、そのなかでラビ・スモールの研究者・教育者としての真摯な態度は抜きん出ている。ただし、ラビ・スモールは孤立した状況にいるのではなく、その態度を評価し、彼を支持するマコーマー学長のような存在を忘れてはいけない。

3　ラビ・スモールの生涯の運営

かつて伝統的なラビは、ユダヤ人が戒律に従って生涯を運営していた旧世界ヨーロッパにあって、その優れた戒律の知識に基づいて共同体の運営をつかさどり、残りの時間を聖典研究に用いていた。換言すれば、ユダヤ人としての生涯の運営と教育と研究に時間をささげていたのである。ラビは大きな権威を持ち、その決定は優れた影響力を及ぼしていた。そして、ラビはその仕事に対して共同体より報酬を得ていたのである。

しかし、東欧の旧世界と異なり、現代アメリカにおいては、精神的指導者であるラビの権威も衰え、ラビに対する尊敬の念も減少している。そのうえ、批判精神が旺盛であり、権威を疑い、神とさえ論争するユダヤ系の人々は、シナゴーグの理事会メンバーや会衆を含めて、ラビに対していろいろと批判的である。

彼らは、ラビ・スモールに町でほかの社会集団に対して見栄えのある代弁者や交渉役を務めるよう期待するのであるが、ここに見解の食い違いが生じてしまう。

さらに都合の悪いことに、学者肌のラビ・スモールは、研究熱心なあまり、髪や服装に無頓着であり、ネクタイは曲がり、靴は汚れ、見栄えは決して良くない。また、古今東西のユダヤ人の記憶が蓄積されたタルムードより引用する彼の説教は真摯な内容であるが、それは必ずしも現代の会衆の心に響かないのである。

実際、ラビとはさまざまな職務をこなしながら、論争好きの会衆を満足させねばならず、しかも二十四時間勤務なのであるから、激職である。現実には、会衆は様々な理由でラビに対して不満を漏らし、ラビの身分を不安定なものにしている。

ただし、このように身分が不安定であり、職を失う危険に毎年さらされながら、ラビ・スモールは妻ミリアムやカトリックの警察署長ラニガンの助けを借りて奮闘し、結局、シリーズ全体を通して二十五年間も勤め上げ、給与七十五パーセントの年金を得て退職し、シリーズ最終作『その日、ラビは町を去る』において、ボストンの大学でユダヤ思想学科の教授となり、若い世代にユダヤ教の古い道を問いかけてゆく。彼のこうした生涯の運営は、おそらく作者ケメルマンの人生をも反映しており、見事である。

ところで、夫であるラビ・スモールは「大きな作戦」を立てるが、その「具体的な戦術」は小柄で生き生きとした妻ミリアムが担当する。たとえば、夫は研究休暇を求めてイスラエル行きを決定するが、その具体的な段取りをするのは妻である(『月曜日、ラビは旅立つ』、『ある晴れた日、ラビは十字架を買う』*One Fine Day the Rabbi Bought a Cross*)。妻ミリアムは、大きな企画を立てる夫に対して、それを具体的に助け、いっぽう、彼らの息子ジョナサンと娘パテシバはシリーズを追って成長し、やがて息子は有名な法律事務所に就職し、娘は結婚に至るのである。

ただ、妻ミリアムに関して、一つ疑問に思うことがある。理由は述べられていないが、彼女は車の運転をしない。彼女はシリーズを通してきびきびと行動し若々しい印象を維持しているので、車の運転をしないことは、なぜかと疑問に思ってしまう。ところが、『木曜日ラビは退席する』（*Thursday the Rabbi Walked Out*）に至ると、パーティで少し飲み過ぎたラビ・スモールは、自分では運転が少々覚束ないと思ったのか、突如妻に鍵を渡し、「ミリアム、君が運転するかな」と誘う（三一二）。これはやや唐突に聞こえるが、パーティで酔ったラビ・スモールが冗談に発した言葉であろうか。作者ケメルマンが健在であるならば、訊ねてみたかった質問である。

いずれにせよ、ここでラビ・スモールの人生を総括するならば、ユダヤ共同体を伝統に基づいて運営し、次世代を教育し、イスラエルの場合も含めて多くの難事件を解決し、異宗教間の対話を発展させ、大学教育にも従事したということであろうか。人としてかなりの成功を収めた人生であると言えよう。

4　異宗教間の交わり

ところで、単独ならばラビが探偵を務めることは難しいであろうが、それは、バーナーズ・クロッシングの警察署長ラニガンとの友情があればこそ可能になるのである。ラビはラニガン署長を助けて、ラビ自身やユダヤ社会の人々が犯罪に巻き込まれた際、ユダヤ社会の若者たちや会衆や理事会メンバーなどを救うのである。それは、大きく言えば、ユダヤ社会を守り、人々を救い、異集団との交わりを築いてゆくことになる。

そこで、ラビ・スモールと警察署長ラニガンとの友情は、重要である。二人の交わりは、ラビ・スモールが探偵として働く契機を与え、また、彼がアイルランド系でカトリック教徒であるラニガンと異宗教間の対話を楽しむ機会をも育むのである。ラニガンは、「仕事に対する責任感が強く、罪人であれば自分の息子でさえ逮捕する」(『金曜日、ラビは寝過ごす』一八二)というが、宗教に深い関心を抱き、それに関して熱心に読書し、ラビ・スモールとの宗教談義をこよなく楽しむ。二人は、いずれの宗教が優れているか、という議論ではなく、互いの宗教の違いを比較して味わい、相互に理解し、尊敬し、認め合う。

ここには異宗教の対話や共存がいかに可能か、という示唆がなされている。そこで数百万に上るというラビ・スモールの読者は、異宗教の対話や共存に関して、このシリーズを通して少なからず学んでいるのではないか。

ラニガンはラビとの宗教談義を繰り返し、ラビ・スモールを深く尊敬するようになる。二人の友情が、ラビをしてピルプルによって難事件を解決する内容につながり、また、ラビのそうした活動が、二人の友情をさらに深めてゆく。

ラビとラニガンが暮らすバーナーズ・クロッシングは、文化の中心地ボストンに近く、知らない者同士でも道で会えば挨拶し、警察は町民に対して隣人のように親密に接してくれる。警察に頼んでおけば、長期に留守にする場合、家を見回ってもらえるのである。住んで気持ちの良い場所であり、実際、ラビ・スモール夫妻はこの町を好んでいる。高学歴のユダヤ系住民が多く、彼らは町の発展に貢献してきたのである。

ただし、こうした町でも犯罪は発生する。犯罪者は、シナゴーグの会衆以外の場合が圧倒的に多いが、いずれにせよ、犯罪者は人生の営みを誤ったのであり、それ相応の罰を受けねばならない。

5 ユダヤ教の古い道

ラビ・スモールは、現代アメリカの会衆をユダヤ人の伝統的な「古い道」に導こうとして孤軍奮闘している。人生においてこのような困難な選択をしたラビ・スモールの生き方に読者は惹かれるであろう。それは記憶と伝統を重視する意味で、大切な生き方であるように思われる。いにしえの賢人の言葉のなかにこそ、普遍的価値が見出せ、古典に新しい意味を発見するとき、それは現代を生きる力となる。人は、歴史や古典を今に活かすことで、現在を知る。また、長い文化の伝統の中で学んだものを新たに組み合わせ、再生させてゆく。

ラビ・スモールが働くシナゴーグは、伝統を固守する正統派、時代の流れに沿って聖典解釈を試みる改革派、そして中道を歩む保守派の「寄り合い所帯」である。そこでラビ・スモール自身は保守派に属しているというが、彼はむしろ伝統・聖典学習を重視する正統派寄りである。

シナゴーグでは、社交グループ、芸術愛好団体、学習グループ、慈善団体、スポーツ愛好団体などの活動が活発のようであるが、実際、会衆のユダヤ性に関してはあいまいな要素が多い。

そこでラビ・スモール・シリーズには、困難にもかかわらず一貫して、ユダヤ人の「古い道」に沿ったラビの生き方が描かれている。それはユダヤ教の戒律に沿った生き方であり、絶えず学ぶ生き方である。

ラビ・スモール・シリーズは、ユダヤ人の伝統的な生き方、戒律に基づいた生き方を、ユダヤ人や非ユダヤ人を問わず、広く一般に知らしめる有効な手段の一つであると見なせよう。

いっぽう、ホロコーストやその後のイスラエル建国の影響によって、若いユダヤ人がそのルーツを振り返る動きもある（『ユダヤ教案内』*The Complete Idiot's Guide to Understanding Judaism* 三二三）という。ここにおいてラビ・スモールが大学でユダヤ教育を施す意味も増してくる。また、アイザック・バシェヴィス・シンガー、エリ・ヴィーゼル、ソール・ベローなどユダヤ系アメリカ作家の作品にも窺えるように、ユダヤ教正統派であるハシド派の人々は、伝統的なユダヤ人の古い道を目指している。

変化の時代を生きるためには変革が求められるが、それと同時に、時代を超えても変わらない原則・古い道を維持してゆくことも大切である。古い道と新しい道との適切な均衡が求められよう。ユダヤ教の聖典が人としての生き方を教え、人に生涯の運営計画を築かせ、人を不完全な現世の修復に向かわせるのであれば、古い道を歩むことには意味がある。

6　ラビの職務

ラビの職務は「二十四時間体制である」(『日曜日、ラビは在宅』*Sunday the Rabbi Stayed Home* 二五二)と言えようが、ラビ・スモールはユダヤ社会やシナゴーグの運営にかかわる仕事をこなしながら、合間を縫って研究を継続している。この意味で、ラビ・スモールは常に自己管理や時間管理を訓練していると言えよう。

「伝統的にラビは(広い意味で聖書、タルムード、後世のラビたちの著述を含む)トーラーの教師であり、トーラーを日常生活にいかに応用するかを探求する」(『新イディッシュ語の喜び』三六二)という役割を、ラビ・スモールも果たそうとしている。

ラビはヘブライ語で「わが師」を意味するというが、ラビはシナゴーグの精神的な支柱であり、シナゴーグの雰囲気を形成している要素である。ラビ・スモールのような人物なくしては、宗教的なユダヤ社会は枯渇してしまうであろう。

豊かな戒律の知識を活用して、(一般の裁判所に依頼することなく)会衆のもめごとを仲裁することもラビの職務の一つであるが、実際、現代アメリカにおいてこのことを実践するのは、シリーズ全体を見渡しても、『金曜日、ラビは寝過ごす』における一回のみである。

ユダヤ人は、二千年に及ぶ流浪の中でも民族の記憶や伝統を大切に守り、存続してきた。それを樹に譬えるならば、根をしっかりと張り、幹を伸ばし、枝や葉を茂らせてきたのである。ユダヤ人がさらなる発展を目指すとき、そのルーツに戻り、そこから滋養を吸い上げようとする気持ちは理解できよう。ラビ・スモールは、そのような意味で伝統、古い道を重視しているのである。

ラビの任期は、一年契約で始まり、それが次第に伸びてゆき、「終身契約」となる場合があるが、ラビ・スモールはシナゴーグの理事会より終身契約を提示されても、それを断わっている。おそらく彼は、そのような保証がもたらすかもしれない精神的な弛緩を望まないのであろう。

また、ラビの再契約を有利にするために、「裕福な女性と結婚するか、ベストセラーを出版するか、地方政治に携わって影響力を強化するか」、という考えも提示される（『金曜日、ラビは寝過ごす』一二七）が、ラビ・スモールはそのようなことを一顧だにしない。

当然、ラビは時には仕事に疲れを覚え、イスラエルに研究休暇で出かけたり（『月曜日、ラビは旅立つ』、『ある晴れた日、ラビは十字架を買う』）、山間部に籠ったりすることもある（『ラビ・スモールとの対話』）。真の意味で休暇を取り、心身を回復させるためには、会衆から離れ、誰にも妨げられず研究に没頭できる場所でなければならない。そこで米国を離れてイスラエルに行くか、人里離れた山間部に向かうわけである。

ところで、ラビ・スモール・シリーズでは、異なるタイプのラビも登場する。たとえば、『月曜日、ラビは旅立つ』において、イスラエルに旅立つラビ・スモールの代役を務めるラビ・ドューチは、さしたる信念もなく、会衆に迎合し、それでいて自分は会衆操作が巧みであるなどとうぬぼれている。彼の場合、学者肌でもないので、退職後、時間を持て余し、妻を困らせることであろう。また、大学におけるラビ・スモールの前任者であるラビ・ラムデン（『火曜日、ラビは激怒する』）は、教育や学生評価に生ぬるい人物である。さらに、『その日、ラビは町を去る』において、ラビ・スモールの後任となるラビ・セリグは、ラビ専門学校でユダヤ教を学んだだけの経歴であり、あたかも「ベルリッツで会話を学び、それを母語とする人々に教えている」かのような気持ちで会衆に接してゆく。

7　理事会

シナゴーグには理事会があり、その中で理事長はラビに協力したり反対したりしながら会衆の諸行事を運営する。そこには四十五名の理事がいるが、常に出席するのは十五名くらいであるという。理事会メンバーの中には、ユダヤ共同体は非ユダヤ人の思惑に配慮し、彼らに歩調を合わせて融和し、ラビは共同体の代表として外部世界とのダイナミックな交渉をつかさどるべきである、という考えがある。伝統的なラビ像ではなく、現代的なラビのイメージを求めるのである。ところが、本シリーズのラビ・スモールは古い道を生きようとする人物であり、ユダヤ人の生活が伝統を離れ、その精神的な核が失われることを防ごうとする。したがって、理事会メンバーとラビは常に緊張関係にあり、ラビは絶えず解雇される危機に瀕しており、前述したように、事件解決までの緊張する過程に加えて、ラビの身分にかかわる別のサスペンスが織り込まれているのである。

ところで、人生に不幸や失敗はつきものである。実際、いかなる分野でも成功を勝ち得ることは容易ではない。そのような人生において、それでも人はひとかどの存在感を発揮し、生き甲斐を覚え、違いを見出さずにはいられない。

その欲求を満たすものが、シナゴーグを含めた非営利組織での活動であろう。そこで人は何らかの存在感を発揮し、自分もひとかどの人物であると思い、生き甲斐を見出したいのだ。『日曜日、ラビは在宅』にも描かれるように、実際、多くの人の生涯において、妻は、女優と言うには程遠く、子供たちはとても神童とは呼べず、自分の人生も平凡なまま死ぬまで続いてゆくであろう。こうした状況でも何らかの意味を見出し、生き甲斐を感じたい。そこで人は、シナゴーグの理事会メンバーとなり、そこで何らかの違いを見い出し、ひとかどの人物であると認められたいのである。

ユダヤ系経営学者であるピーター・ドラッカーの『非営利組織の運営』（*Managing the Nonprofit Organization*）にも同様の人間心理が述べられてあるが、そこで非営利組織は、「人を変革する媒体」であると位置づけられている。そこでは社会の一員として責任を果たす市民を養成するのである。アメリカにおいて非営利組織は、社会の周縁であった存在より今日では中心的な役割を果たすようになったという。非営利組織は、巨大組織である政府では十分に手が回りかねるところを補い、市民の生活の質を高めるために貢献するのである。なお、本書には、戦争で重傷を負った後、ゼロより始めてシナゴーグを建設し、会衆の自立を助け、次は学園紛争で荒れる若者たちの更生を援助し、さらに老いた人々の自助を支援して生涯を全うしたラビの逸話が盛られている。ラビ・スモールと交わる代々の理事長の中には、シナゴーグの建設に尽力した初代のワッサーマン、自動車会社を経営する二代目のベッカー、百貨店を所有するマグノソン、観光業に従事するバーグマンなどが含まれているが、彼らは、信念を貫徹するラビ・スモールと論争しながらも、最終的にはラビに心服するように変わってゆくのである。

8　おわりに

記憶と伝統に絡めてラビ・スモール・シリーズを辿ってきたが、ここからユダヤ系アメリカ文学におけるソール・ベロー、バーナード・マラマッド、アイザック・バシェヴィス・シンガーを含め、さらにエリ・ヴィーゼル、ハイム・ポトク、ハイム・グラーデらの諸作品に向かう羅針盤を得られるのではないだろうか。そのための鍵語は、「古い道」と「現世の修復」である。たとえば、ベローやシンガーなどの作品には、ユダヤ人の伝統的な古い道を求める動きが窺え、また、ヴィーゼルは、ユダヤ教神秘主義の聖者たちの伝記（*Somewhere a Master, Souls on Fire*）を著している。

差別、迫害、流浪の歴史を経てユダヤ人が存続してきた要因は、聖書やタルムードの学習を継続してきたことであった。ユダヤ教が彼らの存続を助けたのだ。ユダヤ教がユダヤ人の生涯学習や生涯運営計画を促し、それがユダヤ人の優れた資質に結び付いたのである。そこで「ユダヤ教が欠けたユダヤ人は、チキンの入っていないチキン・スープのようなものだ」(『ユダヤ教入門』三八二)という考えも頷けよう。ラビ・スモールはユダヤ教の記憶と伝統を維持しようと奮闘してきたのである。

『ラビ・スモールとの対話』によれば、今日、十分な食料配布のために人口を抑制する技術はあり、世界的な情報の伝達方式や物流制度も整備されているのであるから、円滑な社会の運営ができるはずである。しかし、現実にその達成を妨げているものがあるとしたら、それは何か。今後の検討課題である。

引用・参考文献

Blech, Benjamin. *The Complete Idiot's Guide to Understanding Judaism*. New York: Alpha Books, 2003.

Chesterton, G.K. *The Father Brown Omnibus*. New York: Dodd, Mead & Company, 1910.

Doyle, Arthur Conan. *The Complete Sherlock Holmes Short Stories*. London: John Murray, 1928.

——. *The Complete Sherlock Holmes Long Stories*. London: John Murray, 1929.

Drucker, Peter F. *Managing the Nonprofit Organization*. New York: Harper, 1990.

Kemelman, Harry. *Friday the Rabbi Slept Late*. Bath: Chivers Press, 1964.

——. *Saturday the Rabbi Went Hungry*. New York: Fawcett Crest, 1966.

——. *Sunday the Rabbi Stayed Home*. New York: Fawcett Crest, 1969.

——. *Monday the Rabbi Took Off*. New York: Fawcett Crest, 1972.
——. *Tuesday the Rabbi Saw Red*. New York; Fawcett Crest, 1973.
——. *Wednesday the Rabbi Got Wet*. New York: Fawcett Crest, 1976.
——. *Thursday the Rabbi Walked Out*. New York: Fawcett Crest, 1978.
——. *Conversations with Rabbi Small*. New York: Fawcett Crest, 1981.
——. *Someday the Rabbi Will Leave*. New York: Fawcett Crest, 1985.
——. *One Fine Day the Rabbi Bought a Cross*. New York: Fawcett Crest, 1987.
——. *The Day the Rabbi Resigned*. New York: Fawcett Crest, 1992.
——. *That Day the Rabbi Left Town*. New York: Fawcett Crest, 1996.
Wiesel, Eli. *Souls on Fire*. Middlesex: Penguin Books, 1972.
——. *Somewhere a Master*. New York: Summit Books, 1982.
広瀬佳司監修『新イディッシュ語の喜び』大阪教育図書、二〇一三年。

第3章　マラマッドの『もうひとつの生活』と『助手』

シュリマゼル、シュレミール、そしてユダヤの伝統

鈴木久博

1　はじめに

バーナード・マラマッド（Bernard Malamud）はロシアからのユダヤ移民の二世としてニューヨークのブルックリンで一九一四年に誕生した。彼は伝統的なユダヤ教の教育に熱心ではなかった父マックスの影響もあり、ユダヤ教の戒律に忠実に生きたわけではなかった。一九四五年に結婚した相手もユダヤ人ではなく、イタリア系アメリカ人、アンであった。マラマッドは決してユダヤ人コミュニティの中にだけ生きたのではなかった。

マラマッドはアメリカを代表するユダヤ系作家とみなされてはいるが、その生き方にも表れてい

るように、ユダヤ的な題材を取り上げながらも、その目的は、さまざまな境遇の中で、人間としていかに生きるかという万民に向けたメッセージを伝えることにあると言える。マラマッド自身、「私は全人類のために書く」（Stern 六三）と述べ、「ユダヤ人の歴史を全人類の運命の比喩として用いるのが好きだった」（Leviant 五〇）という彼自身の言葉が示すように、ユダヤ人を全人類に共通するモデルとして用いたのである。例えば、ホロコーストを扱う場合でも、ホロコースト生存者の体験への言及は僅かであり、それに対する周囲の人物の反応のしかたに焦点が当てられている。あるいは一九六六年に出版された『修理屋』（*The Fixer*）のように、反ユダヤ主義が蔓延るキエフでの出来事を通してホロコーストを疑似的に描き、迫害の中でもそれを耐え忍び、正義に生きる人間の普遍的な姿を描いている。このことを、ロバート・オールター（Robert Alter）は、「マラマッドは過去のユダヤ人の集団としての経験の中に、苦難や監禁だけではなく、［…］貴重な、敗北の中の勝利や、拘留の中の自由の可能性のモデルを見出している」（Alter 三三五）という言葉で指摘している。

従って、マラマッドの作品には、ユダヤ的色彩が濃いものもあるが、そうではないもの、その中にユダヤ的側面を見出すのが容易ではないように思われる作品も存在する。一九六一年に出版された三作目の長編小説『もうひとつの生活』（*A New Life*）は、まさにそのような典型であると言える。この小説はアメリカ西部の小さな町を舞台としており、主人公シーモア・レヴィンは、ニューヨークから、その町にあるカスカディア大学に講師として赴任する。この作品では、カスカディア大学の腐敗とその揶揄が一つのテーマとなっているが、多くの批評家が指摘しているように、これはマラマッド自身が一九四九年から教鞭を執っていたオレゴン州立大学での経験に基づいていると考えられている。時代的にはマッカーシズム、赤狩りの時代であり、レヴィンの前任者であるアイルランド系アメリカ人のレオ・ダフィーは、共産主義者として他の教員から恐怖と軽蔑の目を向けられていた。

このような設定とも相俟って、この小説では、主人公のユダヤ人としてのアイデンティティはあまり注目されていない。実際、アメリカ人小説家のジョナサン・レセム（Jonathan Lethem）は、この小説のまえがきで、「マラマッドの作品の中で、最もユダヤ的でないと思われる本で［…］『ユダヤ人』という言葉は一度しか出てこない」と、そのユダヤ的色彩の希薄さを指摘する（Lethem x）。だが、マラマッドは、「私は常に、倫理性に関心を抱いているユダヤ人の姿に刺激を受けてきた」（Leviant 五〇）と語り、「私が書いた作品中の限界線に立たされた人物には、ユダヤ的背景の影響のもとで行動する者もいる」（Leviant 四九）と明言している。また、自らの作品について、「主題には全人類共通のものと、ユダヤに特有なものを混ぜ合わせている」（Leviant 四九）とも語っている。このことから、『もうひとつの生活』の中にもやはり何らかのユダヤ的側面があると考えるのが妥当なのではないだろうか。

実際、『もうひとつの生活』におけるユダヤ的な側面を指摘した批評がないわけではない。それは、さまざまな不運に見舞われ、また、次から次へと失敗を重ねる主人公レヴィンの姿を、イディッシュ民話にしばしば登場する人物像シュリマゼル、シュレミールの典型であると指摘するものである。

この両者は類似しているが、違いがある。シュリマゼルは「不運な星のもとに生まれついた者」であるのに対し、シュレミールは「自らの破滅に手を貸す者」と定義されている（Pinsker 六）。つまり、前者は、自らは何もしなくても、不運の星のもとに生まれついているがゆえに不運に見舞われるのであるが、後者は自らの行動によって墓穴を掘り、自らを深みにはめるという違いである。批評家によって、レヴィンをシュリマゼルと考えるか、シュレミールとみなすかについては意見が分かれるところであるが、エドワード・A・アブラムソン（Edward A. Abramson）が、どちらと区別することなく、「シュレミールおよび／またはシュリマゼル」（"schlemiel/ schlimazel"）という表現を用いている（Abramson 五四－五五）のが興味深い。

私見でも、レヴィンは双方の資質を備えていると考えるが、よりシュレミール的要素が強いと考える。ただ、本論ではその指摘に留まらず、さらに一歩掘り下げて、レヴィンがシュリマゼル、シュレミールとして描かれる背景となるユダヤの伝統的精神について考察を試みる。さらに、このような人物像以外の点でも、『もうひとつの生活』にユダヤの伝統的思想の影響が認められる点について考察し、一見するとユダヤ的色彩が希薄に思われるこの小説のユダヤ的側面を指摘したい。ただし、その作品中に描かれるユダヤ的要素やユダヤ教の解釈には、作家自身の考えも反映されていることを予め断っておく。

なお、『もうひとつの生活』について論じる際に、マラマッドの代表作の一つと目されている『助手』（*The Assistant* 一九五七）について先に論じてみたい。この小説についても、登場人物にシュリマゼル、シュレミール性が見られ、さらに、『もうひとつの生活』に見られるユダヤの伝統的思想の影響が同様に認められるからである。この作品では、キリスト教の聖者に惹かれる主人公のフランク・アルパインが、ユダヤ人モリス・ボーバーが経営する食糧雑貨店に強盗に入る。その後、彼がその店に住み込み、さまざまな葛藤を克服して、善なる者となる様子が描かれている。特に、フランクがモリスの生き方に感化され、最終的に自らも割礼を通してユダヤ人となることから、ユダヤ的色彩が濃いと言える。だが、これらの作品を分析してみると、実は『助手』に見られるユダヤの伝統精神のある側面が、『もうひとつの生活』において、さらに高度な形で展開されていることがわかるのである。ユダヤ的側面が希薄だと言われる『もうひとつの生活』の方が、ユダヤ色が濃い作品『助手』よりもユダヤ的ということになるかもしれない。以下にそのことも併せて指摘したい。

2　シュリマゼルとユダヤの伝統

先述したように、シュリマゼルとは、不運の星のもとに生まれついた者であるが、この背後の思想は何だろうか。これにはユダヤ人の選民思想が関連している。ユダヤ人は世に光をもたらす選民となったが、祝福されて暮らすどころか、その歴史は艱難辛苦に満ちていた。罪を犯したがゆえに罰せられるのではなく、罪を犯していなくても苦難に遭ってきたのである。それは次から次へと苦難に見舞われるヨブを連想させる。彼らは自己の力の及ばぬところで生じた結果によって、不遇な立場に置かれてきたのである。この考え方が、シュリマゼルという人物像につながるのではないだろうか。

マラマッドが描く登場人物もしばしばシュリマゼルであるが、まさにヨブを想起させる「天使レヴィン」（"Angel Levine" 一九五五）の主人公、マニシェヴィッツは、その典型であると言えるだろう。ダニエル・ウォールデン（Daniel Walden）は、次のように述べて、マラマッドが描くそのような人物がユダヤの伝統に則ったものであると指摘する。「マラマッドは、苦難をユダヤ人の特別な運命であり、神との特別な契約の証拠であり、愛される者のみが懲らしめられるという点で神の関心を示すもの［…］だと宣言した、預言者アモス、エレミヤ、それに第二イザヤの古代ユダヤの伝統に従っていた」（Walden 一八二）。

不遇な立場に置かれて、ヨブの妻は神を呪うように言うが、ヨブは、「われわれは神から幸をうけるのだから、災をも、うけるべきではないか」（「ヨブ記」二章十節）と反論し、苦難を甘受する。哲学者湯田豊は、「苦しみを通じて人間として大きくなるというアイディアこそ［…］ヨブ記の隠されたテーマに違いない」と述べる（湯田 二九一）。そして、マラマッドが描くシュリマゼルたちも、不運の中で、自らの行動によってシュレミールにもなりつつ、正しく生きるべく懸命に努力する。マラマッドの作品において主人公が不運な状況下に置かれるのは、ユダヤの伝統に沿ったものであり、その状況が主人公が成長するためのバックグラウンドとなっていると言える。

具体的に『助手』について考えてみよう。この作品では、主要登場人物であるモリスにシュリマゼルの要素が濃い。まず、経営している食料品店を維持できるか分からないほどの不景気に見舞われている。また、彼の店から通りを隔てたところに別の店が開店し、彼のところに間借りしている住民でさえ、通りの向こうの店で買い物をする。さらに、近所に何軒かの店があるが、よりによって彼の店が強盗に襲われるのである。実際、モリスの店のそばで酒屋を営むジュリアス・カープは、「やつは強盗に遭って頭を殴られたわけだが、[…]おれは注意していた。なぜ、シュリマゼルのモリスは注意しなかったのか」（一四九）とモリスをシュリマゼルと言っている。

主人公フランクは、モリスの店に強盗に入った後、それを償うために彼の店で働くようになる。だが、レジから小銭をくすね続けたことが発覚し、店から追放される。その後、悔い改めて、モリスの死後に存続すら危ぶまれるほど不景気な彼の店を継ぐフランクは、モリスと同じ立場に立つのであり、その意味で同様にシュリマゼルになると言える。そして、『助手』は、苦難を甘受したフランクが、いかに自己の欲望と戦い、その結果、自己を犠牲にして生きるシュレミールとなるかを描いてゆく。

一方、『もうひとつの生活』の主人公レヴィンはどうだろうか。西部の町カスカディアに到着すると、レヴィンは早速不運に見舞われる。駅に迎えにきたカスカディア大学英文科の作文主任であるジェラルド・ギリー夫妻に家に案内された後、料理の準備をしていたギリーの妻ポーリンが、幼い子供に気を取られた隙に熱い料理をレヴィンの膝の上に落とす。また、夫妻の幼い息子がレヴィンに本を読んでほしいとねだり、レヴィンの膝の上に登ると、小便をもらしてしまう。物語の初めのこのようなエピソードは、その後レヴィンがさまざまに自分の力の及ばない不運のもとで生きる運命を暗示するかのようである。レヴィンが見舞われる不運の最たるものは、希望を抱いて赴任したカスカディア大学が、実用的な学問最優先で、彼が教えたいと思っていた文学には関心がなく、保守的で事なかれ主義に徹した教授陣に支配されているということだろう。そのようなシュリマゼル、レヴィンが、不遇な境地で自己の信念に忠実にあろうとして、いかにシュレミール性を発揮してゆくかが小説を通して描かれる。

3 シュレミールとユダヤの伝統

次に、イディッシュ民話によく見られるもう一つの人物像シュレミールと、その背後のユダヤの伝統精神について考えてみたい。シュレミールの特徴は、自らの行動によって墓穴を掘り、深みにはまることである。その行動には、単純に笑いを誘う愚かなものもあるが、その一方で、愚直なまでに自らの生き方に徹し、その結果、周囲の不正や腐敗に敢然と立ち向かうものもある。後者の場合には、主人公の強い信念が感じられるのだが、そこにユダヤの伝統精神の影響があるものと思われる。この点について次に考えてみたい。

ユダヤ教は行動を重視する宗教である。ドイツの思想家レオ・ベック（Leo Baeck）は、「『トーラーの原理』は敬虔な行為の原理である」（Baeck 一四）と述べ、また、湯田豊は、「ユダヤ教の預言者の主要関心事は社会正義および愛である」（湯田 二七七）と指摘して、善の実践、そしてそれによる社会改革がユダヤ教の根本精神であると説明している。また、善の行動によってこの世の中を神聖化するという点に関して、ハロルド・S・クシュナー（Harold S. Kushner）も、「ユダヤ教の目標は、どのようにして俗世界から神の臨在される清い世界に逃れるかを教えることではなく、いかにしてこの世の中に神をもたらすか、つまり当たり前のものを聖なるものにするかを教えることである」（Kushner 四九）と述べている。これは、マラマッドの短編「魔法の樽」（"The Magic Barrel" 一九五四）にも見いだされるテーマである。そこでは、ユダヤ教の書物に埋もれて、現実世界とのかかわりを避けていたラビ候補生レオ・フィンクルが、その姿勢が誤りであることを悟り、自らの感情に従って売春婦を花嫁として娶ること、そして彼女を善なる存在にしようと決意する過程が描かれている。このレオの例が典型的に示しているが、そのように善を志向して実践した結果が、俗的な価値観からすれば非合理的で、愚かに思われるのである。そのような場合、その人物は自ら損をする選択をするシュレミールとなるのであるが、背後には高潔な精神を持っていると言える。

この点について、『助手』のフランクについて考えてみよう。この小説では、善良な心を持つだけでは不十分で、実際にそれを実践することが重要であることが繰り返し述べられている。物語の前半から、主人公フランクに潜在的に備わっている内面的資質が紹介される。彼はユダヤ人ではなく、キリスト教の孤児院で育ったが、そこで聴いた聖フランシスの話に非常に心を揺さぶられた経験を持ち、「彼のような人のことを聴くたびに、ぼくの胸の内には泣きたくなる気持ちが湧き上がってくるんだ」(三一)と話す。フランクはまた、自分は実は強い良心を持つ人物だと自己分析をし、「時折、自分の中にあるこの厳しい良心を誇りに思うこともあった。なぜなら、その点で自分は少なくとも他の人々とは違うと感じることができたからだ。そのおかげで、自分を正そうと思うことができたのだ」(二五七)とも告白する。

だが、このような資質にもかかわらず、フランクはモリスの店にならず者のウォード・ミノーグと共に強盗に入り、その行動を悔いてモリスの店で助手として働くようになった後も、レジから金をくすね、モリスの娘ヘレンの裸を盗み見する。挙句の果てには、ヘレンに対する自分の思いを抑え切れず、ウォードにレイプされそうになっていた彼女を救った直後に、彼自身が彼女をレイプしてしまう。このような行動ゆえに、どんなに彼が自らの良心に自負心を持っていても、それは無に等しい。

このような行動はどんな宗教においても非難されるであろうが、ことさらに善の実践を重視するユダヤ教では、どんなに善の心を持とうとも、実践しなければ無意味だと考える。「私たちは自分がとる行動にのみ責任がある」(Kushner 一八八)のであり、「私たちが信じ、行う意志を持ち、すると約束しながら決して行動に移すことがない善良な心の衝動は、何の評価もされない」(Kushner 一八八)という。ましてや、良心の声に逆らって悪行に走れば問題外である。この意味では、内面的資質がどうであろうと、フランクは、学業優秀ではあるが自己中心的な性の欲求でヘレンを傷つけるナット・バールと何も変わらない。

フランクは信頼を取り戻すため、自己犠牲を厭わず、身を以て善を行うことを決意する。店を追われた後、店に戻りたいという彼の懇願を拒否するモリス、また、「ぼくは以前のぼくとは違うんだ」(一二三四)という言葉に納得するどころか反発するヘレンに対して、フランクができることは、行動で自らの善意を示すことだけである。彼は、モリスの店を引き継ぐと、稼ぎを増すために自らの身を削ってアルバイトまでする。それはまた、大学生のナットに再び惹かれ、自分を相手にしてくれるかわからないヘレンの大学教育の資金稼ぎのためでもあった。店にせよ、ヘレンとの関係にせよ、実を結ぶかわからず、徒労に終わるやも知れぬことのために自ら投入するフランクの姿は、まさにシュレミールと言えるが、ここに善の実践を重視するユダヤ教の伝統精神に通じるものがあると思われる。

次に、『もうひとつの生活』のレヴィンについて考えてみよう。レヴィンも決して聖人ではなく、自己の欲望に抗しきれずに女性と関係を持とうとしてズボンを盗られたり、あろうことか自身が講座を担当している女子学生と性的関係を持ち、かつ偶然その学生のレポートの評価を誤り、のちに抗議を受けるなどの失態も演じている。だが一方で、彼は、事なかれ主義に徹するカスカディア大学の教授陣に対して果敢に自己の信念を貫くのである。

そのレヴィンの姿は、善の実践による大学の変革という外的な社会正義として描かれる。彼はカスカディア大学についてさまざまな問題点を発見する。例えば、同一教科書の長年にわたる継続使用、学生への迎合、反体制主義者の密告、研究に対する教授陣の情熱の欠如などである。このような保守的な価値観を体現しているのがギリーである。この体制の変革を目指すレヴィンは、英文科長選挙の際、当初は自分と価値観を共有するファブリカント教授を支持しようと考える。だが、やはり体制批判的だったダフィーに対し、ファブリカントが過去に途中で弁護を放棄していたことを知り、レヴィンは彼も当てにできないと悟る。そして、新任であることを顧みず、レヴィンは英文科長選挙に立候補するのである。だが、結果的には彼は一票たりとも得ることができずに終わる。

レヴィンの行動は性急で、いたずらに軋轢を生むだけだという批判もあろう。彼自身、自分の性向について、「ぼくは自ら危険を作り出すやつだ」（五八）と分析している。また、ギリーが指摘するように、レヴィンは批判はするものの、それを裏付ける経験や知識が不足しており、その意味では身の程知らずとも言えるかもしれない。だが、レヴィンは世俗的で自己満足に浸っているカスカディア大学の現実に直面したとき、それを看過することができず、行動に踏み切ったのである。

行動することの重要性をレヴィン自身が自覚していることは、彼の自白から知ることができる。改革の必要性を認識していながら、まだ実際に行動に移していなかったとき、レヴィンは次のように状況を把握し、自らを戒める。

真の自由人は、倫理的情熱を持ち、思い描いた理想を保ち続け、〔…〕そしてあらゆる機会にそれを人々にとってよりよい生活に変えようと努力した。だが、レヴィンは違う。理想は、彼の頭の中からまったく外へ出ていなかった。（二二八－二二九）

ここからわかるように、世の中をより良くするには行動が必須である。英文科長選挙で一票も賛同を得られなかったレヴィンは、冷笑を誘うシュレミールであると言えるが、積極的に事態の改善に向けて行動する姿は、善の実践と社会正義を重視するユダヤ教の伝統精神に則ったものと言えるのではないだろうか。

なお、フランクが店主として、また、ヘレンの大学教育支援に成功するかどうかは不明であるが、彼の状況はレヴィンの場合とは異なっている。それは、小説の結末において、ヘレンがフランクを赦し、その好意に感謝する様子を示し始めるからである。その点からすると、フランクが墓場のようなモリスの店を継ぎ、身を粉にして働く行為はそこまで愚かだとは言えないかもしれない。一方のレヴィンは、英文科長選挙では一票も票を得られず、周囲との対立が決定的となる。そして、後にわずかな改革をもたらしはするものの、後述するギリーの妻ポーリンとの関係もあって、彼は大学での職から永久に追放されてしまうのである。この観点からすると、レヴィンの方がよりシュレミール的度合いが高いと言え、ここに『もうひとつの生活』のユダヤ性が明確に認められると言えるのである。

なお、レヴィンの英文科長への挑戦からわかるように、実際に行動すれば、周囲との価値観や考え方の相違から、その試みが失敗に終わる可能性は否めない。このような失敗の不可避性に関連して、ユダヤ教には重要な教えがある。この点について次に論じてみたい。

4　ユダヤの伝統――失敗と成長

人間の失敗に関するユダヤ教の教えが、いかに『もうひとつの生活』に見られるかについて論ずるにあたり、まず、ユダヤ教の基本的な考え方を紹介しておきたい(1)。湯田豊は、人間の失敗に関しては、キリスト教とユダヤ教とに非常に大きな考え方の違いがあるという。前者が、邪悪な人間を救う力はキリストによる救いのみにあると考えるのに対し、「ユダヤ教においては人間は善良であるとみなされる。人間は、時々罪を犯すかもしれない。しかし、彼あるいは彼女は自己の力によって自己を克服できるのである」(湯田 二七八)。また、ハロルド・S・クシュナーは、ユダヤ教では失敗を悔い改め、それをバネにして成長する人間の能力を高く評価すると指摘する。

> 人間が他の存在と異なる理由の一つは、私たちは[…]間違いを犯すことがあるが、自分の間違いを認識でき、後悔し、それから学び、訂正できることである。(Kushner 一九三)

このように、ユダヤ教では、失敗を克服し、よりよい人間になろうと努力する人間の能力を評価するのである。では、具体的には、人間はどのようにして失敗から学び、成長できるのだろうか。この点についても、クシュナーを引用してみよう。

神は私たちに悔い改める力を与えられたが、それは、私たちがしたことを悔い改めるだけではなく、理解に至った結果、私たちが変わることができる力であるという意味でもある。ユダヤ教では、悔い改めとは、同じ状況に置かれながら、今度は異なった行動を選択するまで、完全なものとはならないのである。（Kushner 一九四）

ここでもわかるように、悔い改めは、実際に行動に移して初めて意味を持つのである。また、同じ状況に置かれながら、以前とは違う人間的な行動をとるということは、以前に失敗した状況から逃げず、それに直面する必要があることを意味する。これは、非常に重要なユダヤの祝日であるヨム・キプル（贖罪の日）を想起させる。ユダヤ人はこの日を迎えるにあたり、「その年に自分が不快な思いにさせたり、よそよそしくした人々のところを急いで訪ねてゆき、赦しを請う」（Rosten 四四〇）のである。正直に自らの過失を認め、相手のところを訪ね、赦しを乞うという行動によって、よりよい人間となるべく成長する道が開かれるように思われる。

マラマッドの作品においては、過去の失敗から学び、成長するというモチーフは頻繁に用いられている。最初の長編『ナチュラル』（*The Natural* 一九五二）で、主人公ロイ・ホッブズに幼馴染みのアイリス・レモンが言う「私たちには二つの人生があるのよ。教訓を学ぶ人生と、その後に生きる人生の二つが」（一四八）という言葉はあまりにも有名であるが、『助手』においてもそのテーマは極めて明白である。フランクは過去にさまざまな失敗をしているが、その原因は自らの自制力、忍耐力の不足にある。彼は過去を振り返って、次のように述べる。

何か素晴らしいもの——例えば仕事、教育、女性などだけど、ぼくはいつもそのそばまでしか行けないんだ。[…]ぼくは欲しいものを手に入れようとしてラバのようにがむしゃらに働く。そして、ちょうどそれが手に入りそうに思えたときに、ぼくは何かばかなことをして、ほとんど手にしかけていたものがすべて、目の前で粉々になってしまうんだ。（三六）

ここでフランクが言っているのは、ある時点までは何とかやってきても、肝心のときに自分の欲求を抑えられなくなって、取り返しがつかない失敗をしてきたということであろう。実際、彼は、自分にはできなかった自己抑制という考えに憧れのような感覚さえ抱いている。

強盗に入った後、償いのためにモリスの店に戻り、彼のために働き始めた後も、フランクは過去と同じ失敗を繰り返す。金銭欲を克服できず、彼はレジから小銭をくすねるという短絡的な手段に訴える。忍耐力がない彼には、モリスから借りようという考えは毛頭なかった。なぜなら、「彼は人から借りたことがなかったのだ。いつも盗んでいたからだ」（一六二）。結局、これが原因でフランクは店を追い出されることになる。

ヘレンに対しても、彼は過去の過ちを繰り返す。彼女に好意を寄せるフランクは、男女関係に慎重なヘレンに苛立ちを覚え、モリスから店を追い出された日の夜、自己を制することができなくなり、彼女を凌辱してしまう。

フランクがこれらの失敗を乗り越え、成長するためには、自己抑制と忍耐が要求されるが、上の引用部分にあるように、「同じ状況に置かれながら、異なった行動」をする必要があるのである。そのために彼は、モリスですら保険金詐欺の誘惑に陥りそうなほど悲惨な状況にある彼の店に戻ることを断固として譲らない。そして、モリス亡き後、彼の家族を養うため、一人で店を賄い、金を稼ごうとする。フランクは、自らは穴の空いた下着しか着ず、また、睡眠不足で痩せ細りながらも夜間アルバイトをし、その金も一家のために投入するという自己犠牲に生きるのである。

また、ヘレンに対する罪を償うためにも、フランクはヘレンのもとに戻らなくてはならない。そして、自分勝手な思いで彼女が望まないことをしてしまった失敗を償うため、彼は、今度はどんな犠牲を払ってでも、忍耐力をもって、彼女が望むことをしようとするのである。そして、彼はヘレンが願っている大学教育を受けられるよう、資金援助することを申し出、そのためにも昼夜を分かたず働くのである。

『もうひとつの生活』のレヴィンにとっても、新たに赴任したカスカディアでの生活は、過去の失敗を乗り越えて成長するためのものであると言える。彼は以前は呑んだくれだったが、監獄で死亡した父や、自殺した母ゆえに酒に溺れたのではない。彼が人生に絶望した理由は、女性に捨てられたことであった。彼は「ぼくは、不幸で人生を苦々しく思っている女性と恋をしていて、捨てられたばかりだった。両親よりも彼女を失ったことの方をぼくは嘆き悲しんだんだ」(二〇〇―一)と回想している。

愛され、認められることを願っていたが、自らを否定されて、レヴィンは自暴自棄になったのである。その自分を変え、愛されぬ境遇においても自らを律することが彼にとってのカスカディアでの人生の意義ということになるだろう。ここでは彼の戦いは、外的な社会や敵に対するものというよりは、過去の自らを克服するより個人的、内的戦いであると言える。そのようなレヴィンの戦いが、ポーリンとの関係を通して描写される。

ポーリンに対して、レヴィンは最初こそ愛情を感じるが、ギリーに逢引の事実を知られはしまいかと心配するポーリンのことを思って、彼女を諦める決心をする。そのときレヴィンは、過去に感情を抑制できなかった自分の姿を思い浮かべ、「邪悪だった後に善になることは、生命の可能性である」(二五八)と考え、ポーリンに対する愛情の抑制と克服に意義を見出す。のちにポーリンが自分に近寄ってきた真相を知ることも助けとなり、彼はポーリンへの愛情を排除することに成功する。人生に決して満足しないポーリンは、かつてダフィーと愛人関係にあり、それも彼女の方から彼に言い寄っていたのであった。そしてダフィーの自殺によって打ちひしがれていたときに、彼女は偶然、履歴書のレヴィンの写真を目にし、かつて自分に優しかったユダヤ人青年を思い出し、彼を講師として採用するよう、夫ギリーに進言したのであった。そして、彼女はレヴィンにも言い寄ったのである。つまり、彼女にとってレヴィンは他の誰かの代わりに過ぎないのであり、彼女が本当に彼を愛しているのかは甚だ疑わしい。しかし、そのような女性をも愛そうと努めることが、レヴィンにとって過去の失敗を乗り越え、成長する鍵なのである。では、なぜポーリンを愛することが、レヴィンにとってそのような意味を持ち得るのだろうか。

上述のように、レヴィンがかつて酒に溺れるようになった理由は、ある女性に捨てられたことにある。その女性は、「不幸で人生を苦々しく思っている女性」（二〇〇）であった。今レヴィンが置かれている立場は、かつての状況に極めて類似している。レヴィンはもちろんポーリンに捨てられたわけではない。しかし、愛されていると思っていたところ、実はそれが疑わしいことが判明したのであり、その意味では自己を否定された過去と似た状況にあると言えるのではないか。実際、「彼は自分に対してあのアイルランド人を引き合いに出したことで、彼女を責めた。それは、いわば、レヴィン本人としてのレヴィンの価値を否定することだからだ」（三二五）と感じている。また、かつて彼が好意を寄せた女性同様に、ポーリンも決して現状に満足しない不幸な女性なのである。このように以前と同様な境遇において、レヴィンが今度は過去とは違い、否定されたことを克服し、ポーリンを愛せるならば、それは彼にとって過去の失敗を乗り越えたことになると考え得るのである。

しかし、レヴィンの現在の状況は、以前よりも遥かに困難になっている。なぜなら、レヴィンはもはやポーリンに対して愛を感じなくなっていたからである。彼は、「想像力を駆使し、以前には見事なまでに花開いた愛をとり戻すべく、ありとあらゆる手段を試みる」（三三五）のだが、結局は、自分がもはや愛を感じていないことを再認識するだけである。

だが、レヴィンはこれに屈せず、ポーリンは自分を愛しているのだと言い聞かせつつ、たとえ今は感情が伴わなくとも、彼女を愛そうと決心する。なお、ここにも善の実践を重視するユダヤ教の伝統精神が現れていると考えられる。すでに引用したように、ユダヤ教では、どんなによい衝動を感じていても、それを行動に移さなければ無意味だとみなす。逆に、感情が伴わなくとも善を実践することが重要で、そうすればそこに感情が伴うようになると考えるのである。モリス・アドラー（Morris Adler）は、「たとえ、価値のない動機から善を行うとしても、粘り強く続けてゆけば、正しい動機が備わるようになるものだ」（Adler 六七）と古代の賢者の教えを引用する。また、ミルトン・スタインバーグ（Milton Steinberg）も、まず行うことが重要であることを次のように説明する。

しかし、愛は本来的に義務の問題なのだろうか。法律によって、聖書の法によってさえ、愛は成立させうるのか。むしろもっと自発的で打算的ではないもの、貸し借りという動機からは非常に懸け離れた、自由意思から生じるものなのではないか。

その通りである。しかし、愛による善行は、愛の感情とは異なり、意志で行うことができるのである。もちろん、その行いに熱意が伴った方が好ましいのだが、いずれにしても、行いが重要なのである。（Steinberg 七七－七八）

レヴィンは、この思想を体現するかのように、「感情がなくても、いや感情に逆らってでも［ポーリンを愛そう］。どうしようもなく排除したいのだが、持ちこたえよう。以前は愛が自分たちを先導してきたのだが、今度は自分の方から愛を引き出すのだ」（三三八―三九）と理論を立てる。これは以前のレヴィンとは極めて対照的である。かつては愛を求め、それを失って自暴自棄になったが、今度は相手に愛情がなくても構わず、それればかりか、愛情を感じるのが困難な状況で、相手を愛する姿勢に徹するからである。

レヴィンはさらに、ポーリンから、二人の子どもまでもギリーから奪い、引きとることを要求される。その代価として、彼はギリーから、二度と大学での教職に就かぬよう要求される。これは極めて受け入れ難い要求に思われる。だが、相手の要求の内容次第で自己の行動が左右されるのであれば、レヴィンにとっては、かつて相手の行動によって自らを自暴自棄に追いやった事実を克服したことにはならないだろう。結局彼はその要求に従うことを選択するのである。過去の失敗から学び、成長するというユダヤの伝統精神がなければ、このようなレヴィンの行動は理解できないかもしれない。ギリーが、レヴィンになぜそんな苦労を背負い込むのかと尋ねるのも無理からぬことであろう。

このような観点から見ると、フランクとレヴィンが置かれた境遇には、やはり一つの大きな違いがあることがわかる。それは相手の女性に対する感情である。フランクはヘレンに対して好意を抱き続けているのに対し、レヴィンはポーリンをもはや愛してはいない。しかし、それでも彼は彼女を愛そうとし、行動を起こすのである。その意味では、ユダヤの律法の核心とも言える善の実践と、失敗を踏まえて成長するという教えが、『助手』よりも『もうひとつの生活』において、より高度なものとして示されていると言えるのではないか。また、レヴィンの方がそれだけより大きな困難に直面していると言え、そのような苦難を甘受し、乗り越えようとするレヴィンを主人公とする『もうひとつの生活』が、より高く評価されてもよいのではないかと思われるのである。

5　おわりに

マラマッドの作品の中には、ユダヤ人を主人公としながらも、一見するとユダヤの伝統とは無関係に思われるものがある。だが、ユダヤ教の基本的な教えやその思想、伝統に則して考えてみると、実はそのような作品にもユダヤ的な側面が見いだされることがある。本論では、その例として『もうひとつの生活』を取り上げ、いかに主人公の状況やその生きざまがユダヤの伝統や思想を反映しているかを指摘した。具体的には、主人公をシュリマゼルならしめる不運な境遇、自ら墓穴を掘るシュレミール性とその背後にある善の実践の重視、そして、失敗から学び、成長するというユダヤの伝統的精神である。また、それらは、ユダヤ色が濃厚な作品『助手』にも同様に見られるが、見方によってはむしろ『もうひとつの生活』により明確に認められると言えるのである。マラマッドはそのようなユダヤ的側面を、ユダヤ人コミュニティの外の世界に生きる主人公の姿に巧みに織り込み、ユダヤ人だけでなく、万民に向けた傑作を創作したと言えるのではないだろうか。

注

（1）本論の、人間の失敗に関するユダヤ教の教えが『もうひとつの生活』に反映されている点に関する議論は、拙論「『もうひとつの生活』におけるレヴィンの苦難——そのユダヤ的特質について」に基づいている。

参考・引用文献

Abramson, Edward A. *Bernard Malamud Revisited*. New York: Twayne Publishers, 1993.

Adler, Morris. *The World of the Talmud*. 2nd Ed. New York: Schocken Books, 1963.

Alter, Robert. "Jewishness as Metaphor." *Bernard Malamud and the Critics*. Eds. Leslie A. Field and Joyce W. Field. New York: New York UP, 1970. pp. 29-42.

Baeck, Leo. *The Essence of Judaism*. New York: Schocken Books, 1948.

Kushner, Harold S. *To Life! A Celebration of Jewish Being and Thinking*. New York: Grand Central Publishing, 1993.

Lethem, Jonathan. Introduction to *A New Life*. New York: Farrar, Straus & Giroux, 2004. pp.ix-xi.

Leviant, Curt. "My Characters Are God-hautend." *Conversations with Bernard Malamud*. Ed. Lawrence Lasher. Jackson, MS: UP of Mississippi, 1991. pp.47-53.

Malamud, Bernard. "The Angel Levine." *The Magic Barrel*. New York: Farrar, Straus & Giroux, 1999. pp. 43-56.

——. *The Assistant*. New York: Farrar, Straus & Giroux, 2003.

——. "The Magic Barrel." *The Magic Barrel*. pp. 193-214.

——. *The Natural.* Harmondsworth, Middlesex: Penguin Books, 1967.

——. *A New Life*. New York: Farrar, Straus & Giroux, 2004.

Pinsker, Sanford. *The Schlemiel as Metaphor: Studies in Yiddish and American Jewish Fiction*. Revised and Enlarged Ed. Carbondale and Edwardsville: Southern Illinois UP, 1991.

Rosten, Leo. *The New Joys of Yiddish*. New York: Crown Publishers, 2001.

Steinberg, Milton. *Basic Judaism.* San Diego, New York and London: Harvest Book, 1975.

Stern, Daniel. "The Art of Fiction: Bernard Malamud." *Conversations with Bernard Malamud*. Ed. Lawrence Lasher. Jackson, MS: UP of Mississippi, 1991. pp.54-68.

Walden, Daniel. "The Waning or Maturation of Bernard Malamud?" *Profils américains: Bernard Malamud*. Montpellier: université Paul-Valéry Montpellier III, 1999. No 12. pp. 181-90.

鈴木 久博「『もうひとつの生活』におけるレヴィンの苦難——そのユダヤ的特質について」『シュレミール』第十七号、日本ユダヤ系作家研究会、二〇一八年、一一-二〇頁。

湯田 豊「ユダヤ教の本質」『現代思想』七月号、青土社、一九九四年、二七六-三〇一頁。

第4章　『ベラローザ・コネクション』における記憶と伝統

アンドリュー・M・ゴードン
向井　純子　訳

ソール・ベロー（Saul Bellow）は『ベラローザ・コネクション』（*The Bellarosa Connection* 一九八九）の中で、名前の出てこない語り手を登場させたが、この語り手はベロー作品のほとんどの主人公と同じく、ベローの特徴をいくつか持ち合わせている。語り手は一九八九年のベローと同じく七十歳代前半、成功して裕福になり、ロシア系ユダヤ人移民の両親がいてアメリカに同化している。最もよく挙げられる共通点は、語り手もベローも両者とも素晴らしい記憶力の持ち主であるということである。語り手は「ムネモシュネ研究所」を設立して一財産築き、記憶力の増強に貢献した。一方、ベローは並外れた記憶力を用いながら文学作品を書いている。「私には常に過去へのチャンネルがあった」とベローは述べている。「過去へのチャンネルは、若いうちから簡単に使いこなすことができた。まるで通りを歩いているときにまわりを見回したり後ろを振り返ったりするようなものだよ」(*It All Adds Up* 二九五)。

『ベラローザ』は、ある老人とその記憶についてのストーリーであり、「古い道」("The Old System")、「黄色い家を残して」("Leaving the Yellow House")(これは老女とその記憶についてのストーリーである)、「モズビーの思い出」("Mosby's Memory")、『サムラー氏の惑星』(*Mr. Sammler's Planet*)、「覚えていてほしいこと」("Something to Remember Me By")などのストーリーと似ている。『ベラローザ』は記憶の役割と弊害に関する問題を扱っており、抑圧と拒絶が中心に描かれている。皮肉にも語り手は記憶力の専門家であるが、語り手はホロコーストを拒絶して理解しようとしない。しかしこの抑圧された題材は、老年になって戻ってきて彼にとりつき、彼の考えを打ち砕いてしまう。

ベローは、自身がホロコーストに抑圧され、それを拒絶してきたこと、そしてホロコーストに向き合うのが最初は苦痛であったことを認めている。一九四〇年代後半、ベローが三十代の時に次のように述べている。

ずっと頭で考えていながら形にできないことがたくさんあった。私から離れてしまったこと。一つは、ホロコーストだ。私には全くといっていいほど知識が無かった。おそらく私はホロコーストを自分でいくぶんか封印してしまったのかもしれない。パリに住んでいたとき、ホロコーストを経験してきた人たちにたくさん会ってきたものだから。何が起こったのか、私にはわかっていた。私はなんとなくアメリカ生活から自分を引き離すことが出来なかった[…]ホロコーストがずっしりと重く私にのしかかってきたのは、それからずいぶん後で、一九五九年にアウシュヴィッツを訪れたときであった…とは言っても、私はあまりにもアメリカ生活にどっぷりと浸かりすぎて、アメリカ生活から考えをそらすことができなかったのだから、驚きだ。私はユダヤの歴史について深く考える準備ができていなかった。理由はわからない。問題はそこなのだが[…]自分でうまく説明できないのだ。近しい親戚はもう亡くなってしまった。(*It All Adds Up* 三一二–一三)

ベローはアメリカ生活を書くことに没頭していたが、それは特に驚くようなことではなかった。「私はユダヤ人の運命について書くことを自分の義務だとは考えたことがなかった[…]私は本当に書きたいと心を動かされたことを除いては、義務感を感じたことはなかったのだ」(*It All Adds Up* 三一三)。その理由について、ベローは大人になるまで次のように考えていたと述べている。「家族にとってより大切なことは、アメリカ化することと同化することであった。この件に関して、家族の意見は二つに分かれた。私の長兄は完全にアメリカ化するほうの立場をとっていた。彼は移民であることを恥ずかしいと思っていたのだ」(*It All Adds Up* 二九三)。四〇年代後半、ベローが書きたいと強く思っていたのは、オーギー・マーチのアメリカ化であった。一九四〇年代後半に生きた『ベラローザ』の語り手はアメリカに同化したいと強く願っていたので、ヨーロッパ人の親戚でホロコースト生存者であるハリー・フォンスタインなる人物が、自分の人生に関わってくることに気付くことが出来ない。

『ベラローザ』は、アメリカ生活に馴染みすぎていたために長い間ホロコーストから目を背けてきたベローの罪悪感から生まれたようなところがある。しかしベローだけがホロコーストから目を背けてきたアメリカ人作家、もしくはユダヤ系アメリカ人作家というわけではない。歴史家のドミニク・ラカプラ（Dominick LaCapra）は次のように述べている。「大虐殺《ショアー》は第二次世界大戦後の西欧諸国で、しばしば人々を抑圧してきた［…］この抑圧を自身から取り除こうとする人々は、信じがたいほどの困難や衝動に直面してきた。それは自分自身の抵抗感や、物事を満足できる言葉で表現しようとする際に生じる問題に関係していた」（*Representing the Holocaust* 一八八）。戦争直後のアメリカでは、「［ホロコーストを］避けたり否定したりすることは、支配的な社会においては当たり前であった」（二〇〇）。実際、一九六〇年代になってようやく、アメリカの作家たちがホロコーストについて直接的に書き始めるようになり、『質屋』（*The Pawnbroker* 一九六一）のエドワード・ルイス・ワラント（Edward Lewis Wallant）は、そういった作家の最初の一人であった。

ホロコーストの抑圧に対する罪悪感の他にも、ベローは『ベラローザ』を書くことで愛する人々が受けた抑圧を埋め合わせようとしたようにも見える。それはつまり、ベローが「心の保管庫」に送り込んでしまった人々。記憶を入れておく倉庫では、もうベローは生きている人間として彼らを扱うことは出来ないのだ。彼は次のように述べている。

君たちは人と親密な関係を築く――つまり君たちにとっては大切なことなのですが――その人との親密な関係が、君たちの精神生活の一部を形成しているのです。では、なぜ彼［『ベラローザ』の語り手］は三十年間もソレラとハリーに会っていないのでしょうか？　なぜ彼らを記憶の倉庫に入れるのでしょうか？　君たちはそこに人を押し込み、自分の人生において永遠の存在であると考え、それで君たちは親密な関係が維持できていると考えるのです。でもなぜ彼はハリーとソレラに会わないのでしょうか？　もし彼がハリーとソレラを愛していれば、どうして心の扉の中に彼らがいるのを確認していながら、扉を開ける鍵を無くしてしまうようなことをするのでしょうか？　彼が愛する人たちを探し出そうとしたときには、もう完全にしまい込まれて出てこなくなっているのです。もし君たちが長生きすれば、「みんな、私の中に生きているよ」などと人に言ってしまうのです。（ベロー講演フロリダ大学にて）

『ベラローザ』は、ベローの償いの手段として書かれた作品である。ベローはアメリカ人化している自分自身と葛藤しながらもホロコーストやユダヤの伝統を無視してきたこと、また付き合いもなく頭に記憶しておくだけで結果的に愛する人々を無視してきたことを後悔している。ホロコーストでも彼の「心の中にある記憶」でも、同じことが起こってしまった。つまりベローが述べているように、近しい親戚はもう亡くなってしまったのである。ベローはホロコーストを認識するのが遅かったため、これまで自分が死者を無視してきたように感じていた。そして「心の中にある記憶」の中で、彼は生者も無視してきたのである。実際には、彼は人々を生き埋めにしてきたようなものである。ベローは語り手とフォンスタインの関係の中で、巧みに二つの罪悪感——ホロコーストに対する罪悪感と、愛する人を早々に記憶の中の存在にしてしまう罪悪感——をからませている。だから『ベラローザ』はベローの多くの作品と同じく哀悼の過程を描いたストーリーであるが、この作品における哀悼は、抑圧と拒絶で複雑なものになってしまっている。

ピーター・ハイランド（Peter Hyland）は、『ベラローザ・コネクション』の雰囲気はもの悲しく、失ってしまったものと深い関わりがあると述べている。この痛々しい題材になんとか耐えられるのは、おなじみベローの手法、語り手のユーモアのセンスのおかげである。そしてそのユーモアのセンスは、語り手の嘆きや後悔と同じくらいの力を持っている。ハイランドは、『ベラローザ』には「エネルギーとウィットがあふれている」（Hyland 一一八）と述べている。

ストーリーを語りながら、語り手はようやく後になって感謝するようになった親戚、ハリーとソレラ夫妻を悼んでいる。彼がフォンスタイン一家を疎遠にしてきたのは、遠い親戚だったからだと正当化してきた。「我々は血が繋がっているわけではなかった。フォンスタインは、私の継母の甥であった。継母のことを私はミルドレッドおばさんと呼んでいた（婉曲的に礼儀を表しているのだが——やもめだった父が彼女と再婚したとき、私は彼女に母として世話をしてもらうには大人になりすぎていたからである）」（*The Bellarosa Connection* 七）。距離のある家族関係だったにもかかわらず、おもしろいことにフォンスタインも語り手もミルドレッドのことを「おばさん」と呼んでいた。このことはより親しい結びつきを連想させ、フォンスタインと語り手が従兄弟か兄弟のようであることを象徴している。

P・シヴ・クマー（P. Shiv Kumar）は、フォンスタインと『サムラー氏の惑星』のエリヤ・グルナーを比較し、両者とも「小説における価値観の根幹」を示している（Kumar 三六）と述べている。家族の結びつきは、どちらの作品でも希薄であると指摘されることもある。サムラーはグルナーの「母親違いの姉の縁でできた叔父である――好意で叔父と呼んでいる」（*Mr. Sammler's Planet* 三一）のだが、それはグルナーが「ヨーロッパ人の叔父が欲しかった」（八〇）からである。ベローがほのめかしているように、家族の結びつきは血縁ではなく、深い感情や愛情を求めることで強くなる。『サムラー』と『ベラローザ』では関係が逆になる。『サムラー』では、心を開かないヨーロッパ人でホロコースト生存者のサムラーが、アメリカ人親族のグルナーを崇拝している。『ベラローザ』では、心を開かないアメリカ人の語り手が、ヨーロッパ人の親戚でホロコースト生存者であるフォンスタインを崇拝している。ヨーロッパ人の視点でアメリカを見るのではなく、アメリカ人の視点でヨーロッパを眺めることで、ベローはより自然な語り口でホロコーストという出来事を考えることができるのである。

語り手はフォンスタインに対して最初は不快に感じるのだが、それは語り手の父親がフォンスタインを不公平にも気ままな息子と比較をするからである。語り手とフォンスタインは同じくらいの年齢（一九四九年に三十二歳）だが、語り手の父親は彼のことを「未熟なまま、その日暮らしをしている怠け者」（*The Bellarosa Connection* 八）だと考えている。一方フォンスタインは、一四歳の時に父親を亡くしたために急いで成長しなければならず、ナチスにヨーロッパ中追いかけ回されてきた。語り手は父親に対して憤りを感じているが、それを表に出すようなことはしない。フォンスタインはヨーロッパという「真実の世界」（八）から来た真の男であり、「自分の甘やかされたアメリカ息子」（一九）とは対照的だ、というのが父親の評価である。「生きながらえたフォンスタインは、背後にヨーロッパの怒りを背負い、私は彼よりもずっとだめな人間のように思えた。しかし彼をとがめるべきではない。競争相手、父親の愛情を奪いかねないヨーロッパ人兄弟として登場する。」（八）フォンスタインは語り手の引き立て役、競争相手、父親の愛情を奪いかねないヨーロッパ人兄弟として登場する。

興味深くも複雑なのは、足の不自由なフォンスタインと語り手との関係である。大きな苦しみに耐えうる能力があるという点で、フォンスタインは語り手よりも能力が高いように見える。それはグルナーとサムラーの関係、義足のヴァレンタイン・ガースバッハとモーゼス・ハーツォグの関係と同じである。フォンスタインもガースバッハも両者とも主人公より優位なので、主人公に勝ち目はない。フォンスタインは「悲しみを知り尽くした男。空言や浅はかな笑い、虚栄心、駆け引き……、意気地のない、あるいは子供っぽい憂いに費やすような時間はない」（一二三）という人物である。語り手は虚栄心が強いくせに気の弱い腰抜けであり、ハーツォグに似ているとほのめかしているのである。仮にそうだとしても、ガースバッハがハーツォグにやったように、フォンスタインが語り手を裏切ったり不義を働いたりすることはない。しかし登場人物に結びついた感情は、正反対である。語り手は初めフォンスタインに怒りの感情を持っていたが、最後には愛情を抱くようになる。それに対して、ハーツォグは愛する親友ガースバッハを嫌っていくようになる。

ちょうどハーツォグ、ガースバッハ、マデリンの関係と同じく、語り手、フォンスタイン、そしてソレラも三人の関係を維持していく。語り手は結婚するが、その結婚相手について読者はほとんど知らない。語り手が本気で魅了されているのは、ソレラである。マデリン・ハーツォグがそうであったように、ソレラは支配的で、男勝り（四八）、計画的で、「舞台の上にいるような雰囲気」（九）がある。ハーツォグはガースバッハとマデリンを失ったと嘆き、『ベラローザ』の語り手はフォンスタインとソレラを失ったと嘆いている。

男らしいフォンスタインのせいで語り手が見劣りしてしまうのと同じように、語り手とよく似たビリー・ローズという人物もあまり格好良くない人物である。語り手とビリーの類似点は、ストーリーが進むにつれて明らかになっていく。二人ともユダヤ人というよりはアメリカ人であり、金持ちで、意図的に人と距離を置いている。「富の冠をいただく頭に安眠の枕はない」（四一）（『ヘンリー四世』［*Henry IV*］第三幕第一場、三一のパロディ）や「王たちの死にまつわる悲しい物語」（八八）（『リチャード二世』［*Richard II*］第三幕第二場、一五二）に見られるように、ビリーはシェイクスピア（**Shakespear**）の作品を用いて二度も王と比較されている。そして語り手は自分をシェイクスピアのリチャード三世の「変化、転換、自分の王国を変えるのだ！」（五）というせりふを引き合いに出して自分を語る。もしビリーと語り手が虚栄心に忠実であるなら、こういった表現は正直であると言えるだろう。このシェイクスピアの王たちは不安定かつ残酷な性格であり、死んでいる場合には亡霊にまでなっているのだ（ベローは王についてさらに自己嘲笑的に述べており、語り手に「気が狂って理性を失い、命運尽き果てたサウル王」［一二三］を引き合いに出している）。

また女たらしのビリーと語り手には性的な曖昧さも存在する――ビリーはコーラスガールを追いかけ回し、若い語り手は「ベニントンの女の子たちとうまいことやっていた」（八）――が、それは幼稚で不適切なことであった。ビリーは十歳の少年と性交渉を持ったかどでとがめられ、語り手の父親は「私が今も十二歳の子供のようにふるまっている」（八）と言い張る。語り手もまた自分と同性愛者のシャルリュス男爵を重ね合わせ、自分を「意気地なし」（一二三）と責めてしまう。

語り手は「嫌なビリー」（六六）についてふれ、自分自身のことを「どうして私はこんなに嫌なやつなのか?」（七九）と語る。語り手もビリーも嫌な人間だが、それは彼らが忘却を好み、人間的に素晴らしいフォンスタイン一家を捨て、ホロコーストやユダヤの歴史とのつながりを断ち切ってしまうからである。ビリーはホロコーストからフォンスタインを救い出そうとして関わってくるが、フォンスタインに人間としての関心は抱いていない。だからフォンスタインがただ恩人に感謝して握手をしたいと望んだときも、ビリーはフォンスタインに会うのを拒むのである。

スピルバーグ（Spielberg）の映画『シンドラーのリスト』（*Schindler's List* 一九九三）の中の場面で、シンドラーのユダヤ人アシスタントであるスターンという人物が、シンドラーのところに片腕の老人を連れてくる。その老人は、シンドラーが彼を工場で雇ってくれたことで破滅から逃れることができたと感謝の意を惜しみなく述べている。シンドラーはこの老人を以前に見たことがなかったので、スターンが雇った老人であることは明白だった。シンドラーは急にその老人の存在のせいで居心地が悪くなり、この老人をオフィスに連れてきたスターンを、かげで叱りつけた。やがてシンドラーが気づかないうちに、その身体の不自由な老人はあっという間にナチスに連行され、観客だけがその場面を目撃している。シンドラーが同情心を持ち始めるのは、クラコフ収容所での虐殺という残虐行為を目撃してからのことである。正義感の強い異教徒シンドラーとは違って、ビリー・ローズはユダヤ人を救うユダヤ人であるが、心が成長することはなく人間としての成長は止まったままである。

アーロン・アッペルフェルド（Aharon Appelfeld）は、ホロコーストについて書く際に必要なことは「計り知れない数の、恐ろしくて正体のわからないものから生じる苦しみから救い出すこと、人間の氏名を取り戻すこと、苦しんでいる人から引き剥がされてしまった人間の形を取り戻すこと」（Appelfeld 九二）であると述べている。ホロコーストの恐怖は、多数の人間が殺された大虐殺にあるだけではない。皆殺しにされる前に経験する、人間とは思えない行動が組織的に行われるところにもあるのだ。フォンスタインの恩人ビリー・ローズが彼に同胞であると認めるのを拒んだとき、彼は人間とは思えない行動を表現する言葉を繰り返し口にした。一つは、ベローの『犠牲者』（*The Victim* 一九四七）の中のシュロスバーグの演説を思い起こさせる。「もし人生が私にとって素晴らしいものであるなら、人生は素晴らしいものなのだ……どうしてそんなくだらないことを言うのか？

どうしてもそうしなければならないのか？　誰か君の襟首をつかまえているのか？（*The Victim* 一二二）。ビリーは人間的にはくだらない存在でいることを選ぶのだ。「我々の友人ベラローザことビリーは、人間的なテーマが不幸にも希薄であったためにフォンスタインを簡単に思い出すことが出来なかった［…］殺人犯は被害者の生死に関心が無いがために、自分たちの犯罪について思い出すことができないのである」（*The Bellarosa Connection* 六七）。ユダヤ人の救世主ビリーは、皮肉にもホロコーストを継続してしまう。

おそらく『ベラローザ』において重要なのは、ハリー・フォンスタインが彼の「氏名」によって個別化されているのに対して、語り手は名前がないままであることである。

語り手が人間的に変化するのは、ストーリーの最後三分の一になってからである。最初の三分の一、つまり最初の展開で語り手が紹介され、語り手が一九四〇年代にニュージャージーにある父と継母の家で初めてハリーとソレラ・フォンスタインに会ったときのことが回想される。次の展開で、彼は十年後の一九五九年にエルサレムのキング・デイヴィッド・ホテルでフォンスタイン一家と再会する。そこはソレラがビリー・ローズに対面する場所である。最後の展開は一九八〇年代後半に起こる。それまで語り手はフォンスタイン一家とは三十年もの間会っていなかった。語り手は妻に先立たれて隠居生活を送っており、一人でフィラデルフィアの二十部屋もある豪邸に暮らしていた。

語り手の人間的な変化に適した季節は、三月である。「フィラデルフィアの地を覆っていた冬が去り、豚の鳴き声とともに泥に汚れた雪どけ水がしたたり始めた。そうすると今度は町の地面に植物が芽吹く春がやってくる。春の季節にはまずクロッカスやマツユキソウの花が咲き、我が家の裏庭で新しいつぼみがふくらんでくる」（五九）。彼の豪勢で都会的な私有地は、ビリーの「貧弱で枯れ果てたニューヨークの土地……（私は小さな監獄のように黒いとがり杭で囲われた場所のことを考えている──マンハッタンの中心部に細長い土地を確保し、緑葉や草を育てている）」（五一）という台詞を連想させる。しかしビリーのニューヨークの土地よりも、語り手のフィラデルフィアの庭のほうに希望があるのは、再生のシンボルであるクロッカスを生み出すからである。またベローの『フンボルトの贈り物』（*Humboldt's Gift* 一九七五）の最後にもクロッカスが出てくる。

重要なのは、語り手が書斎でジョージ・ハーバート（George Herbert）の詩「花」（"The Flower"）を調べている場面である。ハーバートが亡くなる年（一六三三）に書かれたもので、春と復活についての詩である。ここに詩の一部を抜粋しておく。

　ああ主よ、なんと爽やかで、甘く清いのだろうか
再び私の元に戻ってこられた！　まさに春の花々のよう
　その花々だけでなく、花々の咲く地に、
過ぎ去った寒さが、喜びの贈り物を持ってきてくれる
　深い悲しみは溶けてゆく
まるで五月の雪のように、

まるでそんな厳しい冬などなかったかのように
私のしなびてしまった心に新緑がよみがえってくることを
誰が考えたことがあるだろうか？　土の下の方に
かくれていたのだ　まるで花が散って
母なる樹の根に会いに行くよう　花は風に散り
みな一緒になって
厳しい季節を耐え忍ぶ
深く眠り込んで、ひっそりとなる
［…］
そしてまた私につぼみが芽生える
たくさんの死を経験し、私は生きかえって書いている
もう一度、朝露と雨の香をかぎながら
そして詩を書く喜びを感じている

この詩は、年老いた語り手が憂鬱と悲しみの淵から戻って希望を春に見いだす姿だけでなく、べローが老年になってもなお書くことに喜びを見いだす姿にもしっくりくる。

長い間押さえつけられてきたフォンスタイン一家が語り手のところに戻ってくるのは、物語の中

でクロッカスが咲き、心の中に「花」が咲くこの瞬間である。語り手の家の電話が鳴る。エルサレムから来たラビXないしYなる人物からで、「エルサレムのフォンスタイン」の代わりに、ハリー・フォンスタインの居場所を探しているという。「エルサレムのフォンスタイン」なる人物が、ハリー・フォンスタインの叔父だと主張して助けを求めているのだという。ストーリーの残りの部分では、語り手がフォンスタイン一家を探している様子が書かれている。彼はいろんな古い知人やその親戚に電話を掛けるが、わかったのはもう手遅れだということだけだった。フォンスタイン一家は、六ヵ月前の自動車事故で死んでしまっていたのだった。

この電話は、明らかに「デウス・エクス・マキナ」（"deus ex machina"）である。つまりいきなりやってきて、都合良くタイミングを設定し、そしてこの電話のせいで現実味がなくなってしまうのだ。フォンスタイン一家の遠く離れた親戚である語り手の名前を、いったいどうやってラビは知ったのか？　語り手が「電話帳にも載せていない自分の電話番号を、留守番電話のメッセージにも残さなかった」（六五）と言っているのに、どうやってラビは家の電話番号を知り得たのか？　それにフォンスタイン一家は三十年も会っていなかったような親戚なのに、なぜ彼はそんなに遠くにいる親戚に電話をすることを厭わないのか？　語り手がその後に電話をするフォンスタイン一家の友人や親戚たちの多くが、誰一人としてこのラビと言われている人物と接触していないのだ。これには二つの解釈が考えられる。写実主義的小説にもかかわらずベローが小さなミスを犯したか、意図的に物語の中にベローが空想の要素を注ぎ込んだかであろう。ベローは不注意なタイプの作家ではないので、私は後者の解釈を選んでおこう。この出来事は、すぐ後に語り手が見る夢と同様、物語の中で抑圧されてきたものが戻ってくることを象徴している。「エルサレムのフォンスタイン」はフォンスタイン一家と関係があるかどうかもわからないが、実際は登場すらしておらず、幻のような人物で、ホロコーストの象徴的犠牲者であり、もう一人の語り手である。エルサレムのフォンスタインはシュノーラ（schnorrer）（イディッシュ語で「物乞い」の意）でありながら、この上なく暗示的で象徴的な人物である。「そこでそのラビはエルサレムのフォンスタインが助けを求めていると言い出した。この哀れなフォンスタインは完全に狂人なのだが、ぼろ服の中は、身体的にも精神的にも（わかりやすく言い換えておこう）、生きる資格がある。迫害、喪失、死、残酷な歴史に翻弄されて気がおかしくなっているだけなのだ。そして彼自身が、声を大にして救済を――人間的救済と超自然的救済を――求めているのだ。両方の救済が合わさっていてもかまわない」（六〇―六一）エルサレムのフォンスタインはハリー・フォンスタインと同じくホロコースト生存者のように見える。しかし彼もまた語り手との共通点があり、彼と同じく年老いて孤独、喪失と死の犠牲者であり助けを求めて叫んでいる。語り手が後に「スワニー・リバー」（"Swanee River"）の歌を思い出すのは、こういう理由なのである。「この世は常に悲しくすさんでいる／私がさまようところすべてが／ああ黒人たちよ、私の心の憂いが……」そして彼は次のように言うのである。「世界中は暗く、すさんでいる。間違いのない事実だ！」（六二）。

エルサレムのフォンスタインもまた、ベローの『この日をつかめ』（*Seize the Day* 一九五六）に登場するストリートミュージシャンの物乞いに似ている。この物乞いがトミー・ウィルヘルムを見つけ出す場面で、「いつもと同じ髭面の老人は、眼帯を当てて物乞いの顔をし、小さな足にはぼろ布を巻いていた。ヴァイオリンケースに貼られた古い記事の切り抜きは、かつては彼がコンサートのヴァイオリン奏者であったことを示していた。その老人がウィルヘルムをヴァイオリンの弓で指して、『あなた!』と声をかけた」(*Seize the Day* 九九–一〇〇)とある。ぼろ服(六〇)を着ているエルサレムのフォンスタインと、みすぼらしいヴァイオリン奏者は、「ビサンティウムへの船旅」("Sailing to Buzantium")というイェイツ(Yeats)の詩を思い出させる。

老人などくだらぬ存在
棒きれにかかったぼろの外套のようなものだ、
いずれ朽ちる運命のぼろ服にできる全ての傷のために、
魂が手をたたいて歌い、大きな声で歌わないのならば

この老人たちはイェイツの魂を持った詩人である。貧しくとも「人間的にはとても豊か」であり、裕福でも人間的に貧弱な語り手とは異なっている。エルサレムのフォンスタインは、語り手の抑圧された人間性、侮辱されて叩きのめされてもなお生きている姿を象徴している。
語り手の夢もまた、フォンスタイン、ホロコースト、生まれ変わりたいという欲望、の三つが一

つになって表れたものである。夢の中で、彼は地面の穴から抜け出そうともがいている。語り手は「私のことをよく知っていて、私が落ちるとわかっている何者かが仕掛けた落とし穴だ。穴の縁は見えるのに、足がロープや根っこに絡まって這い出すことができない［…］私がもがいている姿をこの罠を仕掛けた相手が観察している。その相手のブーツが見える」（七五—七六）と述べている。S・リリアン・クレマー（S. Lillian Kremer）は、この夢は「象徴的なホロコーストの悪夢」であり、彼の「動きのとれない足」はフォンスタインの不自由な足を、ブーツを履いている監視人はナチを連想させると述べている（Kremer 五三）。これが夢の解釈の一つであることは明らかだが、別の見方では、彼を陥れるための穴を掘る人物、彼をとてもよく知る人物とは、彼自身とも考えられる。彼は自分で落とし穴に陥ってしまうのだ。つまり彼はもがき苦しむ人間であり、同時に客観的な観察者である。またユダヤ人犠牲者であり、同時にナチの迫害者でもある。またそれは生き埋めにされる夢であり、彼はフォンスタイン一家を忘れるという、彼らに犯してしまった罪と同じことをその夢の中で自分自身に犯しているのである。

さらに別の見方もある。完全な悪夢ではなく、彼にとって望みのあるメッセージが含まれているという解釈である。その場で彼に絡みついていた「ロープや根っこ」を、彼は後に「記憶の根っこは感情にある——［…］記憶を収集して保持しておくというテーマ［…］」（*The Bellarosa Connection* 八九）であると呼んでいる。それらは、ハーバートの詩に出てくるような、花を育む地面下の根っこを呼び起こさせる。ようやく、その夢には隠喩があるのではないかということが明らかになり、T・

——. *The Victim*. 1947; rpt. New York: Avon, 1975.

——. Remarks by Saul Bellow at University of Florida, February 21, 1992.

Fenster, Coral. "Ironies and Insights in *The Bellarosa* Connection." *Saul Bellow Journal* 9.2 (1990): pp. 20-28.

Hyland, Peter. *Saul Bellow*. London: Macmillan, 1992.

Kremer, S. Lillian. "Memoir and History: Saul Bellow's Old Men Remembering in *Mosby's Memoirs*, 'The Old System,' and *The Bellarosa Connection*." *Saul Bellow Journal* 12.2 (Fall 1994): pp. 44-58.

Kumar, P. Shiv. "Memory Sans Understanding: A Perspective on *The Bellarosa Connection*." *Saul Bellow Journal* 10.1 (Fall 1991): pp. 32-36.

LaCapra, Dominick. *Representing the Holocaust: History, Theory, Trauma*. Ithaca: Cornell University Press, 1994.

Pifer, Ellen. "Bellow's Dim View of Success." *Saul Bellow and the Struggle at the Center*. Ed. Eugene Hollahan. NY: AMS Press, 1996: pp. 129-40.

Rosenthal, Regine. "Memory and the Holocaust: *Mr. Sammler's Planet* and *The Bellarosa Connection*." *Saul Bellow at Seventy-Five: A Collection of Critical Essays*. Ed. Gerhard Bach. Tubingen: Gunter Narr Verlag, 1991.

Saul Bellow Journal 9.2 (1990): pp. 1-19.

Satlof, Marilyn R. "Disconnectedness in *The Bellarosa Connection*." *Saul Bellow and the Struggle at the Center*, Ed. Eugene Hollahan. New York: AMS Press, 1996: pp. 177-88.

引用の翻訳にあたっては、宇野利泰訳『ベラローザ・コネクション』（早川書房、一九九二年）、大橋吉之輔／後藤昭次訳『犠牲者』（白水社、二〇〇一年）、大浦暁生訳『この日をつかめ』（新潮社、平成元年）、鬼塚敬一訳『ジョージ・ハーバート詩集』（南雲堂、昭和六一年）、深瀬基寛訳者代表『エリオット全集　第一巻』（中央公論社、昭和五六年)、中林孝雄/中林良雄訳『イェイツ詩集』(松柏社、一九九六年)、松岡和子訳『シェイクスピア全集二四 ヘンリー四世』(筑摩書房、二〇一三年)、松岡和子訳『シェイクスピア全集二六 リチャード二世』(筑摩書房、二〇一五年)を参考にした。

第５章　伝統と記憶を担う身体

ソール・ベロー『ベラローザ・コネクション』の役者たち

井上亜紗

1　はじめに

ソール・ベロー（Saul Bellow 一九一五－二〇〇五）の『ベラローザ・コネクション』（*The Bellarosa Connection* 一九八九）は、「記憶力の人」（the memory man 八四）を語り手に据え、薄れゆくユダヤの伝統を意識しながら、記憶することの意味に向き合った作品である。妻のジャニス・ベロー（Janis Bellow）によれば、ベローは一九八八年の春に執筆を始めたという（Janis vi）。五月にロナルド・レーガン大統領がモスクワを訪れ、翌年のベルリンの壁撤去に向けて冷戦も終結へと急速に進んでいた時期に書かれていたことになる。ピエール・ノラ（Pierre Nora 一九三一－）が『記憶の場』（一九八六一九二）の序論で、「ほとんど記憶が残されていないからこそ、これほど記憶が話題とされるのだ」（Nora 七）と述べたように、時が経過し、記憶の証人たちがいなくなる危機感は多くの作家や研究者に記憶の意味の再考を促した。ベローも例外ではない。ベローは最初の作品『宙ぶらりんの男』（*Dangling Man* 一九四四）以来、記憶を書き記しあるいは想い起こす営みを主軸として多様なテーマを描いてきたが、『ベラローザ・コネクション』では記憶の意味を探ること自体がその主題となっている。

ベローが本作を執筆していた一九八八年に、ハロルド・ブルーム（Harold Bloom 一九三〇－）もまたヨセフ・イェルシャルミ（Yosef Hayim Yerushalmi 一九三二－二〇〇九）の『ユダヤ人の記憶、ユダヤ人の歴史』（*Zakhor*）再版に寄せた序文で、「記憶すること」の定義を確認している（Bloom xvi）。ブルームも言及しているように、「記憶」というヘブライ語の名詞は、英語の「記憶」（remembrance）ではとらえ尽くすことができない。既に一九六〇年代の初めにブレヴァード・チャイルズ（Brevard Childs 一九二三－二〇〇七）らが活発に論じたとおり、ユダヤの「記憶」には時空を隔てた過去の出来事を「現代に再現する（actualize）」（Childs 八六）アクションが不可欠である。すなわち、ユダヤ人にとって「記憶するということは、過去を現在に再現し、時の隔たりを超えて先人との連帯意識を醸し出すこと」を意味する（Childs 七四）。また、ユダヤ民族の中で継承される儀式などの「伝統」は、「記憶」を再現するための行為として位置付けられる(1)（Childs 五三）。

『ベラローザ・コネクション』は、持ち前の「記憶力」をビジネスに生かして社会的経済的に成功した語り手が、七十二歳を迎えて、ホロコースト余波の記憶の再現と向き合うに至る物語である。すなわち、記憶の意味がユダヤの記憶へと変化していく様が描かれているのであり、その過程を検討することはベローの記憶観を明らかにする点で重要である。しかし、この話を前から読み進めると、語り手が「奇妙な話をしている」(Denby 三三二)ように感じる。ホロコーストからの生還をハリウッド・スターによる救出劇に仕立て、さらに、その後深刻な問題を抱えた周囲の人々を役者のごとく見なすその語り方が違和感を与えるのである。本稿では、記憶の意味の変化に着目しながら、『ベラローザ・コネクション』の登場人物たちに与えられている〈演劇性を帯びた身体〉の意味を探る。

この作品を前半後半の二部構成としてみると、ダニエル・フックスも指摘するように前後「二つのパートが何だか分離しているように見える」(Fuchs 八四)。だが、『ベラローザ・コネクション』は枠物語として読むことができる。小説の中に入れ子状に組み込まれているのはホロコーストを起点とした約十年間の回想録であり、外枠の語りの主眼は語り手の「悪夢」(Fuchs 八三)の再現ではなく、三十年以上の時を経て過去の記憶を書き留めるにいたった経緯の詳述にある。そこで、「歩く記憶ファイル」(三五)を自負する語り手の記憶観の変化を検証するため、まず外枠に示された〈伝統と記憶を担う身体〉への眼差しを検証することになる。

2　伝統と記憶を担う身体への眼差し

すべての発端は、アメリカの豪邸に独りで暮らしていた語り手にイスラエルのラビから不意にかかってきた電話にある。イスラエルにいるフォンスタイン（Fonstein）という人物を助けるため、その親戚と思しきアメリカのフォンスタインを探してほしいという依頼である。このアメリカのフォンスタインとは、後述する通り語り手にとって模範的なユダヤ人だった。アメリカのユダヤ人コミュニティと疎遠にしていた語り手は、長く音信不通の状態にあったフォンステインの捜索を機にアメリカのユダヤ人探しを始めることになる。電話の直後に語り手は、スタニスラフスキーの名著『俳優準備』（*An Actor Prepares*）という文字が「ボールペンの下に浮かび上がる」（七一）のを見る。エピファニーのように現れたこの役者の教科書のタイトルが示唆する通り、記憶力によって蓄えられ、「封じ込められ」（Aarons 六一）ていた記憶がにわかに動き出す準備が開始する。

ラビからの電話は、語り手が回想録に取り掛かるに至る経緯の性質を表している。同胞救済のためにユダヤ人コミュニティと連帯するのはユダヤの伝統の実践であり、それを促すラビの存在は啓示めいている。「XまたはY」（Rabbi X [or Y] 七〇）と呼ばれるラビの名は「神の名をみだりに唱えてはならない」という戒律を想起させる。アメリカのユダヤ人を探せというラビからの突然の電話は、語り手にとってはユダヤ性の所在を問う声なのだ。だが一方、救済されるべき同胞もラビもいずれもアメリカ人ではないという事実に加え、その姿は語り手に見えないことによって、アメリカのユダヤ人を見出すことの困難さが既に仄めかされている。ラビからの「電話」(call)は、ユダヤ人の団結を求める「呼びかけ」(call)であると同時に、電話線という身体を現前させないコネクションを通して、身体不在のコミュニティの実態を知らせる「合図の声」(call)なのである。

ラビからの呼びかけに応答するかのように、語り手は日常の体験を啓示として真摯に受け止めることになる。まず、度忘れを通して自分が「故郷」を忘れている危機感に直面する。「生まれつきの記憶力」(三五)を生かして記憶力研究所「ムネモシュネ・インスティテュート」を設立し、記憶ビジネスに生涯を捧げてきた語り手にとって、記憶力は「人生そのもの」(三五)だった。それが、故郷を想う大ヒットソング『故郷の人々』(*Old Folks at Home*)の河の名前「スワニー」(Swanee)がふと口をついて出てこない。忘却は死に値すると感じ、語り手は「気も狂わんばかりに」(七一)取り乱して神にすがる素振りを見せる。

この歌は問題含みの故郷の歌として呈示されている。『故郷の人々』の歌詞については、一九七〇年代以降その人種差別用語が論争の的となってきた。歌詞が「黒人」の「気持ちを害する」(七二)問題に語り手も意識的である。また、スワニーのあるフロリダがピッツバーグ出身の作者スティーヴン・フォスターの故郷ではなかったことが知られているように、語り手が思い出せなかったのは固有名ではなく、心を寄せる自らの原点を表す記号である。つまり、原点と記憶の欠落が一体となって問題を突き付けながら語り手を脅かすのである。

さらに、落とし穴の罠に落ちて這い上がれない夢を通してユダヤ人の身体を自覚することになる。

穴には力尽きた仲間が、地上には銃を持った人間が見える。ホロコーストを示唆する夢である。ここで語り手は、この夢は「自分の思い違い」を二つ「露呈」したと怯える。一つは「自分の強さの誤算」であり、「自分の力が地の底までどん底まで干からびて」、「残されている筋肉は一つもない」（八〇）という事実が明らかになったと述べている。この自覚は、新世界では人はみな等しく「強く」、「旧世界のユダヤ人のように死ぬことなどない」と考えてきた「新世界版の現実」（八一）が実は見当違いの幻想だったという認識に直結する。

この夢が「もう一つ露呈したもの」は我が身を覆ってきた仮面の存在である。語り手は、「雑誌『アメリカの伝統』（*American Heritage*）に掲載されたこともある」（五〇）フィラデルフィアの旧家に住んでいる。父と仲違いしてアメリカの「主流筋の」女性と結婚し、故郷を避けてアメリカの伝統的な暮らしを誇ってきたのだ。その語り手が人生を「死ぬ運命にある人間の大仮面舞踏会」（八一）と呼びながら、「自分を見誤っていた」と感じて狼狽える。

忘却の危機感を体験した後に夢に現れた穴は、ハンナ・アーレント（Hannah Arendt 一九〇六―七五）の指摘した「忘却の穴」からホロコーストを呼び起こすものだった。「力」、「強さ」、「筋肉」に象徴される身体への幻想が崩され、自らの弱さを認識することによって語り手は、仮面の下にあるユダヤ人としての身体を自覚するのである。そもそも、「露呈」（revelations/ reveal）という言葉を繰り返し、夢を「啓示」（revelation）として受け止めるのは、語り手に息づく伝統のためである。「ヨブ記」(2)にも記されている通り、ユダヤでは夢を通して警告が与えられる。語り手が忘却と夢を警告として畏れながら、ユダヤの伝統的な世界に回帰していく姿を見ることができる。佐川和茂も、この時期の語り手が「しきりとユダヤの伝統、『古い道』を思わせる発言を繰り返している」（佐川一六四）と指摘する。つまり、ラビからの呼びかけを契機として伝統を担う語り手の身体が姿を現したのである。

一方、ラビからの電話に後押しされ、語り手はフォンスタインへの再会を切望する。それは、アメリカのユダヤ人をその目で再び見たいという身体の探求に映し出される。語り手は「昔のアドレス帳」に載るアメリカのユダヤ人たちに片っ端から電話をかける。アドレス帳には、高額な値段で「ドイツ、ポーランド、ロシアの各役所で押し付けられた」ことを伺わせる姓や、「ユダヤ人の夢想」を反映した姓など（七三）、ディアスポラの痕を色濃く残すユダヤ人らしい名前が並んでいる。[3] だが、このユダヤ人コミュニティにその身体は不在だった。移民生活を共に乗り越えてきた親世代は死に、郊外化も進み、次の世代は互いに顔を合わせることもなくなっていた。コミュニティはユダヤの伝統の支えである。アメリカの改革派のラビであるダナ・カプランも、「ユダヤの精神性はコミュニティを通してのみ維持される」と述べる（Kaplan 六八）。だが、語り手の前にあるのは、そこに身体のないコミュニティの抜け殻だった。

見えないユダヤ人探しに駆り立てられる語り手は、身体を道標に探求を続ける。ハイマン・スワドローは「フォンスタインに近い人物」であり、語り手がいたるところに電話をかけたなかで妻とともにそのフルネームが唯一紹介される期待の切り札だが、フォンスタインとの接点は途絶えていた。語り手は、ハイマンが投資ビジネスで成功してアメリカ紳士の風采を備えた身振りをその顔に読み取る。

私はスワドロー爺さんを知っていた。彼の古きユダヤ人の顔を息子は受け継いでいた。浅黒くてごつごつした顔だ。ハイマンはそこからユダヤ的料金を抜き出してしまう方法を見出していた。それに取って代わったのは申し分なく頼りがいのある顔つきだった。（七八）

「古きユダヤ人」の顔から元「投資顧問」のハイマンが抜き出した「ユダヤ的料金」[4]（the Jewish charge）という表現は示唆的である。彼は、自らの身体が受け継いできた伝統という「蓄え」（charge）を「荷」（charge）として放棄したのである。「改宗せずに同化」（七八）したハイマンは、ユダヤ人の身体の喪失を体現している。彼は、ユダヤコミュニティのアドレス帳には存在しなかったフォンスタインの居所としてアメリカのパブリックな「電話帳」（the directory）を指し示し、ユダヤ人・フォンスタインの死の知らせへと語り手を導くことになる。

フォンスタインの身体は死体として立ち現れ、語り手の望みは潰える。フォンスタイン夫妻は、ギャンブルのトラブルに巻き込まれた息子ギルバートを助けるために車を走らせていた道中で、ハンドル捌きを誤って半年前に死んでいた。語り手の言葉を借りれば「アメリカの息子」（八六）が生き残り、ユダヤ人が死んだことになる。電話口で語り手に死を知らせる若者の口ぶりもまた、アメリカのユダヤ人の死を宣言していた。彼はギルバートの友人で、ユダヤ系アメリカ人のようだが、電話の応答からはエスニシティの見分けのつかないアメリカ人の姿しか想像できない。語り手はアメリカの「どこの町のどこの通りにもいる」（八四）典型的な若者像を思い浮かべ、「彼が過ごしたい生活はアメリカ人のそれにほかならなかった」（八七）と察する。身をもってアメリカの「魅力」（absorbing）あるいは「吸収力」（absorbing）を知る語り手は、「一人の存在なんてそれに比べたら余りにも小さすぎる。差し出し、掴もうとすれば、何百もの存在だって飲み込んでしまうだろう」（八七）と述べ、ユダヤ人としての身体を「飲み込んでしまう」アメリカの力を前に、絶望的な思いに襲われる。

しかし一方、語り手の眼差しは、若者の身体が発する微かな可能性にも向けられている。若者は植木の水遣りなど、フォンスタイン夫妻の残した「家の維持管理をしている」（八三）と言う。自分をベビーシッターならぬ「ハウスシッター」（八五）だと名乗るが、これに対して語り手は、「ある意味では私自身も、この財産を所有しているとはいってもハウスシッターだった」（八五）とわが身を振り返ったうえで、家を体に見立てて、「私の魂が私の身体の守役をしている」（八五）のだと「論理」づけている。語り手の見出した「上手い論理」によれば、フォンスタインの残した「体」を維持するこの若者は、その「魂」に位置付けられるのだ。また、彼を記憶の継承者と見ることも可能である。マリリン・サトロフは、「ギルバート・フォンスタインと若者は記憶しないことを選択したのだ」と捉えて、「記憶し、伝え残す子どもたちはいない」（Satlof 一八六）と絶望的にみているが、若者はフォンスタインから聞いたという話を記憶していた。さらに、彼が日常的に「アレルギーの発作が起きる時間」(八四)と苦闘しているという点も示唆的である。環境に適応するために隠蔽・加工された身体に注目する語り手の視座に立てば、皮膚の免疫反応は軽視できない。つまり、実際にはこの若者の身体は、皮膚の疼きと記憶を手掛かりにユダヤ人の身体が「維持」される可能性を秘めているのである。だからこそ若者との会話の直後に、自分が担っていた記憶を自覚し次世代に受け継ぐ語り手の決意が立ち現れるのだ。

語り手は自分や他の同胞たちの身体を通してユダヤ人の危機を自覚しつつ、身体のなかに希望を探ってきた。ユダヤの精神性と身体とを結び付ける語り手の眼差しの背景には、「少年時代の基礎トレーニング」(六五)と父の教えがある。語り手の家では、ユダヤ人は不必要に大きくあってはならないと考えられていた。イスラエル王国初代の王サウルは背が高かったことで命運が尽きたというのが、その理由である(四六)。つまり、伝統を担うものとして身体を捉える考え方は、聖書の教えとともに親から受け継がれたものだったのである。

このように、外枠で示されていたのは、身体が担っていた伝統に突き動かされて記憶に立ち戻り、現代に再現することを決意する過程だった。ラビの呼びかけに応えて同胞を救済するためにコミュニティと連帯してユダヤ人を探すプロセスも、忘却と夢を警告として受けとめてユダヤ性を自覚するプロセスも、いずれも伝統の実践に他ならない。そして、この「古来の伝統への回帰」(Satlof 一八五)は、記憶を次世代のために再現するという語り手の決意に結実する。つまり、身についていた伝統が記憶の再現へと導いたのである。語り手はこれまで得意としてきた「記憶理論」（Safer 二〇一一）や「記憶技術」（Cappell 二〇一三）ではなく、ユダヤの記憶概念に沿って記憶を再現し、過去と現代に橋を架け、さらに未来に継承されることを祈って回想録をまとめることになる。

3　記憶の再現と演劇性

アメリカのユダヤ人の身体を目にすることを求めながら叶わなかった経緯から、回想録には伝統を担う身体への思慕が反映され、その再現が試みられることになる。ただし、ベラローザにまつわる記憶と向き合うことは、愛すべきユダヤ人たちを浮かびあがらせると同時に、語り手の過ちをさらけ出す営みとなる。主役として名指しされているのは、ブロードウェイ興行師のビリー・ローズ、イディッシュ演劇女優のデボラ・ハメット、ホロコースト生存者のハリー・フォンスタインとその妻ソレラ・フォンスタインである。語り手は、記憶力を駆使し、この四人の姿を再現する作業に取りかかる。

語り手は四〇年前、父の引き合わせで親類のハリー・フォンスタインに会った。ハリーは、ガリチアの伝統的なユダヤ人コミュニティで育ち、ディアスポラを経験したホロコースト生存者である。親類とはいっても語り手の父親の再婚相手の甥という間柄が示す通り、ハリーは語り手にとって近くて遠い存在である。お互い同世代のユダヤ人ではあるが、語り手が仲間とともにふざけた机上の空論に明け暮れていた青春時代に、ハリーは家族を失い孤独に仕事をしていた。何より、ホロコーストを知る者と知らない者の違いがあった。ハリーの捉えがたさを、語り手はその身体に見てとる。

フォンスタインは特殊な靴を履いていた。他にも奇妙なところがあった。髪は薄く見えるが弱々しくはなく、黒い剛毛で、まばらだったが強烈な縮れ毛。頭は優柔不断な男ならぐらぐらするくらい重かった。目の色は黒く、温かかった。だから鋭くも見えるのはたぶん目の位置にあった。たぶん口の表情だった——辛辣でも無かったし、不親切でも無かったが——黒目と合わさった効果だった。（三六）

ハリーは片足が短いため「特殊な靴」を履いていたが、語り手にとっては頭や顔の造作すべてが「奇妙なもの」に思える。そして、その理由を説明しようとしても、「たぶん」という言葉を重ねるしかない。捉えがたいハリーに、ホロコーストとディアスポラの試練によって「ユダヤ人のアイデンティティを強化」（片渕 一二七）したイメージを掴み取って、「典型的な中央ヨーロッパのユダヤ人のタイプだと判断」（三八）することになる。

遠い「ヨーロッパすなわち現実の世界で」（三七）ハリーが体験した話を把握するには、彼を映画のヒーロー像と重ね合わせてとらえる他なかった。「僕にも分かってきた。僕はハリウッドの連続ものみたいなエピソードごとに理解した——サタデー・スリラー、主演はハリー・フォンスタインとビリー・ローズ、いやベラローザだな」（四〇）という言葉に表れている通り、ハリーにアクション俳優の身体を上書きし、ホロコーストを理解したと感じていた。この発想を後押ししたのは、ブロードウェイの興行師ビリー・ローズ(5)の存在である。ハリーを救い出した黒幕だが、「ケチ」で悪い噂も多いビリーが私財を投じてフォンスタインをナチスの手から救出したと聞いた語り手は、映画『紅はこべ』(6)（*The Scarlet Pimpernel*）のレスリー・ハワード」（四〇）に影響されたに違いないと連想する。

この軽薄な発想は、のちに語り手を自責の念で苦しめるが、同時に読み手へのメッセージとなる。ホロコーストが語られるときには、常にその再現の不可能性が問題になる。その根拠を大別すれば、読み手はそもそも同一化などできないという立場と、同一化は他者性の侵犯であって許されないという立場であろう。ホロコースト研究で知られるロバート・イーグルストン（Robert Eaglestone 一九六八ー）は、同一化などできないし許されないが、伝える必要があるという立場から、「理解の失敗のアレゴリー」（Eaglestone 五二）という手法の導入を提案している。「経験の本質的な点を理解していると主張するとき」の「滑稽で悪辣な姿」（Eaglestone 五二）をテクスト内に示すことで、証言から読み手を切り離すのである。つまり、回想録のなかで語り手が「理解した」と勘違いした「滑稽で悪辣な姿」を明かすことで自分を裁きつつ、ハリーの把握不可能性／他者性が守られるのである。

ただし、ハリーに役者の身体を上書きしてみせる身振りは、過去だけに見られるものではない。回想の語りでも依然として演劇性が強調されている。アメリカに到着後、ハリーがビリーに感謝を表したいと願ったが拒否され続け、ついにホロコーストの記憶を抱えたまま、アメリカの現実の前に沈黙していく場面も、音楽効果を用いて劇的に描写される。役者のカリカチュアが並ぶブロードウェイの有名なレストラン「サーディーズ」で、ハリーは「ガリチアン・チャイニーズの口調」（四六）でビリーに向かって話しかけたが、ビリーは自分のブースの壁に顔を向け、ハリーは外に連れ出されてしまったと描かれている。ガリチアン・チャイニーズの「口調」（singsong 四六）とは、語り手によると、イディッシュ・ミュージックホールでよく聞かれる訛りで、他のユダヤ人たちにも「滑稽」で「うるさく」（四三）聞こえたものだという。これ以降ハリーが諦めて沈黙していく悲痛な光景は、ブロードウェイを舞台にビリー・ローズに背を向けられ、ハリーの発するユダヤの声がかき消されていく描写で表されている。

再現しようとする人物たちに演劇性を付与する語りは、虚構と現実のあいだに読者の視点を位置付ける。虚構性の力と、役者の身体の持つ二重性がはたらくのである。虚構性の力について、記憶研究を牽引する文学研究者アライダ・アスマン（Aleida Assmann 一九四七-）は、ホロコーストを扱う映画の是非をめぐる議論のなかで積極的に評価している。「映画による歴史の再構成がひとつの「物語（ストーリー）」に沿ったものであり、原典からのみまとめられた「歴史（ヒストリー）」に基づくものではないために、人々はあたかも自分がその場に居合わせたようにその歴史的エピソードを想像しなおすことができる」（アスマン 二五一）と指摘する。劇の虚構性は「遠い過去との親近感を演出し」（アスマン 二五一）、見る者の情動を作品が呈示する焦点に引き寄せるのである。

さらに、役者の身体がもつ二重性は、読者の視点を引き寄せつつ引き離すはたらきをする。役者は同時に登場人物であり、その身体を介して「舞台上に〈読者にとっては想像の中に〉虚構の世界を出現させる」（トリオー 一〇）。つまり、二重性を有する点で、役者の身体は「具体的な世界（現実）と抽象的な世界（虚構）のあいだの境界領域（インターフェイス）」なのである（トリオー 二八八）。演劇性を帯びた身体は、虚構の世界と現実の世界のはざまで、読者に対して同一化を迫りつつ同一化を阻止する性質を持つ。

したがって、演劇的要素を「理解の失敗のアレゴリー」とともに導入することで再現不可能性のアポリアに迫ることが可能になるのだ。〈演劇性を帯びた身体〉は、一方では回想録の継承者である若者たちの情動を、かつて役者の身体を上書きすることでしかハリーに近づけなかった語り手のように引き寄せつつも、他方ではその虚構性をもって、彼らを把握し理解すると見做す暴力を拒むことができる。語り手の「理解の失敗」が呈示されることで「占めるべき位置を用意」（Eagleston 五二）された読者は、さらに虚構と現実のあいだにあって掴むことのできない身体に目を釘付けられることになる。

さて、沈黙するハリーに代わり、彼の妻ソレラの身体に視線が向けられる。九〇キロを超す彼女の大きな身体には存在感と包容力が満ちている。語り手は、元フランス語教師であるソレラの上にも演劇性を帯びた身体を重ね見る。彼女には「変装」や「小道具」などの演劇用語を駆使しながら、初めて会った頃のソレラに「駆け出し」だが「演劇的な感じ」（三七）を与え、いずれ舞台に上がる予告をしつつ、読み手の目を彼女に惹きつける。そして、彼女が夫の苦しみを横で見ながらユダヤの歴史を紐解き、ホロコーストについて語り手や周囲に話して聞かせて過ごしていたエピソードが紹介される。ソレラがハリーの記憶を引き継ぎ、その大きな身体に記憶を蓄えながら同時に再現し続けていたことがわかる。

ソレラは、ニュージャージーの出身だと強調されている点や、「出エジプト記」の言葉を知らなかったことが明かされている点を考えれば「旧世界のユダヤ人」（Denby 三三二）として捉えるべきではなく、あくまでも新世界のユダヤ人である。アメリカのユダヤ人として語り手と相対化されているのだ。ホロコーストを記憶し続けるソレラは、もうホロコーストのことは「忘れろ」と「アドバイス」（四九）した語り手と対照的に描かれている。身体がそのまま「記念碑」（Rosenthal 三四二）のようなソレラの存在感が、語り手の過ちを照らし出すのである。

ソレラは死んだデボラ・ハメットの記憶も引き継ぐ。ビリーの弱みが詰まったハメットの日誌を受け継いでいたのだ。ハメットはビリーの口利きでイディッシュ演劇の女優をしていた人物である。先行研究では軽視されているが、彼女の身体はビリーのユダヤ性を体現する。エリス島に着いたハリーの前に「ビリーの代理人」として直接姿を現し、彼をハリーと同じガリチア訛りで迎えている。また、ビリーが演出したユダヤ人追悼救済ショー[7]で発揮された「集合した諸身体」（バトラー 一一七）の力を熱く語っていた。つまり、彼を自分と「同類」（五四）だと見ていたハメットがビリーの「すべて」（五六）を綴ったという日誌が捉えているのは、同胞としてのビリーである。その暴露を恐れるビリーに接触するための「ゆすり」（六二）の材料になるだけでなく、この日誌はユダヤ人ビリーと繋がる接点であり、だからこそユダヤ人同士として彼と向き合うことを求めていたフォンスタイン家に引き継がれるのである。

語り手が日誌を「台本」（五六）と呼ぶように、エルサレムを舞台に、ソレラがビリーと会う場面は劇的に描かれる。語り手は十年ぶりにフォンスタイン夫妻とエルサレムのホテルで再会する。そこにはビリー・ローズもまたイスラエルにメモリアル・ガーデンを寄贈するプロジェクト(8)で滞在していた。ソレラは日誌を道具として、ビリーを呼び出す計画を立てていたのである。民族団結の象徴の名を冠するホテル「キング・デイヴィッド」に、亡きハメットを除く「主役たち」が集結したことになる。だが、ソレラとビリーの対話は決裂に終わる。ソレラがビリーに求めたのは、ハリーと「握手をして、感謝の言葉を述べる」ことだったが、ビリーは次の通り拒絶する。

過去の人間が俺に物事をのしかけてくるっていうのはごめんなんだよ。こういうことが何年か前にも一度あったんだ。一九五九年現在に、一体何の関係があるというんだ。もしも、あなたの夫に良いストーリーがあるのだとしたら、それは彼の幸運ってこと。ストーリーが好きっていう人に彼は話して聞かせればいい。俺は好きじゃない。俺は自分のストーリーだって好きじゃない。もしもそれを聞かなければならないってことになれば冷や汗が噴き出るね。それから俺は市長に立候補しようというのでもない限り、あちこち行って握手するつもりもない。だから決して立候

補はしないんだ。握手するのは契約をまとめるとき。それ以外は、両手はポケットに入れたままだ。（六五―六六）

直接会って握手することも過去のストーリーを共有することも拒むビリーの言葉は、逆説的にソレラの意図を明らかにしている。ソレラは、ユダヤ人同士の身体の繋がりを大事にし、共に記憶することを重要視したのである。だから、ビリーが、ハメットの痩せ衰えた体とソレラの大きな体を――ユダヤの記憶を担う二人の身体を――侮辱したときに、彼女は日誌を投げつけるのだ。膨大な枚数の紙が窓から外へと飛び出し、ハメットが蓄えてきたユダヤ人ビリーの記憶は空に舞って行く。劇的に描かれているこのクライマックス場面は、人間同士の直接身体的な繋がりと記憶の共有とを全身で訴えるソレラの姿を大きくクロース・アップし、読み手の目に焼き付けるように描かれていた。

ただし、語り手はビリーを弾劾している訳ではない。ビリーの顔に「ユダヤ性」を確認しつつ、その多彩さを「ジャクソン・ポロックの絵」（四二）に喩えている。アクション・ペインティングで知られる彼の絵は、空中で放たれた塗料が手から離れたところで自発的に生成されるものである。ビリー・ローズのホロコースト救出劇が生成するコネクションをそのタイトルに据えたこの回想録「ベラローザ・コネクションの記憶」が、ビリーのアクションを重視していることは明らかである。ダニエル・フックスも、この話にはビリーへの愛情が示されている一方で語り手には厳しいと指摘している（八六）。むしろ語り手自身が弾劾されているのである。

だからこそ、回想録の幕引きは「フォンスタイン対ビリー」(七三)の「対決」ではなく、この一件を振り返るソレラと語り手との対話になる。回想録の最後を締めくくる言葉は、ソレラが残した印象的な台詞である。

ソレラは言った、「[…]ユダヤ人はヨーロッパが投げつけたあらゆるものを生き延びた。幸運にも生き残った人のことだけど。でも今度はアメリカという新しい試練の番。彼らは自分たちの地盤を守れるかしら。それともアメリカは彼らの手には負えないということになるのかしら。」(六九)

結果的に、これが語り手とソレラが直接顔を合わせて交わした最後の言葉となる。彼女の危惧したものが現実化しつつあることを知る語り手が、ユダヤ人の過去を想い起こしつつ将来を案じていたソレラの先見性を前景化させていると言える。そして、これは語り手自身の滑稽さを強調する言葉でもあった。彼女のメッセージは、語り手が述べた以下の台詞への応答だからである。

「ビリーは全てをショー・ビズとして見ているんだ」と僕は言った。「ショーじゃないものはリアルじゃないんだ。それに彼はプロデューサーだから、自分のショーに出演なんてしない。それにプロデューサーというものは演じないんだよ。」(六九)

ビリーへの嫌味だったこの指摘が実は他ならぬ自分自身を指す言葉であったことに、現在の語り手は意識的である。語り手はエルサレムに居ながらソレラとビリーの対決を「ショー・ビズ」的に見て、自分の「シナリオ」(五九)に校訂を加えながら、ひとり頭の中で創作していたと回想している。語り手は、ビリーがメモリアル・ガーデンの設計を依頼してエルサレムに同伴していたイサム・ノグチを対決シーンの「舞台芸術係」に据え、ソレラに「十字軍の騎士」(五二)の衣装を纏わせ、ビリーには鎧と剣を持たせた場面を思い描いていたという。横に居ながらフォンスタイン夫妻と「薄っぺらな人間関係」(Safer 三〇三)しか構築せず、ただ傍観していたことが明かされているのだ。回想録のエンディングに浮かび上がらせた身体とは、過去の記憶を再現しながら未来を見据えるソレラの姿と、記憶を封じ込めたまま無知さを曝け出した語り手の姿だった。

4 おわりに

冷戦終結という転換期に書かれたこの作品は、身体を手がかりに、伝統が記憶を促すというユダヤの記憶の実践を示しながら、記憶することの意味を描いた。語り手はラビの呼びかけに応えてアメリカのユダヤ人を探し始めたが、もう見出すことはできなかった。だが一方、自分の身体が担っていた伝統に突き動かされてユダヤ性を自覚し、蓄えていた記憶に向き合うことを選ぶ。ホロコーストの記憶が「遠ざかる」（Aarons 六一）ことに危惧を抱き、次世代のために回想録を綴ることは〈伝統と記憶を担う身体〉としてのアクションだったのである。

記憶の器を紐解いて言葉にする際には、再現不可能性の問題との対峙が避けられない。語り手にとって、自分の犯した過ちに向き合いながら登場人物たちに〈演劇性を帯びた身体〉を付与することが不可能性への挑戦だった。虚構の世界と現実の世界の間の境界領域であるその身体を通して、読者に同一化を迫りつつ同一化が阻止されている。また、舞台の上の主役たちの姿と並ぶ滑稽な語り手の姿に、読み手は引き寄せられつつも我が身を振り返らざるを得ない。そのうえ、回想録を綴るこのアクションに身体が不在だという滑稽さが、座って読んでいるだけの読み手の心を急き立てることになる。『ベラローザ・コネクション』は、ベローが二〇年近く前に出版した『サムラー氏の惑星』（*Mr. Sammler's Planet* 一九七〇）とは異なり、ホロコースト生存者の身体への傷痕を見つめたものではない。しかし、この作品は、ユダヤ人の身体を目にすることを切望し、あるいは身体を尺度に記憶を再現することによって、伝統と記憶を担う身体を再現＝上演する語りであり、身体への追悼と賛美にほかならない。

注

（1）チャイルズは、神の救済を「覚えていなければならない。それゆえ、あなたの神、主は安息日を守ることを命じられるのである」（五章十五節）という「申命記」の言葉を例に挙げる（五三）。

（2）「人々が熟睡するとき、または床にまどろむとき、夢あるいは夜の幻のうちで、／彼は人々の耳を開き、警告をもって彼らを恐れさせ、／こうして人にその悪しきわざを離れさせ、高ぶりを人から除き、／その魂を守って、墓に至らせず、その命を守って、つるぎに滅びないようにされる」（「ヨブ記」三十三章一五－一八節）

（3）ローゼンバーグ（Rosenberg）、ローゼンタール（Rosenthal）、ソーキン（Sorkin）、スワドロー（Swerdlow）、ブライスティッフ（Bleistiff）、フラッドキン（Fradkin）の名が列挙されている。

（4）「ユダヤ的な特徴」（片渕 二四四）と訳されることがある。

（5）ビリー・ローズは実在の人物で、本名はウィリアム・サミュエル・ローゼンバーグ（一八九九－一九六六）。ベローはビリーがホロコースト救済を指揮したものの被救済者と会おうとしなかったという話を耳にし、この作品の執筆を始めたという。（Janis vi-xx）

（6）一九三四年公開。原作はイギリスのバロネス・オルツィの小説であり、フランス革命時に亡命を助ける「紅はこべ団」を率いたハーシーの役をユダヤ系イギリス人俳優レスリー・ハワード（一八九三－一九四三）が演じた。

（7）一九四三年三月にマディソン・スクエア・ガーデンで、ベン・ヘクト（一八九四－一九六四）の野外劇『我々は決して死なない』（*We Will Never Die*）が上演され、ホロコースト犠牲者追悼とヨーロッパのユダヤ人救済を呼びかける集会が行われ、四万人以上が集まった。ビリー・ローズはその演出を担当した。

（8）ビリー・ローズは、イスラエル建国十周年記念に、エルサレムの国立博物館に隣接する土地に彫刻庭園（ビリー・ローズ・アート・ガーデン）を寄贈した。その際、舞台芸術家で彫刻家のイサム・ノグチに（一九〇四－一九八八）設計を依頼した。一九六五年に完成。

引用・参考文献

Aarons, Victoria. "Bellow and the Holocaust." *The Cambridge Companion to Saul Bellow*. Ed. Victoria Aarons. Cambridge;

New York: Cambridge UP, 2017. pp. 55-67.

Bellow, Saul. “The Bellarosa Connection.” *Saul Bellow: Corrected Stories*. New York: Penguin, 2001.

Berger, Alan L. “Remembering and Forgertting: The Holocaust and Jewish-American Culture in Saul Bellow's The Bellarosa Connection.” *Small Planets: Saul Bellow and the Art of Short Fiction*. Ed. Gerhard Bach and Gloria L. Cronin. East Lansing: Michigan State UP, 2000. pp. 315-28.

Bloom, Harold. "Foreword." Yerushalmi, Yosef Hayim. *Zakhor: Jewish History and Jewish Memory*. Seattle: U of Washington P, 1989. pp. xiii-xxv.

Cappell, Ezra. *American Talmud: The Cultural Work of Jewish American Fiction*. New York: State U of New York P, 2007.

Childs, Brevard S. *Memory and Tradition in Israel: Study in Bible Theology*. London: SCM, 1962.

Denby David. “Memory in America.” *The Critical Reponse to Saul Bellow*. Ed. BachGerhard. Westport: Greenwood, 1995.

Eaglestone, Robert. *The Holocaust and the Postmodern*. OUP. Oxford, 2004.（『ホロコーストとポストモダン』田尻芳樹訳、みすず書房、二〇一三年。）

Fuchs, Daniel. “The Holocaust and History in Bellow and Malamud.” *Critical Insights: Saul Bellow*. Ed. Allan Chavkin. Salem, 2012.

Literary Classics of the US. “Notes.” *Saul Bellow 1984-2000*. Ed. James Wood. New York, 2014. pp. 853-57.

Nora, Pierre, “Between Memory and History: Les Lieux de Memoire.” *Representations No.26. Special Issue: Memory and Counter-Memory*. (Spring, 1989): pp. 7-24.

Rosenthal, Regine. “Memory and the Holocaust: Mr. Sammler's Planet and The Bellarosa Connection.” *The Critical Response to Saul Bellow*. Ed. Gerhard Bach. Westport: Greenwood, 1995.

Safer, Elaine B. “Degrees of Comic Irony in *A Theft and The Bellarosa Connection.*” *Small Planets: Saul Bellow and the Art of Short Fiction*. Ed. Gerhard Bach and Gloria L. Cronin. East Lansing: Michigan State UP, 2000. pp. 297-314.

Satlof, Marilyn R. "Disconnectedness in *The Bellarosa Connection*." *Saul Bellow and the Struggle at the Center*. Ed. Eugene Hollahan. New York: AMS, 1996.

Yerushalmi, Yosef Hayim. *Zakhor: Jewish History and Jewish Memory*. Seattle: U of Washington P, 1989.（『ユダヤ人の記憶、ユダヤ人の歴史』木村光二訳、晶文社、一九九六年。）

アスマン、アライダ『記憶の中の歴史――個人的経験から公的演出へ』磯崎康太郎訳、松籟社、二〇一一年。

大島徹也『ジャクソン・ポロック――「線ならぬ線」の芸術』愛知県美術館研究紀要二〇号、二〇一四年、五三－六六頁。

片渕悦久『ソール・ベローの物語意識』晃洋書房、二〇〇七年。

佐川和茂「ホロコースト以後の持続と変容『ベラローザ・コネクション』」『彷徨える魂たちの行方――ソール・ベロー後期作品論集』彩流社、二〇一七年、一五一－六六頁。

バトラー、ジュディス『アセンブリ――行為遂行性・複数性・政治』佐藤嘉幸／清水知子訳、青土社、二〇一八年。

ピエ、クリスティアン／クリストフ・トリオー『演劇学の教科書』佐伯隆幸監訳、国書刊行会、二〇〇九年。

第6章　過去の出来事への判断と継承

シンシア・オジックの『信頼』における歴史の意味と芸術との衝突

秋田 万里子

1　はじめに

アメリカ生まれのユダヤ系作家シンシア・オジック（Cynthia Ozick 一九二八－）は、一九六六年のデビュー以来半世紀にわたり、ホロコーストをはじめユダヤ人の歴史について、主題もしくは背景として描き続けている。過去の出来事である歴史を扱う場合、直面せざるを得ない問題もある。たとえば『ショールの女』（*The Shawl* 一九八九）では、ホロコーストの直接的な記憶を持たないオジックが、強制収容所内の惨劇を描いたことで、実際の生存者から痛烈に非難されている。しかしながらオジックは、「［歴史を］知ることで誰もが目撃者になれる」（Prose 三九）と考える。つまり、間接的な記憶であっても、それを学び、共有することに大きな意味があると主張するのである。

オジックが一九六六年に発表したデビュー作『信頼』(*Trust*)にも、歴史の継承の問題が主要テーマとしてすでに描かれている。しかしながら、本作はもともと当初歴史問題を中心に据えることを意図されていたわけではない。

『信頼』は、大学を卒業したばかりのＷＡＳＰで名無しの女性主人公が、実母と継父の命を受け、ほとんど面識のなかった実父に会いに行く話が主軸となっている。物語は、二二歳の主人公が暮らす一九五七年のアメリカに始まり、第二次世界大戦終結直後の荒廃したヨーロッパ、一九三〇年代後半のイングランドの街ブライトン、そして再び一九五七年のニューヨークにある架空の私有地デューンネイカーズ(Duneacres)へと、時代と舞台を変えながら、次第に主人公の出生の秘密が明らかになっていく形で展開する。

七年もの歳月をかけて執筆された本作は、六百四十頁もの超大作であること、主人公がユダヤ人ではなくＷＡＳＰであることなどから、オジックのキャリアの中で異質な作品として位置づけられることが多い。また、アメリカ・ヨーロッパ間の国際問題、入り組んだ文体やメタファー、若い女性のアイデンティティ探求などの点で、オジックが文学の師と仰ぐ作家ヘンリー・ジェイムズ(Henry James 一八四三―一九一六)風の小説とみなされてきた。オジック自身、本作執筆中にはジェイムズの後期長編『大使たち』(*The Ambassadors* 一九〇三)をお守りのように机に飾り、大作を生み出すという野心に燃えていたことや、本作がジェイムズの文体やテーマを踏襲していることを認めている（*Din* 一三七－三八）。

しかしながら、当初自身の民族性を意識せず、ジェイムズのような大作を目指して書き始めた本作は、七年の執筆過程を経て、ユダヤ系文学へと変貌を遂げる。『信頼』をジェイムズ風文学ではなくユダヤ系文学たらしめているのは、本作に見られる「歴史」のテーマである。オジックは、ユダヤ人の定義について、「ユダヤ人をつくるのは、数千年の時への意識的な関与である。ユダヤ人であるということは、いかなる瞬間も歴史の中に存在することであり、呼吸や日々のパンのために歴史を維持することである」（qtd. in Strandberg 二九）と述べている。つまり、常にユダヤの歴史を意識し、集合的記憶を共有・継承することこそが、ユダヤ人のアイデンティティの構成要素であると考える。

『信頼』において歴史の問題は、芸術との対立という形で描写される。本作における歴史のおおまかな定義は、過去に実際に起きたこと、事実に基づくものとされている。『信頼』では、個人の過去や出自も含め、様々な登場人物たちの歴史が交錯するが、その中で最も焦点が当てられているのが、主人公の継父でありユダヤ人のイーノック・ヴァンド（Enoch Vand）の歴史観である。後述するように、イーノックという人物には、オジック自身のホロコーストに対する怒りが投影されている。

一方芸術は、歴史的事実とは無関係の、想像力から生み出されたものとして描かれている。そして、審美世界への没頭は、人々に刹那の恍惚を与えてくれる一方で、人々の意識を現実から切り離し、歴史的事実の認識を誤らせたり、現実世界における人々の営みへの関心を失わせるものとして危険視されている。特筆すべきは、オジックがこのような過剰な芸術賛美を、ユダヤ教の禁忌である偶像崇拝と同一視する点である。オジックは偶像を次のように定義する。「偶像は、人間の行いや、人間が歴史を作っていくことに対してまったく関わりを持たない［…］偶像の主な性質は、自分自身で充足するシステムであることだ。偶像は自分自身にのみ回帰し、世界にも人間愛にも無縁である」（*A&A* 一九一）。オジックはこの偶像の定義を、具体的な物や人物のみならず、歴史との関わりを断絶し、自分自身の世界で完結するもの全般に当てはめる。本作においては、「崇拝者」を歴史から切り離された審美的世界に閉じ込めるという点で、過剰な芸術賛美を偶像崇拝と同一視している。

このように、一人のＷＡＳＰ女性の父親捜しの物語として始まった本作は、歴史のテーマの前景化によって、意図せずユダヤ系文学へと変貌を遂げる。本論では、『信頼』における歴史の意味と役割を、芸術との対立関係に着目しながら論じたい。

2　偶像崇拝としての芸術——歴史から切り離された世界の創造と賛美

『信頼』において過度の芸術賛美者として描かれる代表的人物は、若々しく美しいピアニストである主人公の実父グスターヴ・ニコラス・ティルベック（Gustave Nicholas Tilbeck）である。彼は「異教徒」（"pagan" 六〇一）と呼ばれたり、「部分的にはギリシャ人」（"part Greek" 五二六）と自称するように、ギリシャ神話の神々のような性衝動を持ち、自身の芸術性と性的魅力によって人々を魅了する。さらに、自身が芸術家であるだけでなく、かつて小説を執筆していた主人公の母親アレグラ・ヴァンド（Allegra Vand）にインスピレーションを与え、彼女の小説の完成を促したことから、「男性のミューズ」（"male Muse" 六〇六）とも呼ばれている。

語り手の実父ティルベックと継父イーノックは対照的な人物として描かれている。この二人の人物における最大の相違点は、彼らの持つ神の概念にある。

イーノック「神というのは解き明かすことのできない抽象的存在だ」
ニック「神とは生まれることのなかった人間のことだ」
イーノック「……君は神を一椀の羹《あつもの》(1)と同じように実体のあるものだと言っているようなものだ。私に言わせればそれは偶像崇拝だ」
ニック「僕自身も喜んで偶像崇拝者だと自称するよ。でも一椀の羹のような神では実体として不十分だ。あまりにおぼろげだからね。僕が求めているのは触れることができて音さえ鳴るような神だ！」（三九八―九九）

イーノックは戒律を順守するユダヤ教徒ではないが、実体のない抽象的な存在としてのユダヤ教の神を信じている。そして、神の触知化、有形化を偶像崇拝として批判する。一方ティルベックが追求するのは「聖なる美」（"Sacred Beauty" 三九三）という触知可能な神である。彼はその「聖なる美」

という神を、自然や性愛などの中に見出そうとする。そしてより明確に知覚できるよう、芸術という手段で神を作り出そうとするのである。

ティルベックの特徴的な性質の一つは、彼がしばしば歴史的事実を無視・歪曲したり、自身の想像力によって作り出された話を事実のように語る点である。ティルベックが所有する土地デューンネイカーズで実父と対面した主人公は、彼が自身の昔の恋人であり主人公の母親であるアレグラについて、実際には存命であるにもかかわらず、若くして命を落としたと周りに吹聴していたことを知る。

彼［ティルベック］は生と死をもてあそぶような嘘を平気で吐いた。なんとなくわかったのは、彼が人間のような神を信じているということだ。彼がより関心を持っているのは正しさではなく、正しさを空想的に再配列することだった。彼は自分の思いつきの物語のために、私の母を死んだことにした。そのように語ることで話をもっともらしく見せるのだ。（五三九）

ティルベックは現実のアレグラの生死には関心がなく、単に感動的な悲恋物語を作るために事実を捻じ曲げる。つまり審美主義者である彼が追求するのは、実際の人間の軌跡から切り離されたロマンティックなおとぎ話である。このようなティルベックの性質について、主人公は「私の父は異教徒で、正しさ（justice）という感覚が欠如している」（六〇一）と洞察する。

ティルベックの芸術崇拝とそれゆえのモラルの欠如は、歴史やホロコーストに対する彼の姿勢からもうかがえる。彼は一九三八年頃から、新秩序のドイツを含むヨーロッパ中を放浪するが、社会情勢に憤りを感じることも、犠牲者を憐れむこともなく、ただ聴衆の注目を集めたいがために、ナチスを揶揄するようなパフォーマンスを行う。戦後になってティルベックは、「僕は本当に戦争に対して何の不平もないんだ。僕の職業では、戦争だろうと平和だろうと関係ない［……］国のことなんか気にしないのはピアノ演奏の本質だ」（一五四）と発言する。美のみを追求し、国や社会、そこに生きる人々に注意を払わないティルベックの姿勢は、「人間の行いや、人間が歴史を作っていくことに対してまったく関わりを持た」ず、「世界にも人間愛にも無縁」（*A&A* 一九一）であるという、オジックの偶像の定義に一致する。「聖なる美」という偶像の崇拝者であるティルベックは、彼自身も、モラルや正義、人間愛の欠如という、偶像の特質を引き継いでいる。

偶像崇拝者の運命は、ティルベックの死の場面で象徴的に描かれている。物語の終盤、ボートに乗っていたティルベックは、水面に嘔吐したはずみで海に転落する。そして、水面で「悪臭を放つ、柔らかくて緑がかった花々の島」（六一四）のような形に凝固した自身の吐しゃ物にまみれながら溺死する。本作において、海や島は、歴史の蓄積物としての陸地から隔絶し、独立した存在として象徴的に描かれている。またそれらは、人々を歴史や実社会から切り離すという点において、オジックの考える想像力や芸術の性質に酷似している。ティルベックは、自分の体内から生み出された「島」の中に飛び込んで死ぬが、これは彼が自分で創造した世界の中で人生を完結させたことを示唆しており、「自分自身で充足」し、「自分自身にのみ回帰」（*A&A* 一九一）するという偶像の性質を連想させる。このように、本作において過剰な芸術賛美は、刹那の夢を見せてくれる一方で、人々を歴史から切り離す偶像崇拝と同質のものとして描かれている。

3 グランドツアーの失敗――理想上のヨーロッパと腐臭に満ちたヨーロッパ

前述のとおり『信頼』は、テーマや文体においてヘンリー・ジェイムズの影響が窺える作品である。本作に見られるジェイムズの影響の一つは、アメリカ・ヨーロッパ間の国際状況のテーマ――具体的には、アメリカ人が抱く理想上のヨーロッパと、現実のヨーロッパとのギャップ――を扱っている点にある。しかしながら、一九世紀後半から二〇世紀初頭を舞台にしたジェームズの作品と違い、オジックの作品の焦点は、アメリカ人が思い描く、芸術・文化の聖地としてのヨーロッパと、第二次世界大戦中および終戦直後の荒廃した現実のヨーロッパとの対比に置かれている。

本作において、ヨーロッパに対し幻想を抱き続ける人物は、主人公の母親アレグラである。彼女は自分にとって意味のあるものは歴史の中には存在しないと考え、歴史の中に組み込まれることを「埋葬」（六二四）と呼ぶ。アレグラが追求するのは、退屈で無意味な（と彼女が考える）歴史から切り離された、「危険と至福」（"the perils and blisses" 三二七）の世界である。「聖なる美」という神の崇拝者であったティルベックと同様に、アレグラもまた、歴史との繋がりを断絶した世界を志向する偶像崇拝者であるといえる。

アレグラは自分の思い描く至福の世界を創り出そうと、小説を執筆したり芸術家の後援者になるなどして、芸術活動に携わり続ける。また何よりも、若い頃のアレグラにとっては、美しいミューズであるティルベックとの、世間から隔絶された愛の生活こそが至福の世界であった。ティルベックに棄てられてからは、アレグラは新たな理想郷をヨーロッパに見出すようになる。


彼女［アレグラ］はアメリカが与えてくれないものを欲しがった。問題は、彼女の母国が中流社会だということだ。私［主人公］の母方の祖母はセオドア・ルーズベルトの三従兄弟だが、名門の出自もありあまる財産も、アメリカでは貴族を生み出してくれない。我々には上品さというものがなく、我々の宮殿には一九二〇年と記され、我々の城は少しずつばらばらに輸入されるのだ。（六七）

アレグラが思い描くヨーロッパとは、移民の国であるアメリカには存在しない貴族社会を体現するものであり、栄光に満ちた夢の国であることが窺える。

注目すべき点は、アレグラが追い求めるヨーロッパ像には、戦争やホロコーストの暗い歴史の影が含まれていないことである。ヨーロッパに憧れるアレグラは、同じくヨーロッパに強い執着を抱くイーノックと結びつくが、ユダヤ人であるイーノックの心が、戦後つねにヨーロッパにとらわれ続けている理由を、アレグラは全く理解していない。

母は［…］ひどく間違っていた。彼［イーノック］がその身をささげ、没頭しているのが「彼女の」ヨーロッパであると。壮観と覇権、活気と栄光に満ち、名声と畏怖の霧で覆われた彼女のヨーロッパであると。そしてその間ずっと、彼女は強制収容所のガスの匂いを嗅ぐことはなかった。彼女には、イーノックの目から湧き出る強制収容所のガスの匂いに気づくことができなかったのだ。（九九）

このようなアレグラの愚かさや盲目さは、審美的世界への過剰な傾倒が引き起こす、歴史的事実への無知・無関心を示唆していると考えられる。

一方主人公は、母親とは異なり、腐臭漂うヨーロッパの歴史的事実を感じ取っている。アレグラは戦後すぐに、当時十歳だった主人公と、そのガバネス（女性家庭教師）として雇ったオランダ難民を連れてフランスへ渡る。アレグラにとってそれは、娘にヨーロッパを学ばせ、「文明化」（九八）するためのグランドツアーだった。しかし主人公は難民のガバネスに飲まされたヨーロッパの腐ったミルクで体調を崩し、ドイツ国境付近に棄てられた戦車に嘔吐してしまう。

私がドイツ軍の戦車のへりに吐いたのはある種の地図だった。ねばねばした海と形のはっきりしない陸地のある、吐しゃ物でできた地図であり、このよく知られた黄ばんだ世界の中心にある、腐ったミルクでできた地中海だった。その酷い悪臭のせいで、世界に関して単に知っただけではなく、正確に、厳密に、深いところまで知り、記憶し、理解し、間違いなく、危険なほどに知ったのだ。（八三）

主人公が嘔吐する様子を見て、ガバネスは「これはヨーロッパの悪臭だ」（八三）とつぶやく。この言葉が象徴することは、ホロコーストの死臭に気づかないアレグラと違い、主人公は戦争によって腐敗したヨーロッパの現状を、感覚的に理解しているということである。また、自分の吐しゃ物の中に飛び込んでいき、自分が作り上げた世界の中で完結したティルベックと違い、主人公の嘔吐は、ヨーロッパの腐敗した現状を目撃し、それを吸収してしまった結果であると考えられる。このように、栄光に満ちたヨーロッパを学ぶためのグランドツアーは、戦争によって荒廃したヨーロッパを学ぶという結果に終わる。

芸術の聖地としてのヨーロッパを思い描き、戦争の爪痕の残るヨーロッパに渡る芸術家きどりのアメリカ人については、『信頼』のおよそ半世紀後、二〇一〇年に発表された長編『異物』（*Foreign Bodies*）でも嘲笑的に描かれている。オジックが、理想上のヨーロッパと歴史上のヨーロッパのギャップというテーマに長年引き付けられている理由は、アメリカで生まれ育ち、芸術の世界に没頭していたオジック自身の幼少期および青年期が影響していると考えられる。オジックは一九四六年頃の自分を次のように回想している。

これまでずっと、私の生命中枢の炎は、『アエネーイス』の荘厳な悲劇役者たちに向けられていた。私は詩の狭い喉の中で暮らしていたのだ。この一、二年後に、何にも気づいていなかった私が、ヨーロッパのしゃれこうべや、強制収容所と戦争の血塗られた惑星の衝撃に打ちのめされるまで、ずっと。（*M&M* 一一六）。

さらに、一九五二年にイングランドに渡ったときのことを、次のように振り返っている。

一九五二年、私はイングランドへ文学巡礼の旅に出かけた。しかし私がそこで見たものは、爆撃で破壊された廃墟と、憔悴しきった社会だった。ロンドン大空襲から離れているところでさえもそうだった。同時にヨーロッパ大陸はいまだ、少し前の残虐行為に精神的にとらわれていた。（"Paperback"）。

このように、オジック自身、芸術世界に没頭するあまり、歴史的事実の認識を誤ったという経験を持つ。これらの経験が、『信頼』や『異物』などに見られる、アメリカ人から見た理想上のヨーロッパと歴史上のヨーロッパとのギャップ、そして、芸術への傾倒が引き起こす、歴史的事実への無知・無関心というテーマの元となっていると考えられる。

4　過去の出来事への判断としての歴史とその継承

前述のとおり『信頼』は、物語の重点が歴史問題に置かれることで、当初目指していたジェイムズ風小説から分岐していく。本作において、とりわけ深刻な歴史問題として扱われているのは、ホロコーストの問題であろう。オジックは、『信頼』というタイトルに辛辣な意味を込めたと述べている。

私は辛辣な意図をこめて自分の小説を『信頼』と名付けた。それは刺すように鋭く果てしなく大きなアイロニーを示すためだった。私はあらゆる種の不信（*distrust*）を描くつもりだった――親子間の、夫婦間の、恋人たちの、ヨーロッパとアメリカ間の、キリスト教徒とユダヤ教徒の、神と人間の、政治や歴史における不信を。（*Din* 一三八）

オジックが認める通り、『信頼』には様々な種類の不信が描かれている。その中でも最大の「不信」として焦点が当てられるのは、ホロコーストが起きても沈黙を保ち続けた神への不信である。

このような神への不信を体現するのが、語り手の継父であるイーノックである。彼はアメリカ生まれのユダヤ人だが、第二次世界大戦中に戦略諜報局の機関員として渡欧し、そこでヨーロッパの荒廃を目撃する。戦後、彼はホロコーストを起こしたヨーロッパに対する怒り、そしてユダヤ人に救いの手を差し伸べなかった神への「不信」を抱き続け、ホロコーストの犠牲者を台帳に書き留める作業に没頭する。
注意すべき点は、イーノックが決して無神論者ではなく、ユダヤの神の存在自体は信じているということである。彼は神への不満を次のように語る。

「私は無神論者だったことなど一度もない［……］いつも神の存在を感じているよ。私が不満なのは神から見返りがないことだ。多くを望んでいるわけじゃない、こちらがするのと同じだけの尽力でいい。真の無神論者とは神自身のことだ［……］行動を起こさないことで、神は自分自身の存在を否定し続けている。神は神であることを放棄したのだ。」（二二四）

ユダヤ人救済という役割を放棄した神に失望したイーノックは、その役割を歴史に期待するようになる。本作における歴史のおおよその定義が「過去に実際に起こったこと、事実に基づくもの」であることは前述のとおりだが、イーノックは歴史にさらなる意味を持たせる。

「歴史とは単なる起きたことではない。起きたことへの判断（judgment）だ。」（二二九）

さらにイーノックは、歴史に対し、ヨーロッパへの復讐と死者の贖いを行ってくれる「救世主」（二三二）の役割を期待する。

「その力を持っているのは歴史だ！　復讐し、報いを与えてくれるのは歴史だ！　死者を生き返らせてくれるのは歴史だ！　そして贖いというのは歴史のことだ！」（二三一）

これを聞いて、主人公はイーノックの心情を次のように理解する。

彼は邪悪な者への正当な裁きと、滅ぼされた者への慈悲を待ち望んでいた［……］彼はこれから生まれる人々の評価を待っていた［……］長い長い歴史の記憶の中で、死者はようやく蘇る［……］不当に虐待された人々のみが存続するというのは、まさに均衡のとれた復讐のアイロニーだ。歴史とは失われたものの楽園だ。我々が殉教者のことを記憶していれば、救世主を呼び出せるのだ。（二三六）

「歴史とは失われたものの楽園だ」と主人公が考察するように、イーノックにとっての歴史とは、時が経てば忘れ去られてしまう死者の存在を、死者に関する記憶を、消滅させずこの世に永久に留めておくためのシステムであるといえる。イーノックは戦後、取りつかれたようにホロコースト犠牲者のリストの作成に力を注ぐが、その理由は、記録を残すことによって、犠牲者が歴史の中で永久に生き続けられるようにするためだと考えられる。彼はさらに、過去に起きてしまったことに、後世の人々が正しい判断を下すことを期待する。つまり、イーノックの考える歴史、つまり過去の記憶の蓄積とは、単に過去に属するものではなく、未来を志向するものであり、後世の人が考え、判断し、継承していく必要のあるものだといえる。

オジック自身も、「ユダヤ人にとって歴史とは、単に起こったことではなく、起こったことに判断を下すことだ」(2)(qtd. in Kremer 三七)と発言しており、イーノックの歴史観がオジックのそれを反映したものであることが窺える。さらにオジックは、「道徳的な生き方を理解するためには、人は歴史への注意の払い方や判断の仕方を知らなくてはならない。偶像にはそれがまったくできない」(*A&A* 一九二)と主張する。つまり、道徳的に正しく生きるためには、想像力によって生み出された世界で自己充足するのではなく、過去の記憶を受け継ぎ、それに対し何が正しいか自分で判断を下していく必要があるということである。このようにオジックは、イーノック・ヴァンドというユダヤ人の登場人物を通して、自身のホロコーストへの怒りと、後世の人々が歴史を知り、それを正しく評価していくことの重要性を描いている。

5　おわりに

S.リリアン・クレマー(S. Lillian Kremer)が指摘するように、「オジックの登場人物たちは、パーン神［好色で音楽好きなギリシャ神話の牧神］の芸術的で官能的な魅力と、モーセの道徳的規範との間で葛藤する」(二五)。『信頼』の主人公はユダヤ人ではないが、彼女もまた同じジレンマを抱えている。本作は父親捜しを通した主人公の自己探求が物語の主軸となっているが、その結末は曖昧である。並々ならぬ性的魅力と性衝動を持つ実の父親との出会いによって、主人公は官能的な愛を知るが、彼は水難事故によってあっけなく娘の人生から退場する。実父の死後、主人公は母親とユダヤ人の継父のもとに戻るが、主人公と継父の関係は依然としてよそよそしいままである。自己探求の旅の結果、芸術家の父親とユダヤ人の父親のうち、どちらがより主人公のアイデンティティ構築に大きな影響を与えることになったのか、作中では明らかにされていない。物語は、主人公がいまだ「二つの世界に挟まれて分岐点にいる」(Kauvar 三八)状態で幕を閉じる。

主人公のアイデンティティが不明瞭なままで終わるのとは対照的に、オジック自身は七年におよぶ『信頼』執筆を通して、意図せず自身の作家としての方向性を発見することになる。デビューの四年後、オジックは『信頼』執筆の過程について次のように振り返っている。

つい最近まで、私の全人生は芸術という宗教に捧げられていた。[……]ようやく大作を書いたとき、私はそれを芸術品にするつもりだった。[……]しかし、何年もその作業に励んでいくうちに、驚くべきことにそれは呪いへと変わった。最終的に私は、自分が暮らしている世界を呪っていたことに気が付いた。(*A&A* 一五七–五八)

『信頼』は、オジック自身が抱く芸術への賛美を具現化するために書き始められた作品であり、自身の民族性を前面に押し出す意図はなかった。しかしながら、執筆を進めていくうちに、オジックは自身が抱えるホロコーストへの怒りを直視せざるを得なくなった。そして、当初、若い女性の自己探求などのテーマやその美文調を踏襲した、ジェームズ風の「芸術品」を目指して書き始められた本作は、オジックの歴史観を体現するユダヤ人登場人物イーノックが次第に作中でその存在感を増していくことで、歴史への判断とその継承を主題とした物語へと変貌を遂げる。そして、歴史のテーマが作品の主題になったことで、本作は意図せずユダヤ系文学として完成する。それは、芸術家の父親捜しの物語であるはずの本作が、最終章では、ヘブライ語の聖書研究を始めるイーノックや、アメリカへの同化を目指してユダヤ教の信仰を棄てようとするホロコースト生存者といった、ユダヤ人の登場人物たちに焦点を移して幕を閉じることからも窺える。のちにオジックが『信頼』の執筆について、「私はアメリカ人作家として書き始め、ユダヤ系作家として書き終えた。私は執筆の過程で自身をユダヤ化した」（Cole 二一四－一五）と回顧しているように、歴史の継承の問題を作品の中心に据えたことで、本作はオジックにとって、単に作家としてではなく、ユダヤ系作家としてのデビュー作となったのである。

このようにオジックは、デビュー作の執筆を通して、自己の歴史観の再認識に至った。彼女の考える歴史とは、単なる過ぎ去った過去の出来事ではなく、後世の人が担い、正しい判断を下し、未来につなげていく記憶である。ユダヤの記憶の共有こそがユダヤ人のアイデンティティであり、またそれが道徳的に生きることに繋がると考えるオジックは、たとえ間接的な記憶であっても、自分にできる手段で語り継いでいくことの重要性を強く意識している。イーノックが、台帳にホロコースト犠牲者の記録を残すことで死者の蘇生を試みたように、オジックもまた、作品を生み出すことで、ユダヤの記憶を継承していこうとしているのである。

注

（1）「創世記」二十五章二十七節－三十四節で、アブラハムの長男エサウは、一杯の羹と引き換えに、大事な長子の権利を弟ヤコブに譲ってしまう。イーノックはティルベックが崇める「人間のような神」（五三九）のことを、エサウの一杯の羹のように、実体はあるが無価値なものとして非難している。

（2）オジックのこの歴史観は、小説家・エッセイスト・歴史家であるモーリス・サミュエル（Maurice Samuel 一八九五－一九七二）の歴史観に基づいていると考えられる。オジックは二〇代の頃、ニューヨークで開催された彼のシンポジウムに参加したとエッセイで語っている。そこでサミュエルは、「歴史とは起きたことである。そして起きたことに判断を下すことである」（*A&A* 一一二）という彼の歴史観を提示したという。

引用・参考文献

Cole, Diane. "Cynthia Ozick." Dictionary of Literary Biography. 28 vols. *Twentieth-Century American-Jewish Fiction Writers*. Ed. Daniel Walden. Detroit: Gale, 1984. pp. 213-15.

James, Henry. *The Ambassadors*. 1903. Oxford: Oxford UP, 2008.

Kauvar, Elaine. M. *Cynthia Ozick's Fiction; Tradition and Invention*. Bloomington: Indiana UP, 1993.

Kremer, S. Lillian. "The Splendor Spreads Wide: Trust and Cynthia Ozick's Aggadic Voice." *Studies in American Jewish Literature: The World of Cynthia Ozick* 6 (1987): pp. 24-43.

Ozick, Cynthia. *Art & Ardor*. New York: E. P. Dutton, 1983.

——. *The Din in the Head: Essays*. Boston: Houghton, 2006.

——. *Metaphor & Memory: Essays*. 1989. New York: Vintage, 1991.

——. *The Shawl*. 1989. New York: Vintage, 1990.

——. *Trust*. 1966. New York: Mariner Books, 2004.

——. "Paperback Q&A: Cynthia Ozick on Foreign Bodies." *The Guardian.com*. 24 Apr. 2012. Web. <https://www.theguardian.com/books/2012/apr/24/cynthia-ozick-foreign-bodies > accessed 14 Mar. 2018.

Prose, Francine. "Idolatry in Miami." *The New York Times Book Review* 10 Sep. 1989: 39.

Strandberg, Victor. *Greek Mind Jewish Soul: The Conflicted Art of Cynthia Ozick*. The U of Wisconsin P, 1994.

第7章　マイケル・シェイボンに見るユダヤの記憶と伝統

坂野　明子

1　はじめに

マイケル・シェイボン（Michael Chabon 一九六三―　）はブライアン・カーヒル（Bryon Cahill）が指摘するとおり「多くの顔」を持つ作家である。クリエイティブ・ライティングの修士論文として提出した作品が、指導教授の計らいもあり破格の待遇で出版されただけでなく、その小説『ピッツバーグの秘密の夏』（*The Mysteries of Pittsburgh*）は一九八八年のベストセラーとなり、若干二五才でシェイボンは誰しも羨む文学的成功を手に入れた。ピッツバーグを舞台に大学を卒業したばかりの若者アート・ベクスタインが男女それぞれの「友人／恋人」との一夏のバイセクシュアルな関係を通して自己発見をしていくストーリーは、確かに「新しい世代の『キャッチャー・イン・ザ・ライ』」と言えるかもしれない。だが、サリンジャーと異なり、シェイボンはこの後、探偵小説、ヤングアダルト小説、ファンタジーなど、さまざまなジャンルに挑戦しており、多才ぶりが際立っている。その意味ではいわゆる「ユダヤ系作家」の枠組みに収まりきらない作家と言えるだろう。ただ、『ピッツバーグの秘密の夏』以降の三つの長編小説、『ワンダー・ボーイズ』(*Wonder Boys* 一九九五)、『カヴァリエ＆クレイの驚くべき冒険』(*The Amazing Adventures of Kavalier & Clay* 二〇〇〇)、『イディッシュ警官同盟』(*The Yiddish Policemen's Union* 二〇〇七)を時間軸に沿って読むとき、ユダヤ人の文化や歴史についての作家の関心が強まっていく傾向は明らかであり、本論ではそのような変化に注目しつつ、特に『イディッシュ警官同盟』に見られるシェイボンならではと言える「ユダヤの記憶と伝統」の捉え方を検証することにしたい。

2 『ワンダー・ボーイズ』の過越祭

シェイボン自身が語っていることだが、華々しいデビューの後、多額の前金を受け取るかたちで第二作の契約を済ませた彼は、五年もの間 *Fountain City* というタイトルの小説に取り組むものの結果的に完成させることができず、まったく別の作品『ワンダー・ボーイズ』を出版するに至っている。この間、最初の妻との離婚などもあり、精神的にかなり苦しい日々を送ったという。『ワンダー・ボーイズ』の主人公、作家であり、ピッツバーグ大学の創作クラスで教鞭をとるグレイディ・トリップにはシェイボンのそのような経験が反映されているとみて間違いないだろう。若い頃作家として注目を浴びたトリップは現在四十一歳、出版予定の作品は頁数が膨れ上がるだけで、完成の見込みはたっていない。三番目の妻エミリーには、大学の女性学長サラ・ギャスケル（彼女の夫は大学で彼の直属の上司でもある）との不倫関係が知られ、離婚の危機にある。そのうえ、すでに四十代のサラが妊娠し、おなかの子について判断を迫られてしまう。かつて彼はジャック・ケルアックに憧れ、束縛を嫌い、束縛を受けそうになると逃げだしてきた。結果として、三度の結婚、それ以外の多くの女性との関係、しかし子供はなしという状態で現在に至っているのだが、今回も、当初、この難局に対し彼の態度は「逃げ」に終始している。すなわち、大量のアルコールを摂取し、マリファナを吸い、自分が起こしてしまった事態に背を向けてしまうのである。[1]

グレイディ・トリップのこのような姿について、ボブ・バチュラー（Bob Batchelor）はコーエン兄弟の映画『ビッグ・リボウスキ』（一九九八）の主人公デュード、さらにこの時期の大統領ビル・クリントンに重ね、九〇年代のアメリカの男性像を表していると述べている。ジョン・ウェインに代表される強く果敢な男としてのアメリカン・ヒーローは、ベトナム戦争やフェミニズムを経て過去のものとなった。一方、立場は違うものの、元大統領を含む三者は優柔不断で状況に流されがちな点で共通するところが少なくない。その意味でバチュラーの議論は説得力があると言えるだろう。ただトリップについては、作品の最後で、ステータスのある大学の職は失うものの、サラと結婚し、小規模の大学で非常勤講師の仕事をしながら、授業がない時間を生まれてきた息子の世話とあらたに書き始めた小説の執筆に充てていること、すなわち、ついに現実と向き合ったことが明かされている。

主人公のこのような変貌を可能にしたのは、作品の中盤で六十頁というかなりの頁数を割いて描写されるエミリーの実家ウォーショー家訪問だった。そもそもトリップはユダヤ系ではないのだが、現実から逃げ出したい一心で義父アーヴィング・ウォーショーの過越祭のディナーの招待に応じ、創作クラスの教え子であり作家志望のジェイムズ・リアとともにピッツバーグからかなり離れた義父母の家に向かう。ウォーショー夫妻は実の息子を水の事故で亡くしてから、韓国から三人の養子を迎えることでユダヤ系のファミリーを作っており、それから何十年も経ち、子ども達が成長し家を離れてからも、過越のディナーのために呼び寄せている点で、ユダヤ教徒としての意識は強いと言えるだろう。ただ、実際のディナーはエミリーとトリップのトラブルその他のために、粛々と行われるわけではなく、どこかちぐはぐなものとなってしまう。従って、トリップの変化を促したのは、ユダヤの宗教的伝統ではなく、むしろ、ウォーショー夫妻と過ごした時間そのものと言えるだろう。先に述べたように、トリップはものごとが込み入ると逃げ出すことを繰り返してきたのだが、ウォーショー夫妻の生き方はその真逆であると言える。最愛の息子の死を乗り越えて、異国の子供たちを受け入れたこと、大人になって精神的に不安定な兆候を示し、夫妻に迷惑をかけてばかりの彼らに辛抱強く対応していることをみても、彼らの現実に対する「受容力」は人並み外れたものと考えてよい。それはエミリーを裏切った娘婿トリップにも向けられ、サラの家の老犬に噛まれて化膿した彼の足の傷を手当する義父の振る舞いは、『ワンダー・ボーイズ』の数多のエピソードの中でも群を抜いた優しさを示している。

トリップの義母アイリーンもまた夫に劣らず優しい心の持ち主である。トリップが連れてきたジェイムズ・リアは、夫婦にとって全くの初対面の若者だったが、アイリーンはジェイムズがその場に集う人々の中で最も若いことを確認し、過越の儀式の重要な一部、祭りの起源について問う最年少の男子の役割を与えている。さらに、意識を失うほど酔ってしまった彼を心配して、彼の両親に迎えにくるよう電話するのである。ただ、そういう彼女の親切心はジェイムズにとっては迷惑なものだった。元々はユダヤ系でありながら、アメリカ社会で富と成功を手に入れるためプロテスタント教会に通うようになった両親は、息子がユダヤ系的な振る舞いをすると叱ったという。ジェイムズが迎えにやってきた両親を親ではなく祖父母だと言い張る背景には、アメリカ的価値を信奉し、ユダヤの伝統に背を向けた彼らへの怒りがあると言えるだろう。

ところで、物語の最初の方でこめかみに銃を当てているところをトリップが目撃していることから、ジェイムズは自殺願望を抱いていると考えられるが、それは彼が抱える二つのアイデンティティの不安に起因している。一つは今述べたように、ユダヤ系の家系に生まれながら両親によってそれを否定されていること、もう一つが自身のホモセクシュアルな性的嗜好だった。

過越祭の儀式に参加し、ごく幼い時期の記憶がかすかに蘇ったジェイムズだったが、トリップにユダヤ系としての意識が強まったかと訊かれ、「特に……。自分はなにものでもない、無だと思った」（二八二）と答えており、アイリーン・ウォーショーの優しさが彼のユダヤ人意識に変化を引き起こすことはなかった。むしろ、彼の人生の方向性を決定したのは、トリップの進行中の小説の編集担当者テリー・クラブツリーだった。ゲイであるクラブツリーはジェイムズが気に入り、彼と性的に結ばれただけでなく、ジェイムズの作品の出版を決めている。こうしてジェイムズは新進小説家への道が約束されるのだが、一方、義父母の「受容力」にふれ、現実から逃げてばかりの自分を恥じたトリップは、自ら引き起こした事態（サラの愛犬の射殺と、サラの夫の宝物、マリリン・モンローがジョー・ディマジオとの結婚式の際に着ていたジャケットをジェイムズが持ち去ってしまったこと）の収拾を図りながらも、その過程で起きたドタバタの中で、長いこと書きためてきた原稿のほぼすべてを失ってしまう。まさに若者と中年作家を待っていたのは対照的な結末だったのである。

『ワンダー・ボーイズ』では、このようにユダヤの重要な宗教的伝統の一つ「過越祭」が作品構成の一部になっているにも拘わらず、物語を動かしたのはむしろウォーショー夫妻の今までの生き方、そして混乱を極める事態に向き合う彼らの現在の姿であって、しばし彼らと過ごしたことによって、トリップはケロアック的生き方に別れを告げ、子育てと執筆に勤しむ九〇年代的「大人の男」になっていくのである。

3 『カヴァリエ&クレイの驚くべき冒険』のゴーレム表象

『ワンダー・ボーイズ』から五年後に出版された『カヴァリエ&クレイの驚くべき冒険』（以下『カヴァリエ&クレイ』）は、D・G・マイヤーズが指摘する通り、『ピッツバーグの秘密の夏』を含む最初の二作とは全く趣を異にしている。第一作、第二作ともピッツバーグという一都市を舞台に、一人称の語りで、紆余曲折を経て短期間に主人公が「あるべき自己を見出す物語」であるのに対し、第三作は時間的にも空間的にも大きく幅が広がり、二人の主人公ジョー・カヴァリエとサム・クレイの行動が三人称で描かれている。扱っている時代は一九三八年から五四年、物語の始点では一九才のジョーが差し迫るナチスによるユダヤ人迫害（＝ホロコースト）から逃れるべく、シナゴーグに眠るゴーレム救出作戦に便乗するかたちで、棺に隠れてプラハを脱出、ブルックリンに住む叔母を頼り、シベリア、日本を経由してアメリカにやってくる。叔母の息子であり二歳下の従弟サムは当時人気を博していた『スーパーマン』に触発され、コミックスで身を立てる野心を持っている。だが、絵は得意ではなく、そこに現れたのが巧みな絵を描くジョーであり、二人の合作でコミックスの世界で成功をおさめていく。

二人の手によりいくつもの作品が生まれるが、中でも「エスケイピスト」は彼らの代表作となる。強いヒーローがヒトラーを思わせる人物に果敢に挑み、迫害される人々を「エスケイプ」させる筋立ては、言うまでもなく、プラハに残してきた両親や弟をなんとしても救出したい、アメリカに呼びよせたいというジョーの願望が生み出したものであり、作品の成功がもたらす金銭は家族の救済を可能にするように思われた。だが、願いもむなしく、両親は強制収容所で命を落とし、弟を含むユダヤの子ども達を乗せた船はドイツ軍の潜水艦に攻撃され、沈没する。その知らせが届くとジョーの復讐心に火がつき、恋人ローザが妊娠していることも知らずに、彼は唐突にアメリカ海軍に入隊してしまう。サムはお腹の子の父親となるためローザと結婚するが、実はサムはゲイであり、彼らの結婚は真実のものとは言い難い。極地その他で数々の冒険を経て、戦後、ジョーはアメリカに帰還する。だが、ローザの子が自分の息子だと気づきながら、エンパイア・ステートビルの一室で誰にも知られずに絵を描く暮らしを続ける。一九五四年、十二才になった息子トミー（ジョーの弟の名にちなんで命名された）はジョーの存在を世間に知らしめるための策略を練り、それに乗るかたちでジョーはサムとローザの前に姿を現し、ローザと再び結ばれる。一方、サムは自身のセクシャリティーに忠実に生きるため、ロサンゼルスに旅立つところで作品は終わる。

歴史を踏まえたこのようにダイナミックなストーリー展開は『カヴァリエ&クレイ』を、前二作とはまったく異質なものにしているが、ホロコーストやゴーレムなど、ユダヤの要素が濃厚になっているのも大きな特徴と言えるだろう。『スーパーマン』の二人の作者、ジェリー・シーゲルとジョー・シャスターがユダヤ系であることに関連して、シェイボンはスーパーマンのキャラクター設定とゴーレムの関係に言及し、「おそらく我々（＝ユダヤ人）には解決不能な問題に対し現実にはありえない解決策を考え出す伝統がある」（Costello 三三）と述べている。言うまでもなく、ジョーとサムが生み出したヒーロー「エスケイピスト」もその系譜に連なり、シェイボンがアメリカン・コミックスを作品の素材として利用したこと自体、彼の中でユダヤ人としての意識が強まったことの表れと見てよいだろう。

ただ、ゴーレムが『カヴァリエ&クレイ』の主人公たち、とりわけジョー・カヴァリエのユダヤ人意識に深く根差しているかと問うなら、答えは否定的にならざるを得ない。ジョーにとってゴーレムは最初は脱出の手段、アメリカに移り住んでからはヒーロー像を生み出す源泉、結果として自身の家族や他のユダヤ人の救済を可能にする(かもしれない)ツールであった。従って、棺に納められたゴーレムが一六年もの長い月日を経てニューヨークのクレイ家に辿り着き、棺の蓋が開けられ、中から現れたのが怪力のゴーレムの姿かたちではなく、単なる土、モルダウ川の川床の土に帰したものであるのを見た瞬間、ジョーが泣き崩れたのも自然なことだった。というのも、それはゴーレムがヒトラーの魔の手から、両親も弟も多くのユダヤ人たちも救済できなかったこと、希望がむなしい夢に終わったこととの視覚的な証明に他ならなかったからだ。そして、プラハの駅に担ぎこまれた際にはあんなに軽かった棺がずっしりと重くなっていることから、彼は「この土の中には迷える魂が一つならず宿っているのではないか」(三一六)と訝るが、正体なく土に戻ったゴーレムの重みは、ナチス・ドイツの暴虐によって奪われた何百万というユダヤ人の命の重み、それに伴ってほぼ消滅した東欧ユダヤの文化遺産の重みと等しいと考えることも可能だろう。その意味で、滂沱の涙を流すジョーの心の痛みはほんものであり、それを疑う余地はないが、それが〈喪失の強い痛み〉である点において、かつて復讐心に駆られ殆ど衝動的に海軍に入隊したのと通じるものがあり、そのシンプルさにおいて、この後議論する『イディッシュ警官同盟』に見られるユダヤ人意識とは異なることを指摘しておきたい。

4 『イディッシュ警官同盟』に見られる新たなユダヤ人意識

シェイボンの長編第四作は歴史改変小説『イディッシュ警官同盟』[2]である。ユダヤ系作家の歴史改変小説と言えば、シェイボンの大先輩フィリップ・ロス（Philip Roth 一九三三―二〇一八）の『プロット・アゲンスト・アメリカ』（*The Plot Against America* 二〇〇四）がすぐに思い浮かび、ベストセラーになった『プロット』が二〇〇七年出版の本作の執筆に影響を与えた可能性はなくはないだろう。ただ、ロス作品は第二次大戦に参戦する直前一九四〇年の大統領選挙で、アメリカの英雄でありながら親ナチスのチャールズ・リンドバーグが大統領に選ばれ、アメリカ中に反ユダヤ主義の嵐が吹き荒れる様を幼い主人公（＝フィリップ・ロス）の目を通して描くという格好になっており、明白に過去が舞台となっている。それに対し、シェイボン作品の場合は、イスラエルが建国数ヵ月にしてアラブ側に大敗を喫し、国家として消滅、アメリカ政府がホロコーストを生き延びた彷徨えるユダヤ人をアラスカの地に受け入れ、ユダヤ自治区シトカが形成されたという設定であり、設定自体は歴史の改変だが、貸与が六十年という期間限定であったため、契約終了時期が迫った二十一世紀初頭の現在、身の振り方を模索せざるを得ない自治区の人々を描いているという点で、現代を鋭く問う作品と言えるだろう。

シェイボンは作品執筆のきっかけは、たまたま書店で手にした一九五八年出版の『イディッシュ会話』（*Say It in Yiddish*）という本だったと語っている。それは旅行者向け外国語会話教本の体裁で、イディッシュが母語の国に旅行した際に役立つ日常会話が記されており、東欧ユダヤ人社会がほぼ壊滅状態になった現在、シェイボンにはその本の存在自体が「苦いものに終わった希望」、「最後の白昼夢」のように思われた。しかし、それは作家に、もしイディッシュが日常語である国が存在するとしたら、それは地球上のどこだろうと想像させ、アラスカの地にヨーロッパのユダヤ人が再定住するというアイデアを思いつかせることになったのである。

多才なシェイボンは『イディッシュ警官同盟』を、歴史を改変した上に全体としてハードボイルド探偵小説に仕立てあげ、そこに国際政治の要素やハシド派の宗教的伝統の継承問題なども絡めているため、出来上がった作品は一筋縄では読み解けないものとなっている。ただ、その込み入ったプロットを丁寧に腑分けしていけば、主人公マイヤー・ランズマンによるユダヤ・アイデンティティの模索が作品の核にあることが次第に明らかになっていくように思われる。

物語の冒頭、マイヤー・ランズマンは長期滞在のホテルの一室で強い酒をあおり、酩酊状態で登場する。アラスカのユダヤ人暫定自治区シトカの敏腕刑事として人に知られたマイヤーだが、十二年間連れ添った同じく刑事の妻ビーナとの離婚後、自身の来し方、今後の生き方に思い悩み、一種の虚無感を酒で紛らわせる日々が続いていた。妻については、出生前の遺伝学検査で染色体異常が認められた胎児を二人で話し合いの上中絶したのだが、取り出された男の胎児には外見上何の問題もなく、自分は一つの命をみすみす抹殺してしまったのではないかという苦い思いが生まれ、その結果、妻との間に溝が深まり、離婚に至ったのだ。

さらに少年時代から長く彼の心を悩ませてきたのは、ホロコースト・サバイバーの父の死が自分のせいではないかという自責の念だった。父はチェスの天才で、息子に厳しくチェスを教え込んでいたが、思春期になった息子はある日「チェスはもうやりません」という文面の手紙を父宛に投函し、その二日後、父は自ら命を絶ってしまったのだ。二十三年後、父の遺品を整理して、自分の手紙が未開封のまま残されているのを発見し、自責の念は幾分和らいだのだが、父を否定した痛みは今も心のどこかに残り続けている。

このようにハードボイルド探偵小説の主人公でありながら、マイヤーは思い悩む心、他者の痛みを想像できる〈柔らかい心〉を持った人物である。そして、彼が担当することになった「殺人事件」の「被害者」、ある意味で『イディッシュ警官同盟』の副主人公とも言えるメンデル・シュピルマンもまた、〈柔らかい心〉の持ち主だった。メンデルは東欧からシトカに移り住んできたユダヤ敬虔主義(3)の一派、ヴェルボフ派のレベ(4)、ヘスケル・シュピルマンの息子であり、小さい頃から人の痛みを癒す能力を示し、ツァディク・ハ・ドール(一世代に一人現れる救世主、その世代の正義の人〉とみなされ、人々から崇められていた。だが、派の隆盛のために父親によって一方的に決められた結婚相手との式の当日、女装して逃走してしまう。その後は、元々持っていた卓越したチェスの能力を活かし、偽名を使って賭けチェスで金を稼ぎながら、次第にヘロイン中毒患者となっていき、最後は偽名で宿泊していたホテル、マイヤーが長期滞在していたのと同じホテルの一室で、後頭部を撃たれた遺体となって発見される。そこには安物のチェス盤があり、彼の人生を象徴するかのようにチェックメイト〈手詰まり〉の盤面となっていた。

結婚式の日、ヴェルボフの屋敷から女装して逃げだしたことから推測されるように、メンデルはホモセクシュアルであり、男女の役割を厳密に区分するハシド派とは相容れない存在だった。逆に言えば、ゲイとして抱える〈居場所のなさ〉こそ、他者の痛みに寄り添う能力を生み出していたのかもしれない。いずれにせよ、作品中言及される彼が苦しむ人に話しかける時の「囁くような声」や、「永遠の小学生のような手」は彼の〈柔らかい心〉を示唆するものと言えるだろう。

物語はマイヤーがメンデルの死の秘密を探る過程で、シトカの社会を背後で動かそうとする様々な〈力〉に突き当たる様を描き出すのだが、それらの〈力〉は、マイヤーやメンデルの柔らかい心とは対照的に、いずれも〈硬さ〉を特徴にしている。最初にマイヤーがぶつかるのはシトカ警察の「解決困難な事件は調べるな」という方針である。アメリカ合衆国にシトカが返還される際、警察組織の上層部は当然アメリカ人に取って代わられるわけだが、その際、迷宮入りの事件を多く抱えているのは不名誉であり、アメリカ人がいやがるだろうというのがその理由である。ここには硬直化した組織の論理が働いており、反骨の刑事マイヤーは命令に逆らい、自力で捜査を続けていく。

第二の〈硬い力〉はメンデルが背を向けたヴェルボフ派である。もともとヴェルボフ派は闇世界に暗躍するユダヤ・マフィアであり、シトカがアメリカ政府に返還された後に非合法経済活動を制限されることを恐れた彼らは、エルサレムにある岩のドームを破壊し、神殿を再建することで古都奪還を果たし、彼の地での繁栄を目論んでいる。ただ、計画遂行のため、彼らは宗教的擬装にも余念がなく、かつてウクライナの地にあった屋敷を正確に再現し、ヴェルボフ時計と呼ばれる時計をもとに日々の行動を律している。この時計の文字はヘブライ文字であり、針は逆回り、定時になると古いメロディが流れるようになっている。これらの事実が示すのは過去への強いこだわりと、逆に生身の人間への徹底した無関心である。爆弾を仕掛けることによって失われる命に彼らは何の注意も払っていないように見えるのだ。

さらにエルサレム奪還計画の一環として、ヴェルボフ派は廃人同然になったレベの息子メンデルの薬物中毒を治療し、ツァディクとして復権させ、イスラエル帰還の広告塔に利用しようとする。いったんは治療に合意したものの、治療される真の意味を悟ったメンデルは辛くも逃げ出すことに成功する。ただ、逃走を助けてくれたヘリコプターの女性パイロット(5)が、その後、不審な死を遂げることから、すべてに絶望し、他殺を装った自死を選んでしまう。おそらく、自分の命がある限り、ヴェルボフ派はどんな手段を使っても自分を利用するだろう、そのことによってエルサレムで夥しいアラブ人の血が流されるであろうことを思い、自らを抹消する決断をしたのだと思われる。

〈硬い力〉の第三は今やアメリカの保守勢力の中核となっているキリスト教福音派である。彼らは聖書の記述に「神がユダヤ人にパレスチナを与えた」とある以上、そうでなければならないと考えるクリスチャン・シオニズムの思想を持っており、そのためヴェルボフ派のエルサレム奪還の陰謀に加担する。だが、当然のことながら、ヴェルボフ派の陰謀も自分たちがそれに関わっていることも公けにされてはならないと考えている。だから、メンデルの死のいきさつを調べるマイヤーの行動を徹底的に妨害し、アクション映画さながらの追いつ追われつのあげくマイヤーを捕え、尋問し、マイヤーが大事に思う人々の命を保証する代わりに、見知ったことを口外しないように要求するのである。

興味深いことに、マイヤーの尋問官（＝アメリカ政府の秘密エージェント）はキャッシュダラーというアメリカそのもののような名の持ち主だが、同時に、クリスチャン・シオニストらしく、物事が教科書通り、テキスト通りであることを求める人物でもある。マイヤーの身柄の確保について「取り散らかったやり方はダメ」（三六七）と言ったことは彼のそのような傾向を示唆するが、ほかにも、尋問の際にマイヤーとポケットティシューの貸し借りをして、ティシューが机の上にあったデニッシュの赤いジャムの上にぽとりと落ちてしまったとき、キャッシュダラーの「冷静なまなざしに亀裂が走り」、その隙間から「憎悪に満ちた怪物が垣間見えた」とあることから、自身の計算から外れた事態や不規則なものを許容できない〈硬い〉性格であることがわかるのである。

以上、マイヤーがぶつかる三つの〈硬い力〉について述べてきたが、実はもう一つ、少し異質な〈硬い力〉が存在する。それはマイヤーの伯父（＝母の兄）のヘルツ・シェメッツに代表される、六十年の貸与契約期間終了後もシトカをユダヤ人のための特別区として残すことを画策する一派である。そのためにはアメリカ政府の有力者を抱き込むべく賄賂を渡すなど汚いことも辞さず、また、本来シトカはトリンギット族（エスキモー）が住んでいたところに境界線を引いてユダヤ人自治区を建設したのだが、この一派は領地拡大を狙って境界地域にシナゴーグを建設し、反対するトリンギット族とトラブルを起こしている。このエピソードは明らかにイスラエル政府のガザ地区およびヨルダン川西岸地区の入植政策を思い起こさせるもので、シェイボンのイスラエルについての複雑な思いを感じ取ることも可能だろう(6)。

ただ、第四の〈硬い力〉を率いてきたヘルツ伯父は、部下の裏切りによって今は職も失い、隠遁生活をしており、直接的にマイヤーを脅かすものではない。むしろ、第二、第三の力による陰謀が引き起こすであろう悲劇をなんとしても阻止したいメンデルが、警察を捜査に引き込むため他殺に見せかけた自死を決意したとき、後頭部から銃殺してくれるようヘルツに依頼し、ヘルツはすすんで協力したのである。これはヘルツ伯父とメンデルの利害が一致したからと言えるだろう。

このように、『イディッシュ警官同盟』ではさまざまな〈硬い力〉が、真実を知ろうとするマイヤーの前に立ちはだかるが、マイヤーはそれらに抗う中で、次第に自分がどのように生きていくか、どのようなアイデンティティを持つべきかを理解していく。そしてその過程で重要な役割を果たすのが、彼の元妻、今はシトカ警察の直接の上司となっているビーナである。彼女はマイヤーが事件を追い、陰謀に近づこうとした時、立場上、捜査の中止を命じるが、彼が単独で探った情報から複数の〈硬い力〉が目指すものの恐ろしさに気づき、行動を共にするようになっていく。それは開いていた二人の距離を縮めることに繋がり、最終的に性的にも結ばれるのだが、この過程でビーナが示す重要な振る舞いが二つある。

一つは、マイヤーが抱いていた中絶に関する自責の念について、「あなた一人で決めたと思っているの?」(四〇九)と言い、二人で一緒に犯した過ちであると伝えている点である。マイヤーは胎児が正常だったことをビーナに伝えることができず、その時以来痛みを抱えこんできた。そこにはビーナを思いやる気持ちがあったのだが、逆に言えば彼女を排除する態度でもあって、ある意味で独りよがりな苦しみだった。ビーナの言葉は閉じていたマイヤーの心を開き、人は完璧ではなく、不完全な世界を苦しみをともにしながら生きていくものであると気づかせたのだった。

マイヤーを変えるきっかけになったビーナのもう一つの振る舞いは、愛するもの(その中にはビーナと、従兄弟でありかつ相棒の刑事でもあるベルコが含まれるのだが)に危害が及ばないようにするという条件で、彼がキャッシュダグラーにした約束、アメリカ政府がヴェルボフ派の計画に加担している事実に関して沈黙を守るという約束に関わっている。彼は言う。「十秒ほど息をすると、空気の中に俺たちが見逃してやった悪が充満しているように思えて、息が苦しくなってくるんだ。」(四〇七)それに対してビーナは「大物連中に糞食らえと言わないあなたなんて、手元に置いておく意味がない」(四〇八)と言い、掴んだ情報をアメリカ人ジャーナリストに伝えるよう促すのだった。

こうして作品は終わりを迎えるのだが、作品全体の理解のためにもう一つの、そしておそらく最も重要な〈硬〉と〈柔〉の二項対立について説明する必要があるだろう。それは〈ヘブライ語対イディッシュ語〉の対立である。周知のように東欧ユダヤ人社会ではイディッシュは日常語であって、宗教的な言語であるヘブライ語より下位に見られてきた。十九世紀の啓蒙運動を経て始めてイディッシュ文学が誕生したのも、イディッシュが長く女性や子どもの日常言語、卑俗な言語とされてきたからである。つまり、ヘブライ語は宗教と結びつき、権威や聖性を帯びた〈硬い言語〉であり、イディッシュは人々の喜怒哀楽、心を表現する〈柔らかい言語〉だったのだ。従って、もし作者シェイボンが主人公マイヤーに正統的なユダヤ人アイデンティティの確立を期待するなら、作品のタイトルも「ヘブライ警官同盟」となってもおかしくなかっただろう。だが、無論、そんなことはありえなかった。

キャッシュユダラーとの取引の最後で、マイヤーは「聖書だの律法だのに書かれていることなんか糞食らえ」（三六八）と言い切るが、作者はさらに次のように続ける。「限りなく暴力団のボスに近い神などうんざり」、「おっちょこちょいな思い込みで息子の喉を切ろうとしたことで有名になった、あのサンダル履きの馬鹿親父に何か約束されようと知ったことか」、「古代ユダヤのご先祖さまたちなんか、砂漠の砂に埋もれた古い骨に過ぎない。」神だけでなく、アブラハムやそのほかの旧約聖書中の人物達も否定するこれらの言葉は強烈だが、物語のエンディングが示すように、マイヤーは決してユダヤ人であることを放棄してはいない。

ビーナの許しを得て、岩のドーム爆破の陰謀とアメリカ政府の関係をアメリカ人ジャーナリストに知らせるべく、マイヤーが電話をかけようとするところで作品は終わっている。だが、この時点でシトカが今後どうなるのかは不透明であり、マイヤーの今後がどうなるのかもわからない。ただ、作者シェイボンは次のように語る。マイヤーには「故郷も、未来も、宿命も」なく、あるのはビーナだけ、そして二人に約束された土地は結婚式を執り行った天蓋、あるいは「イディッシュ警官同盟の角が折れた会員証」（四一一）に過ぎない、と。また、この同盟の会員は「全財産をトートバッグに入れて運ぶのであり、彼らの世界とはその舌で話す言葉なのだった」（四一一）と。引用が示す[7]のは彼らの住む場所はイスラエルでもシトカでもなく、彼ら自身の心と、心の住み処としての彼らの身体であるということだろう。そしてそれを支えるのは彼ら二人が話す言葉、ヘブライ語ではなくイディッシュ語、ホロコーストがほぼ消滅させたと言ってもいい、東欧・ロシアのユダヤ人の言葉だということだろう。そしてそこにこそ、彼ら二人のユダヤ人アイデンティティがあるというのだろう。外部の〈硬い権威〉に依存することのない、自らの内に起源を持つアイデンティティ、それはある意味でたよりないかもしれないが、どこまでも誠実なアイデンティティと言ってよいのではないだろうか。

5　おわりに

マイケル・シェイボンの三つの長編作品を読み、ユダヤの記憶や伝統が作品中どのように表象されているか、その変化を検証してきた。『ワンダー・ボーイズ』では過越祭が作品のかなりの頁を占めるものの、儀式が意味を持つというより、ユダヤ系の義父母の、厳しい現実を受容し乗り越える〈力〉に主人公トリップが感銘を受け、今までの生き方を修正するというストーリー展開となっており、祭は義父母との出会いの場として機能しているに過ぎないと言えるだろう。『カヴァリエ&クレイの驚くべき冒険』は、主人公の一人ジョーのプラハ脱出や、ジョーと従兄のサムの合作によるアメコミ・ヒーロー「エスケイピスト」の創造に、ゴーレム伝説が巧みに利用され、ピューリッツァー賞受賞に値する、波乱に富み、読者を惹きつける作品に仕上がっているが、ゴーレムはあくまでもツールであって、主人公たちがゴーレムを通して、自らのユダヤ人アイデンティティを問い、変容していく展開にはなっていない。

それに対し、『イディッシュ警官同盟』では、律法、エルサレム奪還計画、クリスチャン・シオニズム、ヘブライ語のような様々な〈硬い力〉に翻弄されながら、主人公マイヤーが彼なりのユダヤ人アイデンティティ、持ち運び可能な彼独自の「記憶と伝統」、イディッシュ語による彼自身の世界を見出していく姿が描かれている。それはとりもなおさず、一九六三年生まれの作家マイケル・シェイボンが、二十一世紀のアメリカにあってユダヤ人であるとはどういうことか、イスラエルをどう考えるかなどの問題に真摯に向き合っている証しと言えるだろう。その姿はベローやシンガー、ロスなどの錚々たる先輩作家とは異なるかもしれない。だが、アメリカではユダヤ系の同化が進み、イスラエルはパレスチナ問題、中東の力の均衡問題等なお困難な状況を抱えている中で、柔軟で可塑性のあるユダヤの「記憶と伝統」を模索し続ける作家が存在することは、ユダヤ系文学にとって一つの光明であると考えられはしないだろうか。

注

(1) 毎年、大学では作家や編集者を集めるコンファレンスが開かれ、この日、オープニング・パーティが不倫相手でもある学長サラの家で開かれ、トリップも参加する。さまざまな経緯から、トリップとその教え子ジェイムズ・リアは学長夫妻の寝室に入り込む。気配を察した愛犬に踵を噛まれたトリップを助けようと、ジェイムズは持っていた銃を発砲、犬は死亡、さらに自殺したハリウッド・スターたちに強いこだわりを持っている彼は、マリリン・モンローがジョー・ディマジオとの結婚の際に着ていたジャケット(サラの夫のコレクション)を持ち出してしまう。本来なら、これらのことをすぐにサラに知らせ、謝罪すべきところ、トリップは犬の亡骸を車のトランクに詰め込み、逃げ出してしまうのである。

(2) 本作は黒原敏行によって翻訳され、『ユダヤ警官同盟』というタイトルで二〇〇九年に新潮文庫上下本として出版されたが、本論の議論から明らかなように『イディッシュ警官同盟』であるべきと考え、そのように表記したものである。

(3) 十八世記中葉にポーランドで起こったユダヤ教の敬虔主義運動。

(4) ハシド派の世襲制のラビ。

（5）この女性パイロットは実はマイヤーの妹ネイオミである。

（6）シェイボンの再婚した妻はイスラエル生まれのアイアレット・ウォルドマンであり、二〇一七年二人の共編著『オリーブと灰の王国——占領と向き合う作家たち』を出版し、イスラエル政府の「占領」について鋭く問うている。

（7）ビーナの大きなトートバッグについては作品中何回か言及があり、彼女の行動の自由を保証する重要なものである。また、ユダヤ人の抵抗能力と不屈の精神について説明する一八章の一節で、「ユダヤ人は自分の家を牛革のバッグ一つに、ラクダの背中に、あるいは脳の一細胞に、すっぽり入れて持ち運べる」（一五五）とあり、ビーナのトートバッグがその一例として示されている。マイヤーの精神的回復を促す彼女の柔軟さの象徴でもあると言えるだろう。

引用・参考文献

CaHill, Bryon. "Chabon with Many Faces." *Writing*. April/May 2005. pp. 16-19.

Chabon, Michael. *The Amazing Adventures of Kavalier & Clay*. London:4th Estate, 2010.

——. *The Mysteries of Pittsburgh*, London: Harper Perennial Modern Classics. 2011.

——. *The Yiddish Policemen's Union*. New York: Haper Perennial, 2008.

——. *Wonder Boys*. London: Harper Collins Publishers, 2017.

——. *Maps and Legends*. New York: Harper Perennial, 2008.

Chabon, Michael & Ayelet Waldman ed. *Kingdom of Lives and Ash: Writers Confront the Occupation*. London: Harper Perennial, 2017.

Costello, Brannon ed. *Conversations with Michael Chabon*. University Press of Mississippi, 2015.

Dewey, Joseph. *Understanding Michael Chabon*. Columbia, South Carolina: University of South Carolina Press, 2014.

Kavadlo, Jesse & Batchelor, Bob Ed. *Michael Chabon's America*. *Lanham*, Maryland: Rowman & Littlefield, 2014.

Myers, Helene. *Reading Michael Chabon*. Santa Barbara, California: ABC-CLIO, LLC, 2010.

Myers, D. G. "Michael Chabon's Imaginary Jews." *Sewanee Review* Fall 2008, Vol.116 Issue 4. pp. 572-588.

Roth, Philip. *The Plot Against America*. London: Jonathan Cape, 2004.

Wallrabenstein, Deborah. *Sounds of a New Generation: On Contemporary Jewish-American Literature*. Basel, Switzerland: the Deutsche Nationalbibliothek, 2017.

第8章　手紙が継承する悲劇の記憶

『エブリシング・イズ・イルミネイテッド』における「ユダヤ人」の枠組と伝統

山本　玲奈

1　はじめに

ユダヤ系アメリカ文学というカテゴリーは作者のルーツによって決められているが、ユダヤ的な要素を全面的に押し出す作家もいれば、表向きには全く関連のない小説を書く作家、両方が存在する。一九七八年にノーベル文学賞を受賞したアイザック・バシェヴィス・シンガー（Isaac Bashevis Singer　一九〇二―九一）は、イディッシュ語で創作することを生涯にわたり続けた。第二次世界大戦で命を奪われたユダヤ人の大半がイディッシュ語話者であったため、終戦と同時にイディッシュ語は一挙にマイナー言語として扱われるようになり、現代のユダヤ人にとっては「過去」の言語となりつつある。ユダヤ人にとっての言語は「母語」という言葉では片付けられない。もちろん地域によって差はあるが、日常会話や生活の中で使用するイディッシュ語、聖書及びそれにかかる研究等で用いられるヘブライ語、ユダヤ人は最低でも二つの言語に接する。加えて、例えばアメリカ在住であれば英語が社会での公用語であり、いわゆるユダヤ系移民の第三世代になればほぼ英語のみで生活するケースも多い。

シンガーがイディッシュ語にこだわった理由は単純明快で、ユダヤ人が生活する言語がそれだったから、というものである。大崎は、シンガーの小説の主人公たちを次のように分析する。

彼らは、ユダヤ共同体での生活が周囲からは蔑視され、現代文明の恩恵や快楽から遠く隔てられたものであること、また、周囲の国々の暴力に晒され続けてきたし、これからもそうであろうことを十分に承知しながら、なおかつ、その価値を否定しきれずにいる。彼らのある者は精神的に、またある者は実際の生活の場を求めてユダヤ共同体を出ていき、非ユダヤ人の世界に入ってみるのだが、そこになじむことができず、心の安らぎを得られない。彼らは非ユダヤ人たちの蔑視の対象になっている昔ながらのユダヤ性こそ、自分たちにとって最後に逃げ込むべきところであると気づいている。（大崎 二〇五－六）

昔ながらのユダヤ性を維持する上でイディッシュ語が不可欠であるというシンガーの信念は、ユダヤ系アメリカ文学の手紙の役割について考察する上で重要だと考える。なぜなら、小説内であえて登場人物の手紙という形式を用いることで、より彼らの日常の言葉に近いものが使われることになるからである。それは特にユダヤ人にとって、共に暮らす人々、つまり共同体の意識を想起させるものだと言える。固有の土地を持たない民族であるユダヤ人は、民族としての記憶を世代間で共有することがアイデンティティを構築するプロセスであり、ユダヤ人でない人々との区別を行う手段だった。彼らにとっては記憶を引き継ぐことそれ自体が伝統であり、ユダヤ人としての重要な使命なのである。

ユダヤ民族の様々な記憶には、日常生活の習慣から迫害の歴史まで含まれる。ポスト構造主義の哲学者たちに多大なる影響を及ぼしたモーリス・ブランショ（Maurice Blanchot 一九〇七－二〇〇三）は、小説を書くことと死の関わりについて画期的な論を展開したが、それは第二次世界大戦におけるホロコーストが大きなきっかけとなっている。彼自身はユダヤ系ではないが、ユダヤ系であるエマニュエル・レヴィナス（Emmanuel Lévinas 一九〇六－九五）の親族を助けナチスの脅威から守るという経験があった。ブランショはさまざまな文学者や文学作品を扱いながら、書くこと、エクリチュール、死について、そして書くにあたって書き手がさまよう場としての文学空間について論じた。日常の活動的な「営み」から逸脱した「無為」として文学活動を捉え、作家は自らの死に臨み、死を前にして自らを支配し続け、「文学空間」をさまようことが書くということなのだと語っている。

ブランショは、「書く」という作家の営みのうちに死の契機を見出し、作品は作者からも読者からも独立した絶対的なものであるとする独自の文学理論によって、フーコー、バルト、ドゥルーズ、デリダらに決定的な影響を与え、「作者の死」やテクストの自立性を唱える六〇年代の構造主義の到来を準備したのであり、また彼自身がメディアに顔を出さず、大学に身を置く道も選ばず、ただ「書くこと」を通してのみ公となることを貫くことによって、自らの「エクリチュール」概念を身をもって生きたのだと考えられている。（郷原 一四）

現代思想におけるエクリチュールの問題の前景化のきっかけとなったのがブランショの考察であるが、それはユダヤ人に対する理不尽な迫害に接したことが引き金となっているだろう。ナチスに加担したマルティン・ハイデガー（Martin Heidegger 一八八九―一九七六）に対する批判的な姿勢を貫いたこともその証左である。

口を出ると消えてしまう話し言葉とは違い、何かを書くことで生まれたエクリチュールは目に見えるものとなり、自由に書き換えが可能となる。また、手紙の持つ動き、推進力が加わることで、距離のある場所や、過去と未来をつなぐダイナミズムが生まれていく。今回取り上げるジョナサン・サフラン・フォア（一九七七―）のデビュー作『エブリシング・イズ・イルミネイテッド』（*Everything Is Illuminated* 二〇〇二）においては、交差する旅行記と「年代記」の中に潜むアレックスからの手紙を小説の軸と捉え、登場人物が持つ記憶を他者と共有する上で、ユダヤのアイデンティティとどのように向き合っていくかを考察する。なお、小説内には作者と同姓同名の人物が登場するが、本稿では登場人物の方をジョナサン、作者をフォアと表記する。

2　小説内における手紙と登場人物の変容

『エブリシング・イズ・イルミネイテッド』においては、イタリック体や大文字を用いて表記される箇所が頻繁に登場する。例えばアレックスからジョナサンに宛てた手紙がイタリック体で示されているのは、他の小説にも見られる普遍的な手法である。その他登場人物の書いたメモや歴史書など、小説内の書かれたテクストにイタリック体が用いられていることに加え、特定の人物のセリフが全てイタリック体にて表記される場面も存在する。視覚的に表記の差異を設けることについての主たる効果は、その言葉を発する者の区別や可視化だと言える。また、例えばラビの言葉が大文字にて表記されている点を考慮すると、通常の会話を耳で聞くだけでは判別し難い身分の差が、表記の違いによって顕在化していると指摘できる。このように作者の意図的な視覚的要素の織り込みがなされた書物に対し、ゼノン・ファイフェルは「リベラトゥラ」と名付けた新たなジャンルを提唱した。彼と共に詩集「リベラトゥラ」プロジェクトに取り組んでいるカタジナ・バザルニクは「珍奇な外見や反規範的な形態を持ってはいても、リベラトゥラにおいてことばによる伝達が最も重要であり、〔…〕作家が伝統的な文学伝達の規範の外に出ようと決意するとすれば、それは彼の作品が何らかの理由によってそれを必要としていると感じているからなのです」（バザルニク 二一〇）と、あくまで作者は言葉の作用を強めるために視覚的要素を取り入れるのだと主張する。

『エブリシング・イズ・イルミネイテッド』における特異点の一つは、時代設定や語り手が大きく異なる三つの語りが複雑に入り組んだ構成である。ウクライナに住む少年アレックスと、アメリカ在住のジョナサンの出会いから小説は始まる。アレックス、アレックスの祖父、ジョナサンのウクライナ旅行記はアレックスの手によって書き進められるが、アメリカへ戻ったジョナサンが郵送でその原稿を受け取り、添削と併せて自身が綴った先祖の「年代記」をアレックスに返送する。この旅行記と「年代記」は、交換日記のようにアメリカとウクライナの距離を超え、二人は少しずつ互いの物語を読み進めていく。彼らが一緒に過ごしたウクライナ旅行記だけでなく、あえて各々の国に帰った後の手紙の交流も語りの軸として扱っているのは、小説が進むにつれて見られる登場人物の変容をより明確にするためだと言える。小説中に登場するアレックスからジョナサンに宛てた手紙には日付、宛名、署名が明記され、読者はその手紙がいつ書かれたのかを正確に把握しながら、旅行記を執筆する際に彼がどのような推敲を加えたのか、アレックスの執筆者としての心情を読み取ることができる。

小説内に登場する手紙は、一九九七年七月二十日から一九九八年一月二十六日まで、七つの手紙が時系列に並び、アレックスがジョナサン滞在中の旅行記を執筆し、添削を受ける中での様々な心境の変化が文面に表出する。以下はアレックスの最初の手紙の一部である。

今度のセクションは指図どおり、きみが指導してくれたことを一等に考えるようやっきになっておこないました。きみの実演に従って、見え透いていたり、変にわかりにくかったりしないよう試みもしました。同封してくれた銭につき、ぜひ通知しなくてはなりませんが、あれが不在でも書くつもりでした。ぼくにとって作家に手紙を書くのはマンモスの名誉です。相手がアーネスト・ヘミングウェイやきみみたいなアメリカ人の作家なら、なおさら。(二四)

アレックスはジョナサンのことを尊敬すべきアメリカ人作家だと捉え、ジョナサンの要望に応えることができるように全力を尽くしていること、また金銭を受け取ることに対して礼を述べていることから、はっきりとした上下関係が成立している。しかし、最後の方の手紙ではアレックスに対する反抗的な言葉が散見され、ジョナサンが同封した金銭を明確な意思でもって返送する事実からも、アレックスが手紙のやり取りを通じて内的変容を遂げていると言えるだろう。

3　世代を超えた継承

ジョナサンが綴る先祖の物語は、トラキムブロド村を舞台として、川に転落した馬車から助け出された女の赤ちゃんのストーリーから始まる。のちにブロドと名付けられる彼女は、一旦村のラビに引き取られた後、くじ引きによって育ての親が決められる。選ばれたのは高利貸しを営むヤンケルであった。彼は元の名をサフランと言うが、「不名誉な罪」によって裁判にかけられ、彼の妻は別の男と駆け落ちをして、ヤンケルは長らく村から疎外された孤独な存在として生きてきた。彼の妻は村を離れる時に、ヤンケルに対し「自分のためにこうするしかなかったの」という一文のみ記された書き置きを残す。ヤンケルはこの書き置きを様々なところに隠して、自分のそばから消し去ろうとするが、いつもその小さな紙片はどこからかヤンケルの前に現れ、ヤンケルの人生にまとわりつき続ける。もしこの言葉が元妻の口から発せられたものであったならば、忘れるという選択ができただろうし、年をとるに従って物忘れがひどくなっていった彼の記憶にとどまることはなく完全に過去のものとなっていただろう。「だが自分の命にも似て、生きているかぎり書き置きをなすことはできなかった。それはいつでも戻ってきた。ずっと自分とともにあった。身体の一部のように、生まれつきの痣のように、手足のように、それは彼の上にあり、彼のなかにあり、彼であり、彼の賛美歌であった」（四五）と語られるように、その言葉は紙片として存在し続けて、ヤンケルと一体化していく。

作者フォアは、小説内の全く異なる場面で、同じモチーフを登場させている。ジョナサンの年代記は大きく二つの時代に分けられており、ブロドが生きた前後、そしてジョナサンの祖父の時代である一九三〇年代から一九四一年までである。ヤンケルは元妻からの書き置きを涙の形に折り畳んでポケットにしまう。その後先に述べたようにヤンケルはこの紙片を手放そうとあらゆる手段を講じるが、結局その紙片は彼が親代わりとして育てたブロドのそばにも姿を現し、さながら悲しみを象徴する涙の偏在性を示すかのようである。その後時代が変わり一九四一年、ジョナサンの祖父の結婚式にて、妻ではない女性との会話の中で、その女性は自分が身につけていた下着を涙の形に折り畳んで、ジョナサンの祖父のポケットにしのばせる。「これはわたしのことを考えてくれるように」(一一九)という女性の言葉は、純粋な願いでもあるが、相手の精神に対するある種の強制だと捉えることもできるだろう。他人の記憶に対する干渉は、涙の形として時代を超越して作品内に登場している。

トラキムブロドの村には、タバコを偏愛する「アルディシュの藁束」一族が住んでいる。ジョナサンの書く先祖の物語に直接関わる存在ではないが、時折登場する彼らこそが、継承という行為を想起させる重要な役割を果たしている。彼らのタバコから発せられる煙は村の空気に偏在し、住民の空気の一部となっているが、ある時火をつけるマッチがもうすぐなくなってしまうという危機に瀕する。誰もが絶望に暮れる中、ある子供がタバコからタバコへと火をつける方法を発明する。「火のついた煙草が一本あれば、つぎの一本は保証される。真っ赤な灰は絶えることのない種火なのだ![…]空にはつねに少なくとも一本の煙草が、希望の蝋燭が灯された」(一三六―一三七)。役割分担を決め、誰かが必ずタバコを燻らせて火を絶やさないようにするのは、苦境に置かれたときでも希望を継承しようとする民族の絆を示すものである。

先祖の年代記の中に、トラキムブロドの学生が歴史を学ぶときに使われる『先例の書』という書物が登場する。先祖が暮らしていた村の歴史が書かれた本で、盛大なイベントからパーソナルな記録まで、ありとあらゆる史実が記載されている。

相当な劣等生たちでさえ、『先例の書』は一字も飛ばさずに読んでいた。自分もいつかそのページに場所を占める日が来ると知っていたからだ。もし未来の版を手に入れられれば、自分の犯す過ちを読むことが（おそらく避けることも）でき、自分の子供の犯す過ちを知り（それを未然に防いでやり）、未来の戦争の結末を読むことが（そして愛する者の死に対する心の準備も）できるだろう、と。（一九六）

この引用からは、『先例の書』が過去の史実を書き記したものでありながらも、その正確さゆえに人々にとっては予言書のような役割も果たし得ることが読み取れる。ブロドはある夜、離れた家の中にいる少年少女が読む本を想像の望遠鏡で覗き見し、自分が将来村の住民から陵辱を受けることを知る。その本が『先例の書』であり、彼女が覗き見をした章は『ブロド・Dの最初の陵辱』だった。「ブロドはもっと読みたい――こう叫びたい、読んで！　知らなきゃならないの！――けれど、彼女のいるところから声が届くはずはなく、彼女のいるところからページをめくれるはずもない。彼女のいるところからでは、そのページ――紙一枚の未来――はかぎりなく重い」（八九）という語りからは、一度紙に書かれたものは消すことができない、望んでいない未来に対してどうすることもできない、という絶望がにじみ出る。

小説の最後は、アレックスの祖父が自ら命を絶つ前にしたためた遺書で締めくくられる。「私は幸せで満ち足りているし、これはやらなくてはならないことだから、やるのだと。私のことをわかってくれるか？　私はいまから音をたてずに歩き、暗闇のなかで扉を開け、私はいまから」（二七六）英語では最後の言葉は I will と途切れ、そのまま小説の終わりとなるが、この言葉は「ともあれそれは、一七九一年三月十八日のことだった。幼いWの双子が真っ先に、水面に浮かんできた奇妙な漂流物を見つけた。蛇のようにくねる白い紐、［…］血のような赤いインクで決意をしたためた紙。私はいまから……私はいまから……」（八）と、ジョナサンの書く年代記の冒頭で川に転落した馬車から流れ出した文字とつながる。血液を想起させる、流れるような赤い筆記体の文字は、ジョナサンの先祖が流してきた血を思わせながら未来への意思を示す、物語を貫通するキーワードとなる。

4　封印された記憶の共有

トラキムブロドの一部の住人は、『繰り返し見る夢の書』という書物を代々受け継いでおり、彼らは礼拝の中で各々が見る夢の共有を行う。まるで聖書のように章と節が割り振られ、夢を共有するたびに巻数の増えていく書物について、村のある住民は「大事なのは思い出すこと、思い出すという行為、回想の過程、過去の認識……記憶とは神へのささやかな祈りなのだ」（三六）と述べ、思い出すという行為の重要性を示す。我々は毎日を生きる中で記憶が蓄積されていくが、自分の中でなかったことにしたり、違う出来事が起きたように思い込んだり、自己の中ではある程度恣意的な働きかけが可能である。ただし、自分の記憶を他人と共有するためには、語ったり何かに書き記したり、外部に表明するという行為が不可欠となる。

アレックスからジョナサンに対して送られる手紙の中で、当初はアレックスがジョナサンからの助言を受けて物語を改変していく様子が、素直な青年の語り口で綴られている。手紙のやり取りの回数を重ねることで、徐々にアレックスの真実が明かされていく。例えば、当初アレックスは旅行記の中で自身のことを女の子たちにモテて仕方がなかったと描写していたが、実際には女性経験がないのだと手紙の中で打ち明ける。しかし小説の中盤以降から、彼はジョナサンの書く年代記に対して干渉を始め、人物の描写やストーリー展開に不満をぶつけたり自身の望む展開を要求したりすることで、自らもジョナサンの年代記の書き手となろうと試みている。そしてついに書き手としてのジョナサンとアレックスが一体化する。それは、別の場所で生きてきた二人が、先祖が味わった別の種類の苦難を互いのエクリチュールを読むことで分かち合ってきた結果なのである。

ぼくたちは、ジョナサン、もう別々にではなくて、いっしょに話をしているのです。お互い同じ物語に取り組んでいることは、きっときみにも感じられるはずです。知っていますか、ぼくはジプシー娘できみはサフランであり、ぼくはコルキ人できみはブロドであり、ぼくはきみのおばあさんできみは祖父であり、ぼくはアレックスできみはきみであり、ぼくはきみできみはぼくなのだと？（二一四）

アレックスは小説の冒頭「とてもかたい旅の開始への序章」にて、どのような流れでアレックスと祖父がジョナサンのガイドを引き受けることになったのかを語り始める。旅行会社を経営するアレックスの父は自分のルーツを知りたいと願うアメリカ人ジョナサンの依頼を受け、祖父がドライバーを務めることになった。しかし祖父は運転ができるのにも関わらず目が見えないと日頃から訴えている。家族はその原因が妻を亡くしたことによる寂しさであろうと考え、適当に調子を合わせているのだが、この「実際は見えるのに見えないふりをする」という姿勢は、これから論じる祖父の内面の封印が身体面に表出していると考えられる。

ウクライナの旅行記は、概ね作品にユーモアをもたらす部分として機能していた。ジョナサンが会おうとしている女性アウグスチーネを捜索する過程にて、アレックスとその祖父の関係性はコミカルな要素を持ち合わせつつも、世代間の隔たりを如実に示すものとなっている。「ぼくたちはともに同じ疑問を思っていた。戦争中、祖父は何をしたのだろう？」（七四）というアレックスの素直な疑問がそれを端的に示しているが、ここで主語がぼくたち（We）となっているところに注目したい。これはアレックスと祖父が二人でホテルに泊まった夜の場面だが、「ぼくたち」というのはアレックスと祖父のことであるにもかかわらず、祖父自身が何をしていたかわからない、正確に言えば戦争中に起こった全ての事実をなかったことにしているのである。

様々な場所を車で走り回った彼らがついにジョナサンの祖先に関係すると思われる場所を見つけ、そこで出会った女性こそがジョナサンの探していた女性アウグスチーネだと三人は考える。その女性宅で彼らが見たものは、たくさんの遺留品と思しきガラクタの数々だった。ジョナサンは「万一の時」とラベルのついた箱を受け取るが、現場を離れた後で三人が中身を確かめた際に入っていたのは、アレックスに生き写しの人物が写っている大昔の写真だった。それを見た祖父は観念したように、自身がどこの出身なのか、なぜ生まれ育った土地を離れることになったのかを、初めて孫に話すことになる。写真が時間を隔てた二つの時代をつなぎ、彼らの記憶の共有を促すきっかけとなっている。そこに言葉は存在しないものの、視覚に訴える情報で物語をクライマックスへと誘導する。祖父が話す衝撃的な告白の語りが進んでいく中で、徐々に句点やスペースが省かれ、ただ言葉が並んでいるページが続いていく。途切れることのない言葉は緊迫した息遣いを伝えるとともに、それが書き言葉ではなく祖父の口から直接出てきた言葉であることが、文字の表記によって示されるという逆説的な構図が成立する。

祖父の本当の名前はエリだったが、住んでいた土地が軍の攻撃にあった後に改名し、過去の自分を一切封印して過ごしてきた。ジョナサンら三人が荒野で出会った女性は、アウグスチーネであるとアレックスの祖父が強く主張するものの、本人は頑としてアウグスチーネでないと言い張る。彼女は自身の凄惨な体験談を、姉の体験談として三人に語って聞かせるが、彼女もまた自分の過去をなかったことにして生きてきた人間だったことが示唆される。彼女は荒野に散らばった遺留品を自分の部屋に収集することで、悲劇にあった人々の記憶を引き継ぐという生存者の役割を果たしている。

アレックスの祖父は、ユダヤ人の親友をドイツ軍に突き出してしまった自分を責めた結果、かつて暮らしていた村で経験したことを全て封印する人生を歩む選択をした。アレックスの祖父と親友ヘルシェルは深い友情で結ばれていたが、実際にドイツ軍を目の前にして、ユダヤ人を指さなければ自分が殺されてしまうという状況に陥ったとき、彼は以下のように思考を巡らせる。

> 誰がユダヤ人だ将軍がまた訊きもう片方の手にばあさんの手を感じて私は彼女がおまえの父さんを抱いているのも彼がおまえを抱いているのもおまえがおまえの子供を抱いているのもわかった死ぬのは怖くてたまらない死ぬ怖いたまらない僕死ぬ怖いたまらない僕死ぬ怖いたまらないそして私は言った彼がユダヤ人です（二五〇）

エリ、すなわち祖父は自分の後に続いていく子、孫たちのことが頭に浮かび、彼は全ての子孫を守るためにヘルシェルを差し出すという苦渋の決断を下した。明記されているわけではないが、ここにも「自分のためにこうするしかなかったの」というメッセージが通底している。名前を変え、住む場所も変えて別の人生を歩んできたアレックスの祖父は、封印してきた記憶を今ようやく子孫と共有することができたのである。

コリャド＝ロドリゲスは、フォアのつけた章題に着目することで小説内の大きな循環構造を指摘し、祖父の自殺が物語の結末にとって必要であったこと、ナチの襲撃やトラキムブロド村の悲劇は起こるべくして起こったのだという論を展開する（Collado-Rodriguez 六四）。本物語の登場人物の関係を整理すると、先祖から子孫へのつながりが軸となることは容易に指摘できる。アレックスの父も祖父も同じ名前を継承していること、トラキムブロド村の年代記にはブロド、サフランという名前が繰り返し登場することは、読者を混乱させる要因ともなりえるが、同一の名前を用いることで、世代間の隔たりが薄れ過去の人々の記憶がより鮮明に継承されていくための助けとなる可能性もはらんでいる。

この小説は、自身の物語を「わたし」の物語として、意図的な省略や改変をせずに、自分の名前の元に語ることを奪われた者たちの物語なのである。彼らに代わって彼らの物語を孫世代が語る。それによって、過去の出来事が再び「わたし」の物語として蘇生する。最初で最後の祖父の語りのパートが中断したまま終わるのは、出来事が終わっていないからだ。次の世代の語りに向けて祖父世代の出来事、第二次世界大戦の物語が依然開かれていることを示す。（加藤 一三二）

川から助け出されたブロドより始まる祖先の歴史は、同じ名前を持つ登場人物が繰り返し登場することで徐々に世代が交錯し、現代に生きる登場人物たちと渾然一体となり、一つの大きな物語へと昇華されていく。祖父の自殺をシンプルに物語の終焉と捉えることもできるが、上記の引用の論が示すように、中断されたI willの先を繋げるのは次の世代を生きる人々になるのである。

5　おわりに

表題の*Everything Is Illuminated*と関連して、フォアは祖父の告白が綴られた章に「照明 Illumination」という章題をつけている。隠蔽した記憶が照らし出され、後の世代に引き継がれていくことが、ユダヤ人の歴史の中で重要視されるべきだという作者の思いを読み取ることができる。ユダヤ民族は離散と迫害の歴史を辿る中で、「記憶」に全てを刻みつけることで民族の繋がりを維持し、共同体の意識を継承してきた。そして彼らの物語は、古くは口承文学として、やがて書く行為を通じ書物として記録されてきたが、フォアが作中で多用する意識的な字体の変化などの視覚的効果は、物語の中でも特に「書かれたテクスト」に焦点を当てるという役割を果たしている。「かつては年一回だった『先例の書』の更新はいまや休みなくおこなわれ、報告することがないときも専従の委員会は報告している旨を報告する。ひたすら本を進ませ、拡張させ、人生そのものに近づけるために。我々は書いている……我々は書いている……我々は書いている……」(一九六)という姿勢のように、過去の悲惨な歴史を含め、どんなことでも書き記録すること、物語を共有していくことが、ユダヤ人の守るべき伝統であり、次の世代が担っていく役目なのである。

本章の「はじめに」におけるブランショについての言及を踏まえて、小説内の手紙の書き手たち——ジョナサン、アレックス、祖父たち——を再度考えてみると、やはり民族の記憶として存在する「死への接近」が、彼らに書くという行為をさせるのだと考えられる。ブランショに大きな影響を与えたとされるジョルジュ・バタイユ（Georges Bataille 一八九七－一九六二）は「交流」（コミュニカシオン）という概念を用いながら、他者との関係性におけるエクリチュールや文学の役割について自身の立場を明らかにする。バタイユによれば、書かれたテクストが展開する空間は、他者同士が互いの差異や隔たりを維持したまま交流することのできる場なのである。

「ユダヤ人」という同じアイデンティティでまとめられる集団の中でも、「私はユダヤ人か」という問いに対する明確な答えを出しかねている者、ユダヤ人であることを全く意識せず自分の暮らす場所のアイデンティティのみで過ごしている者、あるいは常に自覚している者、各々の状況は様々である。彼らが共同体としての意識を明確にして、彼らが継承してきたものを維持しつつ人々の認識を共有するためには、エクリチュールによる交流が必要不可欠だと言えるだろう。それを改めて我々に想起させるのが、本作品『エブリシング・イズ・イルミネイテッド』である。

※本稿は、二〇一七年十月十四日に開催された第五十六回日本アメリカ文学会全国大会における発表「Jonathan Safran Foer の *Everything Is Illuminated* における手紙と記憶」原稿に加筆・修正を加えたものである。

引用・参考文献

Birnbaum, Robert. “Jonathan Safran Foer” *Identity Theory*. 26 May 2003.Web. <http://www.identitytheory.com/jonathan-safran-foer/> accessed 30 Sep. 2017.

Codde, Philippe. “KEEPING HISTORY AT BAY: ABSENT PRESENCES IN THREE RECENT JEWISH AMERICAN NOVELS.” Modern Fiction Studies 57.4 (2011): 673, 693, 817. ProQuest.

Collado-Rodriguez, Francisco. “Ethics in the Second Degree: Trauma and Dual Narratives in Jonathan Safran Foer's Everything is Illuminated.” Journal of Modern Literature 32.1 (2008): 54-68. ProQuest.

Doise, Eric. “Active Postmemory: Testimony Fiction, Multiple Perspectives, and Translation in *Everything is Illuminated*.” South Central Review 32.2 (2015): 93,108,154-155. ProQuest.

Feuer, Menachem. “Almost Friends: Post-Holocaust Comedy, Tragedy, and Friendship in Jonathan Safran Foer's Everything is Illuminated.” *Shofar* 25.2 (2007): 24-IX. ProQuest.

Houser, Gordon. “Everything is Illuminated.” The Christian Century Nov. 2002: 44. ProQuest.

Malin, Irving. *Contemporary American-Jewish Literature : Critical Essays*. Indiana University Press, 1973.

Foer, Jonathan Safran. *Everything Is Illuminated : A Novel*. Mariner Books: Houghton Mifflin Harcourt, 2015.

——. *Extremely Loud & Incredibly Close*. Penguin Books: Penguin, 2011.

——. *Here I Am*. Picador Farrar, Straus and Giroux, 2017.

Perry, Ruth. *Women, Letters, and the Novel*. Ams Studies in the Eighteenth Century. Vol. no. 4: AMS Press, 1980.

Wirth-Nesher, Hana, and Michael P. Kramer. *The Cambridge Companion to Jewish American Literature*. Cambridge Companions to Literature. Cambridge, U.K.: Cambridge University Press, 2003.

Wirth-Nesher, Hana. *Call It English : The Languages of Jewish American Literature*. Princeton University Press, 2006.

大崎ふみ子『アイザック・B・シンガー研究――二つの世界の狭間で』吉夏社、二〇一〇年。

加藤有子「物語／歴史の操作――ジョナサン・サフラン・フォアの小説の視覚的要素」『れにくさ――現代文芸論研究室論集』三、現代文芸論研究室、二〇一二年。二二六―四二頁。

郷原佳以『文学のミニマル・イメージ　モーリス・ブランショ論』左右社、二〇一一年。

近藤まりあ「*Extremely Loud and Incredibly Close* におけるユダヤ性と普遍性」『人文研紀要』第76号、中央大学人文科学研究所、二〇一三年。二一九―三〇頁。

バザルニク、カタジナ「リベラトゥラ――テキストと書物の形を統合する新しい文学ジャンル」久山宏一訳、『れにくさ――現代文芸論研究室論集』三、現代文芸論研究室、二〇一二年。二〇七―二五頁。

バタイユ、ジョルジュ『文学と悪』ちくま学芸文庫、一九九八年。

フォア、ジョナサン・サフラン『エブリシング・イズ・イルミネイテッド』近藤隆文訳、ソニー・マガジンズ、二〇〇四年。

福島勲『バタイユと文学空間』水声社、二〇一一年。

ブランショ、モーリス『文学空間』現代思潮新社、一九六二年。

第9章　伝統を編む

ジェローム・ローゼンバーグのアンソロジー『大いなるユダヤの書』を読む

風早 由佳

1　ジェローム・ローゼンバーグの作品

「伝統」を表す語 tradition は、「伝達すること」を意味するラテン語 *traditio* から派生している。クリスティ・A・メイリック（Christine A. Meilicke）が、『ジェローム・ローゼンバーグの実験的な詩とユダヤの伝統』（*Jerome Rothenberg's Experimental Poetry and Jewish Tradition* 二〇〇五）において指摘するように、ラビ・ユダヤ教によれば「口承、記述を通したユダヤの教えの途切れることない鎖（unbroken chain）」が存在するのだが、アメリカにおける四つの主な宗派――オーソドックス、コンサバティブ、リフォーム、リコンストラクショニズム――について考えてみれば、それぞれにおいて伝統に対する態度に違いがある。そして、それらの中の多くで、「文化伝達の鎖」が途切れてしまっている状況が見られる。このような現代アメリカのユダヤ人とユダヤの伝統との関係において、ユダヤ人ディアスポラのアイデンティティ構築に貢献する文学活動を行う詩人の一人にジェローム・ローゼンバーグ（Jerome Rothenberg 一九三一－）がいる。ローゼンバーグは自身の実験的な詩作のみならず、各国の口承文学のアンソロジーの編纂やユダヤに関する詩の収集・翻訳を通して、ユダヤの伝統を再発見しようとしている。まず、ローゼンバーグのアンソロジーに注目しながら、彼の詩作の特徴、詩論について考えてみたい。

ジェローム・ローゼンバーグは、一九三一年にニューヨークでポーランド移民一世の両親の元に生まれた。彼の両親は、ポーランドから一九二〇年にアメリカへとやって来たのだが、家庭ではイディッシュ語が話されていたことから、ローゼンバーグ自身の母語はイディッシュ語である。英語は学校教育で身に着け、ニューヨーク市立大学を卒業後、ミシガン大学、コロンビア大学で学び、複数の大学で教鞭を取る。また、イェイツの戯曲『鷹の井戸』（*At the Hawk's Well* 一九一七）にちなんで社名がつけられた自身の出版社ホークス・ウェル・プレスを運営しながら、ダイアン・ワコスキー（Diane Wakoski 一九三七－）やロバート・ケリー（Robert Kelly 一九三五－）ら精力的な詩人の作品を出版する他、リトル・マガジン『浮遊する世界から生まれた詩』（*Poems from the Floating World*）などの出版も手掛けた。また、スペインの詩人フレデリコ・ガルシア・ロルカ（Frederico Garcia Lorca 一八九八－一九三六）は、生涯に渡りローゼンバーグの詩作に影響を与えた詩人である。

ローゼンバーグは、パウル・ツェラン（Paul Celan 一九二〇-七〇）のアメリカへの最初の紹介者として知られるが、彼の詩人としての活動を理解する上で、世界各国の口承詩を収集・翻訳した功績は決して無視できない。ユダヤ系はもとより、ネイティブ・アメリカンからアジア、アフリカの狩猟採集民まで広く様々な民族の詩の収集・翻訳を行う。アンソロジーとしては、『聖なるものの技術者』（*Technicians of the Sacred* 一九六八）、『ガラガラを振りながら』（*Shaking the Pumpkin* 一九七二）、『大いなるユダヤの書』（*A Big Jewish Book* 一九七七）等があり、非英語の作品も多く含む膨大な数の翻訳は、高く評価されている。

詩集には、『白い太陽・黒い太陽』（*White Sun Black Sun* 一九六〇）を始めとし、『ポーランド／一九三一』（*Poland/1931* 一九七四）、『フルブン』（*Khurbn and Other Poems 1970-1985* 一九八九）、『ゲマトリア』（*Gematria* 一九九三）、『播種』（*Seeding and Other Poems* 一九九六）等のユダヤ文化や伝統をテーマにした詩集が多くある。

詩集『ポーランド／一九三一』ではホロコースト以前からのポーランドに暮らすユダヤ人の生活を描き出しているが、アメリカに生まれたローゼンバーグが、ポーランドのユダヤ人たちの歴史や記憶を描き出すために用いた手法の一つが、話し言葉の使用である。彼のアンソロジーにおいても話される言葉——口承——は重要な要素であり、それは「民族詩」（ethnopoetics）として知られるローゼンバーグの詩作特徴の一つであるが、『ポーランド／一九三一』からも分かるように、様々な民族の口承詩を収集するだけでなく、自身の詩作においても口承性を取り入れ、ユダヤ民族の記憶を辿るための一つの手段として用いている。また、フルブンやゲマトリアといった著書のタイトルが示すように、ホロコーストや数秘学といった、ユダヤの歴史や文化を色濃く表すテーマを積極的に詩作に取り入れている点もローゼンバーグの詩作特徴の一つである。

ローゼンバーグのこうした文学的アプローチは、ユダヤ文化を抑圧してアメリカ文化へと同化しようとする自身の両親とは対照的に、旧ユダヤ社会に生きた祖父母、そしてさらにその先の先祖の歴史や文化、伝統に加え、他の民族の歴史と伝統への共鳴を示すものであり、ユダヤの伝統や記憶を辿ることで、現代アメリカ社会の中で揺らぐ自身のユダヤ人としてのルーツを明らかにしようとする試みとも言える。

2 『大いなるユダヤの書』の形式的特徴

一九七八年にローゼンバーグの編集によって出版された『大いなるユダヤの書』は、古代から現代に至るまで幅広い年代の様々な国のユダヤ人の詩や文が図や写真なども含めて収録されたアンソロジーである。本書に収録された二百九十二編もの詩の選定と解説においてはローゼンバーグが中心となり、共訳者のハリス・レノウィッツ（Harris Lenowits）からヘブライ語、アラム語、ウガリット語訳についての助言を、チャールズ・ドリア（Charles Doria）からは忘れられがちであったユダヤ詩学のギリシアとヘレニズム的側面についての助言を得て編纂された。

形式について着目してみると、一般的に、アンソロジーは、年代別、作者別といった掲載順が取られることが多いが、本書はそういった形式を取っておらず、特徴的な構成を持っている。序文において、ローゼンバーグは『大いなるユダヤの書』を次のように説明している。

私は本書をポエシス（poesis）の営みそのものであると考えている。『大いなるユダヤの書』の創作は――定義として考えられるあらゆる原点と試みにおいて――私のユダヤの神秘に対する考えを反映するような配置であり、コラージュであると言える。この意図は、常に本書全体の構成を決定してきた。要するに、構成に関して私がまず決めていたことは、著者よりも作品内容自体を重視すること、非時系列の構成によって、古い作品と現代の――とりわけ過去数十年に渡って合衆国で創作された――作品との関係性を強調することである。（xl）

新旧、各国の詩が混在するコラージュ的配置方法によって、時間・空間を超えてそれぞれの作品が関連することを強調しようとする本書は、ユダヤの聖書タナハ（Tanakh）における構成と重なる。すなわち、タナハは、トーラー（Torah）、ネイビーム（Neviim）、クトビーム（Khtuvim）の三つの部分から構成される。また、トーラーに「創世記」、「出エジプト記」、「レビ記」、「民数記」、「申命記」があるように、この三つの部分はさらに細かく分けられる。それぞれの内容は、「創世記」から時系列に書かれたわけではなく、コラージュ的な手法でそれぞれの話が配置されている。

ローゼンバーグの『大いなるユダヤの書』の構成を見てみると、全二百九十二編の作品は、「ウェイ」（Ways）、「ヴィジョン」（Visions）、「ライティング」（Writings）の三つのパートに分類されており、それぞれのパートの内容は、神話から歴史、そして言語と詩へと移り変わっていく。さらに細かく見ていくと、「ウェイ」の部分には、「力の書」（A Book of Powers）、「世界の書」（A Book of Worlds）の下位分類があり、「ヴィジョン」には、「髭の書」（A Book of Beards）、「ヤハウェ戦争の書」（A Book of the Wars of Yahveh）、「ライティング」には「拡張の書」（A Book of Extensions）と「言葉の書」（A Book of Writings）が収録されている。聖書の「トーラー」と『大いなるユダヤの書』の「ウェイ」、「ネイビーム」と「ヴィジョン」、「クトビーム」と「ライティング」がそれぞれ対応しており、さらにそれらの中に複数の話が収録されている形式も聖書のそれを踏襲していると言える。

さらに、本書の中で、ローゼンバーグ自身の詩が「ヴィジョン」の中に二編収録されていることに注目したい。「髭の書」に収められた「聖職者たちの花の子どもたち——神殿に捧げる解説付き四詩」（“THE CHILDREN OF THE FLOWERS OF THE PRIESTHOOD: 4 Poems with Commentary for the Temple”）と、「ヤハウェ戦争の書」の中の「殺人法人スートラ」（“THE MURDER INC. SUTRA”）である。メイリックは、「ヴィジョン」の「髭の書」中に収められた作品の特徴を次のように説明している。

「髭」とはヘブライの世界でいうところの、長老、年長者を指す語である。［…］このセクションでは、エルサレムの神殿とそこでの儀式等に関するアリュージョンが多くを占め、長老、王、預言者、ラビに重点が置かれる。それぞれの時代において、ローゼンバーグは迫害された「他者」を暴露する——すなわち、イエスや他のユダヤの背信者のような、異教徒の偶像崇拝者、カナン人の神バール、アシェラ、カナンのシャーマンや異教徒といった他者が本アンソロジーの中に見出すことができる。（六二）

「髭の書」の最初に収められた詩が、ガートルード・スタイン（Gertrude Stein 一八七四－一九四六）の「長老の詩」（"Patriarchal Poetry"）であることも象徴的である。特徴的な繰り返し「彼らの起源と彼らの歴史長老の詩彼らの起源と彼らの歴史長老の詩彼らの起源と彼らの歴史。／長老の詩／彼らの起源と彼らの歴史」（"Their origin and their history patriarchal poetry their origin and their history patriarchal poetry their origin and their history./ Patriarchal Poetry./Their origin and their history" ll. 1-4）が、八行に渡って続く。「バラはバラでバラはバラだ」（Rose is a rose is rose is a rose）という有名な一説を残したスタインらしい、句読点を使わず、繰り返しを頻繁に用いる手法である。動詞を用いないことによって、より一つ一つの語が引き立ち、それでいて長老の詩が起源と歴史を結び付ける様子が詩的に異化され、脈々と途切れることなく続く歴史の流れを表現している。

3 『大いなるユダヤの書』に収録されたローゼンバーグの詩

『大いなるユダヤの書』を編集したローゼンバーグ自身はどのような詩を収録したのか、メイリックも指摘する「髭の書」のテーマでもある神殿について取り上げた「聖職者たちの花の子どもたち」について、その特徴をみていきたい。「聖職者たちの花の子どもたち」はビート詩人の一人にも数えられるポール・ブラックバーン（Paul Blackburn 一九二六―七一）に捧げられた詩である。

冒頭で、「背の高い金の燭台」（'tall golden candelabra' l.1）によじ登る子どもたちの様子が描かれるが、そこで聞こえてくるのは、角笛ショーファーの音（'teki'ah / teru'ah / teki'ah'll. 25-27）である。これは、贖罪の日の五日後に始まるユダヤ教の祭「仮庵祭」（Succos）の様子であろう。小枝で作った屋根と花々で飾られた内装を持つ仮庵で過ごすことで、ユダヤ人が荒野で放浪した四十年もの期間と、その間、神が必要なものを与えてくれたことを思い起こさせ、たとえ豊かな生活を手に入れてもそれは神に与えられたものであることを忘れないために行われる祭である。この祭では、シロアムの池から祭司が水を運んで神殿で注ぎだし、祭司の後には人々がラッパを吹き鳴らし、歌を歌いながら歩く。出エジプトにおいて、神の声に従ってモーセが岩を神の杖で打つと水を得ることができ、人々を渇きから救ったことを祝う日であり、またこのことから、メシアの到来を期待する日でもある。

本詩ではタイトルが示すように、四連の詩に続いて「解説」（"The Commentary"）と題された詩が配置されているが、「解説」部分では、それまでの祭の儀式的雰囲気は消失し、詩人ポール・ブラックバーンへ捧げられた詩であることが意識される。

私は詩を書いた
聖職者の花の子どもたち、という名の
信じられないような民族的無意識の記憶から
どうしてそれを私の胸から引き剥がすことができようか?
私はあなたに尋ねる
今　私たちが共に確信している
記憶は
そこで始まる
食道から
一輪の花が咲くかのように
言葉が空気を求めて
アステカのコデックスの
花のように
私の善き友人であるその詩人は死んだ

彼の食道が閉鎖した時に
そして、彼に動詞も名詞も残さず
親愛なるポール
私の忠誠心はあなたと共に（ll.35-53）

ユダヤの伝統、文化は、詩人たちの記憶の中に生き続けている。一方で、食道、すなわち喉から胃へとつながる器官を侵す病は、やがて詩人から言葉を発するための声をも奪う。本詩を捧げたポール・ブラックバーンは食道癌で亡くなっており、ここで語られる友人詩人は、ブラックバーンを示している。

本詩前半で描かれたようなユダヤの伝統、文化が詩人たちの記憶の中に消し去りようもなく生き続けていても、それを表現する手段を失えば、言葉の死、そして伝統と記憶の死が待ち受ける。神殿を舞台とした祝祭的イメージあふれる描写から、ユダヤの伝統の記憶と向き合う現代アメリカに生きるユダヤ人の姿へと、半ば強引に時と場所を超えて移行する本詩では、記憶に対する反応——すなわち「解説」という手法を取ることで、歴史や伝統を客観的に描写しながらも、過去と現在との繋がりを巧みに示して見せている。

本詩に続いて収録された詩は、三世紀のシリアの詩「イエスの円舞」（"The Round Dance of Jesus"）であるが、ここでも先ほどのローゼンバーグの詩の前半部分と同様に、円舞の祝祭的雰囲気が盛り上がる。「手を合わせて立っていた／彼は円の中心に立つ／（合唱）あなたは答える／アーメン／そうすると歌い始める／賛美の言葉／父を称えよ／回りながら、私たちは彼に答える／アーメン（合唱）／言葉を称えよ（合唱）／恵みを称えよ／アーメン（合唱）」（'we stood in with folded hands/himself was in the middle/(said)You answer/Amen/then started singing/praises saying/ "Praises Father/circling & we answered him/Amen(said)/Praises Word (said)/ Praises Grace/Amen (said)' ll.4-15）と続くように、円になって朗誦される言葉を取り込みながら、口承で語られる言葉の力強さが強調されている。

また、既にメイリックの指摘で確認したように、本アンソロジー全体を通して、イエスや、異教徒について取り上げた詩を見つけることができるが、ローゼンバーグ自身は、イエスについて『大いなるユダヤの書』の解説で次のように述べている。

> 後に登場するメシアとしてのイエスは、隠された像であった。その登場から多面的で、彼は［…］ユダヤ人キリスト教徒たちにとっては、神秘のダンサー、トリックスターの姿といった様々な形で現れた。こうして、世界中に nous poetikos（創造的な精神）の産物としてイエスのイメージを増殖させたのだが、そのイメージの源は、ユダヤ人であった。（二一六五）

先の「聖職者たちの花の子どもたち」に続いて「イエスの円舞」をここに配置することは、イエスから引き出されるユダヤのイメージ、さらに前詩から引き継がれる祝祭的文脈で語られるユダヤ文化を多角的な視点で捉える狙いがある。

「イエスの円舞」に続くアーマンド・シュワーナー（Armand Schwerner 一九二七–九九）の詩は「ダンス」をテーマにしており、「聖職者たちの花の子どもたち」から引き継がれる神殿での祭のイメージを共有しながら、多角的にユダヤの伝統を捉えることができる。

ユダヤの伝統や記憶をテーマとする作品群の中にイエスや異教徒についての作品も取り上げることで、それらを通して引き出されるユダヤのイメージがコラージュ的手法で配置されたそれぞれの詩と有機的に結合し、一つ一つの詩が持つ意味を拡張し、一つの集合体として機能していく働きを付加する。ローゼンバーグは、「マニフェストとしての、そして詩を含む叙事的大作としてのアンソロジー。あるいは『ミレニアムに捧げる詩』の成立過程」（一九九八）において、アンソロジーの持つ三つの可能性を挙げている。

（一）マニフェスト
（二）アクティヴな詩論を、例と解説を付けて拡張して見せる場
（三）それ自体で存在意義を持つ、一種の芸術形態としての巨大な集合体（アサンブラージュ）

「髭の書」に収められた詩からも、詩学を示すマニフェスト、解説とコラージュ的配置による作品論の拡張、そして、それら全体が統合されて、一つの芸術形態を成していることが読み取れる。

『現代ユダヤ系アメリカ劇作家・詩人』(*Contemporary Jewish-American Dramatists and Poets* 一九九九)において、ピエール・ジョリス(Pierre Joris)のローゼンバーグの翻訳に対する評価は、ローゼンバーグが挙げるアンソロジーの三つの可能性を裏打ちする。

　知られていない、もしくは既に消し去られた分野の詩を位置づけるローゼンバーグの試みは、詩とは今日どのようなものであるか――そしてかつてはどのようなものであったのか――ということの捉え方を、根本的に変形させた。それらはまた、彼自身の詩作品全体像に統合された――コラージュやコンストラクティビストの思想を取り入れた――一部として読み解かれるべきである。(四九四)

また、ユダヤの聖書の構成を踏襲した形式を取っていることを考慮に入れると、ジョリスも指摘し、またローゼンバーグ本人も述べているように、『大いなるユダヤの書』は、翻訳という域を超えて、コラージュ的手法を取り入れたユダヤのポエシスを表現した一つのアサンブラージュ、またローゼンバーグの詩作に関するマニフェストであると考えられよう。

4　ローゼンバーグの詩にみる詩人の存在

さらにローゼンバーグの詩作について考える上で、『播種』に収録された「詩学への序文」（"Prologomenta to a Poetics"）を取り上げてみたい。ここには、ローゼンバーグの詩作に対するマニフェストともいえる、詩人の位置づけが読み取れる。

詩人の男が夢の間を歩く
彼は生きていて、自由に呼吸する
フーカーのような柔らかな管を通して
歩く彼の周りに灰が舞い降り
その上で歌っている
ああ　なんと青いのだろう
太陽は
海がある場所では
羽が丘の上を漂い
詩人はその丘を
歩き続ける、歩き続ける

彼が恐れるものの一歩先へ
彼が愛するものの一歩先へ

[…]

なぜその詩人は我々を失望させたのか？
なぜ私たちはその言葉が再びやって来るのを待ちに待っていたのか？
なぜ私たちはその名前の意味を覚えていたのか
ただ今はもうそれを忘れるためだけに
その詩人の名がもし神であるなら、その日はなんと暗いことだろう
彼が背負う荷はどれほど重いことだろう
全ての詩人はユダヤ人である、とツヴェターエワは言った
ユダヤの神はユダヤであると、あるユダヤ人が言った
彼の周りは白く　そして　彼の声は
とても低く
冬の日の詩人の声のように
くすんで　そして　重々しく

パリパリと音を立てる
思い出すのは　夏の日の凍った海
彼が感じたその矛盾
彼が被った厳しき状況
手放してしまいなさい！
その詩人は詩の夢を見て
そして　叫ぶ
じきに彼は自分が誰なのか忘れてしまうだろう（一―三三）

「丘の上」（'atop the hills' l.9）を舞台とし、人々が「言葉が再びやってくるのを待っていた」（'waited for the word to come again' l.15）と語られることからも、神がシナイ山頂上でモーセに十戒を授けたこと、またその後のメシアの到来を待ち望むものの現れないことへの「失望」（'failed' l.14）を下敷きに、神の声を届けるものとしての詩人の役割が重ね合わされる。また、丘の上をただよう羽は詩的想像力を連想させ、詩人はその羽が舞い降りてくるのを待っているかのようである。

本詩が、ビート・ジェネレーションの詩人の一人マイケル・マクルーア（Michael McClure 一九三二－）にあてて書かれたことを考慮に入れると、朗読をする詩人の姿が、人々に神の言葉を授ける人、また言葉を授ける神の行為と呼応することを意識させられる。

また、「すべての詩人はユダヤ人である」（'All poets are Jews'）はローゼンバーグがよく取り上げる一説である。これは、ロシアの詩人、マリーナ・ツヴェターエワ（一八九二―一九四一）の言葉であるが、ヘレン・シクスー（Helen Cixous）の論考「朗読――ブランショ、ジョイス、カフカ、クライスト、リスペクトールとツヴェターエワ」ではこの言葉の意味が読み解かれている。

彼女自身はユダヤ人ではないが、自身を詩人と考えていた。彼女は、ユダヤ人たちと詩人たちが流浪の民であり、言葉の住人であることを示すために、この二つの語を同義語的に使用した［…］ユダヤ人たちは確かな記憶を保持し続けている。それは、世界中で彼らにとってそれ以外の住む場所はないからである（二一六）

住む場所を追放されたユダヤ人たちにとって、言葉を紡ぎ、記憶し、次世代へと伝え続けることは、彼らの居場所を生み出すことでもある。言葉の世界に住む詩人とユダヤ人を重ね合わせるツヴェターエワの言葉は、膨大な数のユダヤの詩や文を収集、翻訳し、それらの言葉の中からユダヤの伝統を捉えようとするローゼンバーグ自身とも重なる。

シクスーの指摘を考慮すると、「詩学への序文」が詩人マイケル・マクルーアに捧げられる形式を取りながら、メシアの言葉を待ち続けるユダヤ人へ向けられた詩としても読み解くことが可能になる。

5　ローゼンバーグのアンソロジーに見るユダヤの伝統と詩

アンソロジー『大いなるユダヤの書』では、幅広い年代、場所のユダヤに関する詩が、神話、歴史、言葉と詩というカテゴリーに分類され、それぞれがユダヤの伝統を形成する重要な要素であることが示される。初期のアンソロジー『聖なるものの技術者』では、アフリカ、アメリカ、アジア、ヨーロッパ、オセアニアの詩が収録されているが、その分類は主に地域別である。『大いなるユダヤの書』において、聖書の構成を下敷きに、非時系列で詩の内容の関連性を収録順の判断基準としたこと、注釈ではなく「解説」を付したことは、これまでのローゼンバーグのアンソロジーには見られなかった独自性を打ち立てていると言える。

これまで見てきたように、ローゼンバーグの詩作、アンソロジーにおいて、伝統を記憶し、伝えるという営みの中で形を変えながらも維持し、また記憶するための詩――とりわけ口承伝承――が重要な役割を果たすことが意識されていることがわかる。一方、書かれた言葉と話された言葉の関係については、『大いなるユダヤの書』の第三番目の章「ライティング」に収録された詩の選定において、書籍からの引用を前提とするものの、「書かれた言葉に命を吹き込む口承伝承の考えに基づき、書かれた言葉と話された言葉の両形式に焦点を当てる」(xli) こととするとローゼンバーグは述べている。

ジェフリー・アングルスが指摘するように、言語が個人に属するのではなく、個人を越えて働くとするポストモダンの理論によれば、口承で伝えられた詩の言葉の意味は、語り手以前に既に存在し、語り手はただそれを声と身体を用いて再現しているに過ぎない。ここには、「ポストモダニズム文学の間テクスト性と口承詩」（九〇−九一）の類似点が指摘できる。つまり、『大いなるユダヤの書』で見られたように、非時系列の斬新なコラージュ的手法によってアンソロジーを編むローゼンバーグの手法は、過去から現在に至るまでの詩における間テクスト性をも顕在化させる。

伝統を伝え、記憶していく術として詩を捉え、また、詩を生み出す詩人をユダヤ人のディアスポラ性と重ね合わせたローゼンバーグにとって、アンソロジーの編纂は、ユダヤの伝統を編み、記憶していく行為であり、詩的活動でもあったと言えよう。また、各国の詩の収集、翻訳の経験を通して編み出された『大いなるユダヤの書』は、アンソロジーという形式に新たな可能性を示す秀逸な詩作品と評価することができよう。

引用・参考文献

Cixous, Helen. *Readings: The Poetics of Blanchot, Joyce, Kafka, Kleist, Lispector, and Tsvetayeva*. Minneapolis: University of Minnesota Press, 1991. Web. <https://muse.jhu.edu/book/32342> accessed 13 Aug. 2016.

Meilicke, Christine A. *Jerome Rothenberg's Experimental Poetry and Jewish Tradition*, Bethlehem: Lehigh University Press, 2005.

Rothenberg, Jerome. *A Big Jewish Book: Poems & Other Visions of the Jews from Tribal Times to Present.* New York: Anchor Books, 1978.

——. *Poems for the Game of Silence: 1960-1970.* New York: New Directions Book, 1960.

——. *Poland/1931.* New York: New Directions Book, 1974.

——. *Seedings & Other Poems.* New York: New Directions Book, 1990.

——. "The Anthology as a Manifesto & as an Epic Including Poetry, or the Gradual Making of Poems for the Millennium." *Evening Will Come: A Monthly Journal of Poetics*, 38, Feb. 2014. web. <http://www.thevolta.org/ewc38-jrothenberg-p1.html> accessed 1 Aug. 2018.

アングルス、ジェフリー「視野（詩野）を広げる詩人」亀岡大助編『現代詩手帖』第五十三巻第七号、思潮社、二〇一〇年。九〇–九一頁。

ベナモウ、マイケル、チャールズ・カラメロ編『ポストモダン文化のパフォーマンス』山田恒人／永田靖訳、国文社、一九八六年。

ロステン、レオ、広瀬佳司監修、『新イディッシュ語の喜び』大阪教育出版、二〇一三年。

第10章　ハロルド・ピンターの政治劇におけるユダヤ性、記憶、声の剥奪

奥畑　豊

1　ピンターとホロコーストの語り得ない記憶

第二次世界大戦後のヨーロッパ文学史を論じる際によく引き合いに出されるのは、「アウシュヴィッツ以後、詩を書くことは野蛮である」（アドルノ『プリズメン』三六）という哲学者テオドール・アドルノ（Theodor Adorno 一九〇三―六九）の有名な命題である。しばしば前後の文脈と切り離されて独り歩きしてきたこの言葉は、二十世紀後半の作家たちがホロコーストという事件に向き合うことの倫理的な困難さを示唆するのみならず、こうした歴史上の恐るべき悲劇のあとに、芸術や文

学はいかなる意味を持ち得るのかといった難問をも提示している。

とりわけ戦争を直接に経験した世代の書き手にとって、詩を書くことやフィクションを創造することとは、この余りに巨大なアポリアにほとんど不可避的に対峙するということに他ならなかった。戦後を代表するイギリスの劇作家ハロルド・ピンター（Harold Pinter 一九三〇－二〇〇八）もまた、こうした切迫した時代状況の中で創作活動を行ってきた者の一人であった。二〇〇五年にノーベル文学賞を受賞したピンターは、日本では専らヨーロッパ不条理演劇の大家として知られているが、彼はロンドン・ハックニーで労働者階級の家庭に生まれたユダヤ系作家でもあった[1]。ピンターの両親は共に東欧系のユダヤ人であったが、マイケル・ビリントン（Michael Billington）の伝記によると、彼の父親の家系が正統派ユダヤ教徒であったのに対し、母親の家系はより世俗的であり、ユダヤの宗教や伝統に対していささか懐疑的でもあった（五）。ビリントンはピンターが父親の血筋から「芸術的直観」を授かり、他方で母親の一族から「宗教上の世俗主義」を受け継いだと述べているが（五）、彼は少なくとも一三歳になるまではシナゴーグに通い、バル・ミツヴァ（成人式）に備えて様々なクラスに出席していたのである（九）。

青年期のピンターはユダヤの伝統や教えに対して一種の反発心を抱いていたが、後年のインタヴューでホロコーストを「恐らくこれまでに起こった中で最悪の出来事」と呼んでいることからも分かるように（*Various Voices* 二四六－四七）、彼はユダヤ民族の苦難の歴史に対して、自分が決して無関係な存在ではあり得ないことを常に意識していた。だが絶滅収容所の惨劇を実際に目撃した書き手ではないピンターにとって、アウシュヴィッツの語り得ない死者たちの声なき声を物語ろうとする試みは、倫理的に決して許されないものであった。それゆえ彼はホロコーストを自らの作品中で直接的に描くことをしなかったし、またそれについて公の場で多くを語ることもなかったのである。

しかしながらピンターの作品は、こうした人類史上の残虐行為に対して、直接的ではないにしろ、しばしば真摯な眼差しを向けている。彼のテクストを特徴づける要素の一つに「記憶」というテーマの探求が挙げられるが、彼は多くの政治劇の中で、それを「声の剥奪」という暴力的なモティーフと結びつけてきた。要するにピンターは、語ることのできない犠牲者たちの声を作中で代弁＝表象するのではなく、むしろそうした「語り得ない」恐るべき過去の記憶が、人々の沈黙や断片化した言語——或いは暴力によって奪われた「声」——の背後に存在するという事実を、よりメタ的かつ普遍的な視点から観客に訴えかけようと試みたのである。換言すれば、彼の作品において政治性とは、常に記憶を巡る一種の政治学として提示されていたのだ。

「声」を奪われた犠牲者たちに「声」を与えること、或いは彼ら死者たちの失われた「声」を取り戻そうとすること——そうした試みは、実のところ欺瞞に過ぎない。だがジョージ・スタイナー（George Steiner 一九二九－）がかつて「語り得ないもの」（一一三）として論じたこのホロコーストの表象不可能性や想像不可能性に、ピンターは劇作家として全く独特の方法論でもって対峙しようと試みてきた。つまり、人々の剥奪された「声」を虚構として再生するのではなく、むしろ真実の記憶を語り再現し得たはずの「声」の剥奪という、まさにその暴力それ自体をドラマ化し、より普遍的な形で提示したのである。もちろん彼の政治的な芝居は全てが直接的にホロコーストという主題を扱ったものではないが、少なくともこれらはアウシュヴィッツ後の世界になおも横たわる、犠牲者や死者たちの「失われた声」や抑圧された記憶に関する彼の問題意識を反映したものとして理解することができるのである。

以下で論じるように、ユダヤ系作家としてのピンターのこうした政治性はキャリア最初期の段階から既に作品に内在していた。事実、彼が言語による他者への苛烈な弾圧や、暴力の結果としての人間の「声」の喪失を初めて本格的に描いたのは、一九五八年に初演された舞台劇『誕生日パーティー』（*The Birthday Party* 一九五七）においてであった。つまり『温室』（*The Hothouse* 一九五八／一九八〇）、『景気づけに一杯』（*One for the Road* 一九八四）、『山の言葉』（*Mountain Language* 一九八八）、『パーティーの時間』（*Party Time* 一九九一）、そして『灰から灰へ』（*Ashes to Ashes* 一九九六）といった後年の一連の政治劇でピンターが探求し続けた記憶や「声」の剥奪といったテーマは、いわば初期作『誕生日パーティー』における主人公スタンリーの受難の変奏に他ならなかったのである。こうした点を踏まえつつ、本章では先に挙げた作品に共通して表出する暴力的主題を、ホロコーストや作家自身のユダヤ性、或いはユダヤの伝統との関わりから検討していく(2)。その出発点として、続く二節ではまず『誕生日パーティー』を詳細に分析し、最後にピンター政治劇のその後の展開について議論する。

2『誕生日パーティー』におけるユダヤの伝統と声の剥奪

処女作『部屋』(*The Room* 一九五七)に続いて書かれた『誕生日パーティー』は、老夫婦ピーティ・ボールズとメグが住む海辺の家に居候する自称ピアニストの男スタンリーが、自身の「誕生日パーティー」のあと、ゴールドバーグとマキャンと名乗る二人組によって謎めいた「組織」に連れ戻されるという物語である。この芝居における政治性を考察する上で差し当たって重要なのは、スタンリーに対して尋問者ないし迫害者の立場にあるこの二人組の出自である。劇中でマキャンは自分のアイルランド人としての出自を殊更に誇示するが、一方で彼の直属の上司であるゴールドバーグは、まさにユダヤ的な伝統を体現する人物である。彼は会話の中でアンクル・バーニーなる人物との思い出を繰り返し語り、しばしば「安息日(Shabbuss)」(*One* 二一)、「おめでとう(Mazoltov)」(五〇)、「シムハの日(Simchahs)」(五〇)といったイディッシュ/ヘブライ語を用いてユダヤ人としての自らのルーツを強調する[3]。

ピンターはここでユダヤ人とアイルランド人という、西洋史上において常に弾圧や偏見に晒されてきた民族の子孫を登場させ、彼らを迫害者の立場に倒置させていると言えるが、一九八七年放送のBBCによるテレビ版において彼自身がゴールドバーグを演じていることからも分かるように、劇中でより重要な意味を担わされていたのは明らかに前者であった。ビリントンの考察によると、『誕生日パーティー』はユダヤの宗教的伝統やアイデンティティに対する作者の相反する複雑な姿勢を反映した芝居であった（八〇）。もちろん、ファシスト団体によるユダヤ人排斥運動が吹き荒れる一九三〇年代のハックニーで育ったピンターは、差別を受けることの苦しみを強く理解していた（一七、八一）。だが四〇年代後半に良心的徴兵拒否をした際、彼はもはや「宗教の傘というシェルター」に助けを求めることを良しとせず、ユダヤ教のラビに自身の弁護を依頼しようとはしなかった（二三）。その後、彼は非ユダヤ人女性との婚約を家族の反対で破談にされ（四〇－四一）、さらに頑迷なシオニストの父親と政治的理由で対立した（八〇－八一）。また彼は一九五六年の女優ヴィヴィアン・マーチャント（Vivien Merchant 一九二九－八二）との突然の結婚宣言によって親族から反発を受け、（彼の意図ではないが）あろうことかヨム・キプルの祭日に登記所を予約したことにより、家族との間に大きな溝を作っていた（五三－五四）。ビリントンはこうした背景を考慮に入れつつ、ピンターがゴールドバーグの表象を通じてユダヤ人の伝統に対する盲信を風刺する一方で、この人物を「恐れおののき、追い詰められてさえいる存在」として同情的に描いていたと看破する（八〇、八二）。要するに、この男は「悪漢であると同時に犠牲者」であり、彼は「二〇世紀ヨーロッパ史を通じて鳴り響く、ドアをノックする音の象徴であると共に、最も迫害された民族の一員」でもあったのである（八一－八二）。

皮肉なことに、犠牲者たちの末裔からゲシュタポの如くスタンリーを連行する立場に転じた人物ゴールドバーグは、劇中でその部下マキャンと共に尋問というパフォーマティヴな言語行為を繰り返すことにより、スタンリーに対して目に見えない暴力を行使する。以下はその場面である。

マキャン　なぜ組織から脱け出した？
ゴールドバーグ　お袋さんが何と言うかね、ウェバー？
マキャン　なぜ俺たちを裏切った？
ゴールドバーグ　お前は俺を傷つけたぞ、ウェバー。お前は下劣な仕打ちをしやがる。
マキャン　それは明々白々、過酷な事実だ。
ゴールドバーグ　こいつめ、一体自分を誰だと思っているんだ？
マキャン　貴様、一体自分を誰だと思ってる？
スタンリー　そんな、お門違いだ。
ゴールドバーグ　この家にはいつ来た？
スタンリー　去年。
ゴールドバーグ　どこから？
スタンリー　よそから。
ゴールドバーグ　なぜここに来たんだ？
スタンリー　足が痛んだから！
ゴールドバーグ　なぜここに腰を落ち着けた？

スタンリー　頭痛がしたから！
ゴールドバーグ　頭痛薬は飲んだか？（*One* 四二）

ここでマキャンとゴールドバーグが次々と繰り出す質問のうち幾つかは、かつて彼らの「組織」から逃亡したとおぼしきスタンリーの過去を暗示する台詞であるが、最後の「頭痛薬は飲んだか？」という問いは、それ自体では重要な意味を持たない。彼らの尋問はこうしてさらに延々と続くが、その後も、「なぜ女房を殺した？」、「なぜ名前を変えた？」といったこの種のシリアスな問い掛けに混じって、一方では「なぜ鼻をほじる？」、「何をパジャマとして着る？」、「犬が東を向けば尻尾はどっちを向く？」、「鶏？　卵？　どっちが先だ？」といったナンセンスな質問が時折挿入される（四三—四六）。

こうして延々と続いた尋問の挙句、ユダヤ人とアイルランド人という抑圧された民族の血を引く二人の男は、皮肉にも言語そのものの効力によってスタンリーの「声」を完全に奪ってしまう。尋問のあと彼にもたらされた悲劇的な結末はまさに次の通りである。

スタンリー　うぉおおおおお！
マキャン　その調子だ、ユダめ。
ゴールドバーグ（立ち上がり）　落ち着け、マキャン。

マキャン　さぁ、来い。
スタンリー　うぉおおおおおお！
マキャン　この野郎、汗をかいているぞ。
スタンリー　うぉおおおおおお！（四六）

長い歴史の闇の中で「声」を奪われてきた人々の末裔は、ここで皮肉にもスタンリーの声を剥奪し、彼を人間から動物ないし獣のような存在へと退化させる。実際、彼はこの直後に「眼鏡を返してくれないか？」」（四七）とたった一言だけ頼んだことを除けば、これ以降は一切言葉を発しない。第三幕の終盤で二人に連行されていく直前の場面では、彼は何とか声を発しようとするも、「グアアアア……グウウウウ……」という風に、苦しみながら獣のような呻き声を漏らすだけである（七八―七九）。劇中で尋問によって声を失い動物化したスタンリーは、これに先立つ誕生日パーティーの場面において、衝動的にメグの首を絞め、暗闇の中でルルという女性に対してレイプまがいの行為に及ぶ（五八―六〇）。言うまでもなくスタンリーによるこれらの行為は、彼の本能的な暴力性や獣性が声の剥奪とそれに伴う人間性の喪失によって剥き出しにされた結果であると考えられる。つまり、こうしてゴールドバーグとマキャンによって記憶を語る手段としての言語を奪われたスタンリーは、最終的にかつて所属した（と推察される）「組織」の一員に戻るために、動物の段階にまでアイデンティティを初期化されてしまったのである。

3 「死産」するスタンリー

『誕生日パーティー』において、スタンリーが見せたこうした動物への退行は、苛烈な尋問によって突然もたらされたものであると考えられる。だがしかし、彼はボールズ家に居候として暮らしている段階で既に、メグによって半ば子供のような存在として扱われていた。事実、メグはあたかも自分が母親であるかのようにスタンリーに接し、誕生日プレゼントとして彼に子供用のドラムを渡す（二九―三〇）。作者によって指定されているように彼は三十代後半の男であるから、このことは非常に奇妙に思われる。また劇中でスタンリーはしばしば彼女に対して反抗するが、それはあたかも思春期の少年が口うるさく過保護な母親に楯突くかのようである。

批評家マーティン・エスリン（Martin Esslin 一九一八―二〇〇二）はピンター劇に潜む主要なモティーフの一つとして生存圏を巡る闘争を挙げているが（三二）、この芝居も同様に「部屋」や「家」といった具体的な場所を巡る争いとして読むことができる。[4] またピンター作品には、そうした登場人物たちにとって重要なテリトリーにしばしば「子宮」のイメージが付与されることがあるが、[5] それを踏まえるのならば『誕生日パーティー』においてスタンリーが居候を続けるボールズ家とは、単にメグの強烈な母性が支配する場所であるというだけでなく、彼にとって一種の子宮空間に他ならなかったと考えられる。つまりこの芝居は、ボールズ家という母性を象徴する場所からの、スタンリーの半ば強制的な離脱の物語として理解されうるのである。

そしてこの解釈に、既に論じたゴールドバーグらによるスタンリーの声の剥奪や、それに伴うアイデンティティの初期化と動物化といったより政治的な諸要素を並置してみると、そこに自ずと新たな読みの可能性が浮上してくる。こうした点から次に、ここではこの劇のタイトルでもある「誕生日」とはそもそも何なのかについて考察してみたい。まず注意しなくてはならないのは、スタンリー自身が「今日が自分の誕生日だということ」を否定しているという事実である（*One* 二九―三〇）。ピンター劇ではしばしば現在起こっているはずのことや過去に起こったであろうことが曖昧な言語によってのみ提示される。『誕生日パーティー』においては、「演奏旅行」のために家を出て行くとまで言うスタンリーに対し、彼を失いたくないメグは、「もちろん今日はあなたの誕生日だから」と相手の否定を無視してまでプレゼントを渡している（二九―三〇）。観客にとってこうしたやり取りの真偽は全く不明であるが、もしこの日がスタンリーの誕生日でないのだと仮定すれば、ここで彼女の言葉は日付という事実を強引に改変していることになる。言い換えれば、彼女は相手の気持ちを繋ぎ止めておくために――或いは彼を自らの子宮の内に留めておくために――行為遂行的に強引に彼の誕生日を捏造し、観客の目の前で舞台上の現実を作り変えてしまっているかもしれないのである。

こうした可能性と同時にこの芝居の結末を踏まえて考えてみると、本作で言う「誕生日」が通常とは全く異なる極めて皮肉な意味合いを持つことが明らかになるだろう。幸いこの問題については既にバーナード・F・デュコア（Bernard F. Dukore）の研究によって重要な示唆が与えられている。デュコアは「誰かの生まれた記念日」としての一般的な意味での「誕生日（birthday）」と、本作における「誰かが誕生する日」としての「誕生・日（birth-day）」を区別し、前者を祝うパーティーが後者をもたらしたと指摘している。そしてその結果、「侵入者たちはスタンリーをマキャンが言うところの〈新しい人〉に変えてしまう」。デュコアによると、「彼らの手によってスタンリーは生まれ変わり、まさに〈誕生・日〉となってしまった〈誕生日〉において、彼は全く異なった人間に変えられてしまう」のである（二九）。事実、尋問のあとゴールドバーグとマキャンはスタンリーに「お前は死んだ」、「お前は生きることも考えることも愛することもできない、お前は死人だ」と宣言し（*One* 四六）、パーティーの翌朝、連れ去られる直前の彼をマキャンは「新しい人間」と形容している（七五）。

皮肉なことに、もしメグが意図的にスタンリーの「誕生日」を捏造したのだとすれば、彼を自らの「子宮空間」に留めておくためのこの試み――もしくは彼が「産まれない」ようにするための試み――によって彼女は逆に彼を「誕生」させてしまったのである。またスタンリーにとってはさらに悪いことに、彼の「誕生」とはマキャンの言う「新しい人間」としての誕生――すなわち記憶を物語るための言語や人間性を剥奪され、動物的な存在に造り変えられるということに他ならなかった。このようにスタンリーの連行をボールズ家という彼にとっての胎内からの半ば強制的な「誕生」であるとして捉えるとすれば、恐ろしいことに、生まれ出たばかりの彼の前に待ち受けていたのは、胎児としてのこれまでの過去の抹消と、スタンリー・ウェバーという一人の人間としての事実上の「死」であった。つまり、メグの母性の象徴であるところの子宮／ボールズ家から、ゴールドバーグとマキャンという、かつて迫害されてきた民族の末裔たちによって胎外へと強引に引きずり出されたスタンリーは、記憶を再生し真実を語るための手段であったはずの声を奪われ、人間性さえも喪失してしまった挙句、最終的には限りなく動物に近い、声なき「非人間」として造り変えられたのである。生まれたばかりの赤ん坊は当然のことながら大きな産声を上げるはずであるが、ここで彼は呻き声以外の音を発することができない。こうした観点から見れば、この作品におけるスタンリーの子宮からの「誕生」とは、少なくとも彼自身にとって、ある意味ではまさに「死産」に他ならなかったのである。

4　イスラエル初訪問と『温室』の再発見

このように、『誕生日パーティー』におけるスタンリーの「死産」は極めて重要な政治的示唆を孕んでいたが、当時の観客の無理解もあり、この作品の初演は興行的には大失敗に終わった。その直後、一九五八年にピンターは『温室』と題する新たな政治劇の執筆を開始したが、この芝居はまもなく作者自身によって放棄された。『温室』のお蔵入りを巡っては、ピンター本人が作品そのものの完成度、とりわけ風刺的で「作りものじみた」人物造形に納得できなかったという説明を後年のインタヴューで行っている（Plimpton 三六一）。その後ピンターは『管理人』（*The Caretaker* 一九五九）や『帰郷』（*The Homecoming* 一九六四）の成功によって一躍脚光を浴びたが、一方で彼はしばらく政治的主題からは距離を置き、記憶それ自体の曖昧性やそれに伴うコミュニケーションの不全といったテーマに関心を移した。その理由は定かでないが、少なくとも一九六〇年代後半以降、彼は主として独白を多用した記憶劇と呼ばれる内省的作品を書き続けた(6)。

しかしながら一九七九年、ピンターは長らく眠っていた『温室』の原稿を再発見し、かつて自ら酷評したこのテクストの公表を突如決意する（*One* 一八六）。そして一九八〇年の『温室』初演を契機に、ピンターはリベラル派知識人として国内外の様々な人権問題に対する発言を始めただけでなく、作家として再び政治劇と呼ばれる作品を世に問うようになった。事実、『景気づけに一杯』、『山の言葉』、『パーティーの時間』、『灰から灰へ』といった彼の最もラディカルな芝居群は、いずれも『温室』の上演以降に執筆されたものである。このように、『温室』の発表はピンターの劇作家としてのキャリアに大きな転換をもたらした。だがここで興味深いのは、こうした彼の政治的姿勢の変化が、実は自身のアイデンティティに対するピンター本人の意識の変化と密接に連動していたという事実である。具体的に言えば、ピンターは『温室』の再発見に先立つ一九七八年の五月八日から二十二日にかけてイスラエルを初訪問し、そこで自身のユダヤ人としてのルーツを再認識していたのである。ピンターの二番目の妻であった歴史作家アントニア・フレイザー（Antonia Fraser 一九三二―）は、このときの詳細な日記を『私たちのイスラエル日記、一九七八年』（*Our Israeli Di-*

ary 一九七八）として二〇一七年に刊行し、その中でユダヤの文化的伝統や自己の民族的アイデンティティに対するピンターの姿勢を明らかにしている。

建国三十周年を迎え、前年にリクード党首メナヘム・ベギン（Menachem Begin 一九一三–九二）が首相に就任したばかりのイスラエル社会の緊迫した雰囲気を肌で感じつつ、本書の中でピンターはこうした政治状況に率直な反応を見せる。事実、イェルサレムに到着したピンターとフレイザーはイスラム教のモスクを見学した際、テロの脅威に備えて旧市街の各所に銃を持った兵士たちが立っていることに恐怖を覚え（一五–一六）、現地で出会った人々の多くが第四次中東戦争で家族を亡くしたり傷つけられたりしていることを知って愕然としている（一一三–一一四）。またピンターは死海を挟んでヨルダンと国境を接する町エリコを訪れ、その地で自身の従兄とおよそ三十年ぶりに再会する。かつてロンドンのハックニーで生まれたピンターの従兄は、その後イスラエルへ不法移民として渡り、ヘブライ語の名前を使いつつキブツ（ユダヤ人の共同村）でユダヤの宗教的・文化的伝統に忠実な暮らしを送ることを選んだ（九三–九四）。他方で筋金入りの社会主義者でもあった彼は、それから数多くの戦争や闘争に参加し、現首相のベギンを「ファシスト」として痛烈に批判する政治的な人物に変貌していた（九五）。

『イスラエル日記』の中でフレイザーは、ピンターがイスラエルを訪れることによって初めて自分のユダヤ性を痛切に意識したと証言している（一〇八）。事実、イスラエルに渡ってユダヤ人として生きることを選んだ彼の従兄とは対照的に、ピンターは本書の中で自ら発言している通り、常に

「ユダヤ人でありながらイギリス人でもある」という自己の複雑な立場を意識せざるを得なかった（八三）。彼はユダヤ系移民の家庭に生まれたものの、既に述べたように、かつてはユダヤの伝統や慣習を少なからず抑圧的なものとしてネガティヴに捉えていた。青年時代の彼はむしろこうした世界から自由になるために、俳優修業を経て劇作家となり、一九六〇年代以降、サミュエル・ベケット（Samuel Beckett 一九〇六－八九）などに続く不条理演劇の旗手と称されるようになった。彼はユダヤの文化的伝統を離れ、このように英文学や西洋演劇の歴史的文脈の中に名を連ねるようになったのである。

しかしながら、一九七八年のイスラエルへの旅を通じて、ピンターは自身のもう一つのアイデンティティ――無論それはユダヤ教的「選民」としての自意識とは異なる――を探求し、その中で恐らくある種の精神的「帰郷」を果たした。そしてそれは同時に、若き日の彼が懐疑的な目で見ていたユダヤ的伝統との一種の和解でもあったのである。実際に、フレイザーはピンターがイスラエルという場所やそこに暮らす人々の知性に深い感銘を受けただけでなく、この国にいること自体に幸福感を覚え、「再び訪れない理由はない」とまで語ったことを明らかにしている。また彼女によれば、ピンターが度々の招待にも関わらずこれまで長らくイスラエルを訪れることがなかったのは、自分がこの地の人々を嫌いになってしまうのではないかという、まさに逆説的な不安に囚われていたからに他ならなかった（五四－五五）。

5 『温室』から『灰から灰へ』まで——一九八〇年代以降の政治劇の展開

一九七八年のイスラエル訪問によってユダヤの伝統と再会し、自身のアイデンティティを強く認識したピンターは、翌七九年にはお蔵入りしていた『温室』の原稿と、そこに表現されていた自身の政治性を併せて再発見した。これを契機として、『温室』やそれに先立つ『誕生日パーティー』など、最初期のテクストに既に現れていた記憶や「声」の剥奪という重要な主題に立ち戻ったピンターは、一九八〇年代以降、この恐るべきモティーフを『景気づけに一杯』、『山の言葉』、『パーティーの時間』、『灰から灰へ』といった後期作品の中でさらに前景化させていったのである。

ここに挙げたピンターの政治劇には、言うまでもなくホロコーストに対する彼自身の問題意識が反映されていた。例えば『誕生日パーティー』の翌年に書かれた『温室』は、全体主義国家の恐るべき「療養施設」を描いた作品であるが、ここでピンターはこの施設をある種の強制収容所として提示している。彼はホロコーストに直接的には言及していないものの、施設の所長ルートが劇中で語る次の台詞は極めて示唆的である。

マイク！　私の前任者のそのまた前任者、我々全ての大先輩、この施設の礎を据えた人、最初の患者を連れてきた人。しかり、想像を絶する数の患者が、というより患者志願者たちが、町から村へ、丘から谷へ、巡礼を続け、垣根の陰で待ち続け、橋の上に居並び、深い溝の隅々まで埋め尽くして、あの人を求める。それを目の当たりにして、国中に施設また施設、療養所、病院、保養所、サナトリウムを開設してやまなかった、あの人だ。（*One* 二一四）

無論、「患者志願者」や「巡礼」といういわゆる権力者側の美化された言語表現をここで額面通りに受け取ってはならない。むしろ、「患者」や「患者志願者」たちが町の果てまで延々と列をなしていたというこの描写は、絶滅収容所内へ移送されてゆくユダヤ人たちのメタファーとして解釈され得るのである。

一九五〇年代の『誕生日パーティー』や『温室』で示されたホロコーストに対するピンターの問題意識は、八〇年代以降の後期の政治劇においてよりクリティカルな形で再提示される。後述するように一九九六年初演の『灰から灰へ』はまさにこの歴史的事件を主題としているが、例えば『景気づけに一杯』においても、罪なき人々を収容し痛めつける監獄の存在や、それを運営する軍国主義的な政治体制はナチスのイメージと結びつけられている。また、ゲヴィンと呼ばれる権力者の自宅でのパーティーを描いた『パーティーの時間』でも、同様のイメージは効果的に用いられている。この作品においては、独裁政権の高官であるパーティー出席者たちの会話から、邸宅の外で今まさに起こっているディストピア的な状況が曖昧に暗示される。それによると国内ではどうやら大規模な弾圧や検挙が行われており、「死んだ」かのような様子の街では大量虐殺によって「黒死病」の如き惨状が広がっているらしい（*Four* 二八六）。さらに、『山の言葉』はトルコにおけるクルド人の迫害を直接の題材にして書かれた作品であるが（Billington 三〇九）、当然のことながら、「山の言葉」を話す人種だけが収容所に移送されるというこの芝居のプロットそれ自体が、少なからずユダヤ民族の弾圧とも関連づけられているのである。

しかしここで最も重要なのは、『誕生日パーティー』で初めて提示された、真実の記憶やそれを再生する「声」の剥奪という暴力的モティーフを、ピンターが後年の政治劇の中で何度も繰り返し用いてきたという事実である。例えば『温室』において、ルートに対するクーデターの機会を虎視眈々と伺う補佐役ギブスは、防音室の中でラムと呼ばれる職員の頭に電極を繋ぎ、延々と続く尋問によって彼を洗脳し、自身の権力奪取に利用しようと試みる。ギブスは「何も考えてはいけない」、「完全に大人しく座っておけ」と命令し（*One* 二四三）、ルートの愛人であるカッツ嬢と協力してラムに様々な質問を連続して繰り出すが、相手には決してまともに答えさせない。

カッツ　女性はあなたを怖がらせますか？
ギブス　女性の服は？
カッツ　女性の靴は？
ギブス　女性の声は？
カッツ　女性の笑いは？
ギブス　女性の視線は？

カッツ　女性の歩き方は？
ギブス　女性の座り方は？
カッツ　女性の微笑み方は？
ギブス　女性の話し方は？（二五〇―五一）

この二人組によるナンセンスな尋問は『誕生日パーティー』を想起させるが、それによって正気を失ったラムは洗脳され、最終的に自ら進んで「他に質問は？」と尋ね、「次の質問に答える準備はできていますよ」と述べる（二五三）。結局、全ての記憶と人間性を失ってスタンリーの如く「初期化」されたラムは、血生臭いクーデターの協力者へと造り変えられ、ギブスに利用されてしまうのである。

こうした記憶や声の剥奪といった恐るべきモティーフの例は、『温室』以降の政治劇にも数多く見られる。例えば『景気づけに一杯』における監獄の責任者ニコラスは、囚人のヴィクターとその家族を尋問したあと彼の舌を切断し、犠牲者が自らに加えられた暴力の記憶を永遠に語り得ないように、文字通りその「声」を象徴的に剥奪する（*Four* 二三四―四五）。また『山の言葉』においては、全体主義的な政府が「山の民」と呼ばれる人々の言語を強権的に禁止し、彼らを収容所に監禁することによって、民族それ自体から暴力的に「声」を奪ってしまう（二五五―五六）。この芝居の終盤、収容者の一人である老女は、「山の言葉」の禁止が解かれたあとでさえ言葉を取り戻すことができない。コミュニケーションの手段を永久に喪失したこの女は、息子の呼びかけに対していかなる反応も示さず、あたかも全ての記憶を消去されたかの如く静止し続けるのである（二六五―六七）。さらに『パーティーの時間』においては、犠牲者となった少年ジミーの声だけでなく、彼が存在したという真実そのものが抹消されている。この芝居は記憶やそれを再生する「声」の剥奪といった残酷な場面を表立って描写していないが、恐らく惨殺されたと思われる行方不明のジミーを姉のダスティーは探し回り、パーティーの客たちに彼のことを何度も尋ねる。だが真実を隠蔽しようとする人々は彼女を黙殺し、挙句の果てにはそのことについて語らないように警告する（二八四、二八八）。一方、もはやこの世にいないと考えられるジミーはシルエットとして芝居の最後に現れ、極めて不明瞭な短い台詞を残すが（三二四）、彼の内的独白はダスティーのみならず、ゲヴィンの屋敷に集まった人々の誰にも聞かれることがない。

これらに加えて、一九九六年の『灰から灰へ』においては、ホロコーストという主題が記憶や「声」に関するピンター自身の問題意識と見事にシンクロしている。芝居内の時代こそ現代に設定されているものの、ピンター政治劇の到達点とも言えるこの後期の傑作において、作者はホロコーストのトラウマを抱えていると思われる女性レベッカとその夫デヴリンの緊張感に満ちたやり取りを描き出している。劇中でデヴリンは精神的な傷を負った妻の過去を共有し、彼女を文字通り「所有」するために、彼女の断片化した記憶を何とか探り出そうと詰問を始める。その姿は次第に暴力的な様相を帯びていくが、彼は結局のところレベッカから何一つとして確かな事実を聞き出すことができない。

デヴリン　俺の握りこぶしにキスしろ。
（彼女は動かない）
（彼はこぶしを開き、掌を彼女の口につける）
（彼女は動かない）
デヴリン　言うんだ。こう言うんだ。「手を首に回して」と。
（彼女は何も言わない）
　　手を首に回してくれって頼むんだ。
（彼女は何も言わず、身動きもしない）
（彼は手を彼女の首に回す。彼は穏やかに力を加える。彼女は頭をのけぞらせる）
（二人はじっとしている）（四二八）

こうして彼の意図が挫かれた直後、レベッカは極めて曖昧かつ不明瞭な独白の中で、夫の知らない自らの暗い過去の記憶を断片的に語り、自分がかつて絶滅収容所に関係する男と交際していたこと、そして駅のプラットフォームにて、自分の赤ん坊が男に奪い去られたことを独白する(7)（四二九―三二）。

『灰から灰へ』において、無論レベッカは身体的な会話能力を失ってはいない。だが重要なことに、トラウマによって記憶を語るための「声」を心理的に奪われてしまったこの女性は、自身の知る過去の真実を他者と共有することができないのである。ロバート・イーグルストン（Robert Eaglestone）によれば、ホロコーストの悲劇にとって言語は十分ではなく、「それを経験しなかった人々には把握や理解が不可能」であると見なされる（一六）。加えて、生存者たちにとって彼らの経験は他者や他の事柄と同一化することさえ不能であり、またそうした同一化は「起こり得ない」と同時に、倫理的地平において「起こってはならない」ものであった（二二）。それゆえホロコーストの直接の目撃者ではないピンターは、自らナチス・ドイツのイメージに関する芝居であると認めたこの『灰から灰へ』においてさえ（*Various Voices* 二四六）、その語ることのできない惨禍を目に見える形では描かなかった。むしろ、彼はデヴリンのレベッカに対する「声」や記憶を巡る詰問を描き出すことによって、後者の前者に対する抵抗を「沈黙」という形で暗示的に表現しようと試みたのである。

6　終わりに——フィクションの可能性

冒頭に挙げたアドルノの言葉はポスト・ホロコースト時代を生きるわれわれに、未だ多くの重要な問いを投げ掛けている。文学におけるフィクションの創作は、言うまでもなく過去の真実を探求する歴史学の方法論からは断絶している。だがそれでは、括弧付きの「真実」や「記憶」を生産し物語るに過ぎない演劇的・文学的フィクションは、果たしてどのような意味を持ちうるというのか？　こうした問い掛けに対し、アドルノ本人は一九六七年の論考の中で自身の命題に幾らか修正を加え、詩や詩的なものを擁護しつつ、あくまで「明朗な」特性を持った芸術作品のみを否定している（『文学ノート2』三六五）。アドルノはホロコースト後におけるこうした「明朗な」芸術・文学の対極を体現する存在としてベケットを賞賛したが、言うまでもなくピンターは言語への不信といったベケット的なテーマを踏襲しつつも、彼とは多くの点で異なった方法論により自身の詩学を構築していた。

演出家のピーター・ホール（Peter Hall 一九三〇－二〇一七）がかつて述べたように、ピンターは「その言葉の通りまさしく〈詩的な〉劇作家であった」（Taylor-Batty 一六二）。実のところ、彼の一連の政治的な作品における詩学とは、言語それ自体の孕む暴力性と可能性の両方を象徴的に示唆することに他ならなかった。もちろん、それらの芝居に表象された記憶や「声」の剥奪それ自体は虚構に過ぎない。だがピンターのテクストは、人間の言語によってなされる他者の声の抹消を告発するのみならず、歴史家たちの厳密な方法論によってさえ取り戻すことのできない、奪われた「声」――或いはその声によって語られるはずだった、永久に失われ、もはやその痕跡さえも留めていない記憶——がかつて存在したこと、そしてそうした無数の声の背後にはそれらと同じ数だけの語られることのない物語が横たわっていたのだということを仄めかしているのである。

先述したように、ピンターは『誕生日パーティー』の中でユダヤの文化や伝統に対する自身の複雑な立場を表明していた。だがそれにもかかわらず、この劇作家にとってポスト・ホロコースト時代におけるこうした残虐行為の記憶を巡る問題は言うまでもなく重要であり、それは彼自身のユダヤ人としてのアイデンティティとも深く結びついていた。もちろんピンターは自らの作品において、絶滅収容所の犠牲者たちの奪われた声を文学として再現することも、その声が語り得たであろう真実の記憶を代弁することも選ばなかった。だが彼はフィクションの中でそうした「声」を表象することの不可能性――或いはフィクションによって真実の記憶を語ることの限界性――を痛切に意識した上で、アドルノの先の命題に敢えて抗おうとしたのではないだろうか。例えば「声」を奪われてきたはずのユダヤ人とアイルランド人が逆にスタンリーの「声」を奪うという『誕生日パーティー』において、ピンターは犠牲者／迫害者の二項対立的関係性を脱構築し、「声の剥奪」という歴史的かつ政治的な問題をより普遍的な主題として提出している。このように、彼のテクストは政治を脱政治化することにより、逆説的に言語そのものが孕む政治性を浮かび上がらせるのである。そして『誕生日パーティー』を原点とする以降の多くの芝居の中で、ピンターは再現不可能な犠牲者の奪われた声や記憶の存在を暗示することによって、人間を非人間として扱い、最終的には人間を非人間的なものに変えてしまうホロコーストのような残虐行為に対して静かに抗議していたのである。

注

（1）戦後イギリスの代表的なユダヤ系劇作家としては、他にアーノルド・ウェスカー（Arnold Wesker 一九三二―

二〇一六）やトム・ストッパード（Tom Stoppard 一九三七―）などがいる。

（2）以下、ピンター劇からの引用の日本語訳は『ハロルド・ピンター全集Ⅰ』（新潮社、二〇〇五）、及び『ハロルド・ピンターⅠ――温室／背信／家族の声』（早川書房、二〇〇九）、『ハロルド・ピンターⅡ――景気づけに一杯／山の言葉ほか』（早川書房、二〇〇九）、『ハロルド・ピンターⅢ――灰から灰へ／失われた時を求めてほか』（早川書房、二〇〇九）収録の喜志哲雄訳を基に筆者が適宜手を加えたものである。

（3）これらの単語には他にも英語表記がある。例えば Shabbus は Shabbos や Sabbath、Shabbat の表記が一般的であるし、Mazoltov も Mazeltov と綴られることが多い。

（4）その例として処女作『部屋』、『かすかな痛み』（*A Slight Ache* 一九五八）、『管理人』、『帰郷』、『ベースメント』（*The Basement* 一九六七）といった作品群が挙げられる。

（5）最も典型的な例として晩年の『祝宴』（*Celebration* 二〇〇〇）が挙げられる。ここでは精神を病んでいるとおぼしき高級レストランの給仕が、自分にとってこの場所は子宮であり、そこにずっと留まっていたいと客に向かって話す（*Four* 四六九）。

（6）記憶劇として、例えば『景色』（*Landscape* 一九六七）、『沈黙』（*Silence* 一九六八）、『昔の日々』（*Old Times* 一九七〇）、『誰もいない国』（*No Man's Land* 一九七四）、『家族の声』（*Family Voices* 一九八〇）、『いわばアラスカ』（*A Kind of Alaska* 一九八二）、『ヴィクトリア駅』（*Victoria Station* 一九八二）などが挙げられる。

（7）劇中で示されているように、自分のこぶしにキスしろとレベッカに迫るデヴリンの行為は、まさにこの交際相手の男がかつて彼女にしたことの反復に他ならない。

引用・参考文献

（本文中の引用の日本語訳は、注記のあるものを除き全て原文からの筆者訳）

Billington, Michael. *Harold Pinter*. London: Faber and Faber, 2007.

Dukore, Bernard F. *Harold Pinter*. London: Macmillan, 1982.

Eaglestone, Robert. *The Holocaust and the Postmodern*. New York: Oxford UP, 2004.

Esslin, Martin. *The People Wound: The Plays of Harold Pinter*. London: Methuen & Co,1970.

Fraser, Antonia. *Our Israeli Diary, 1978: Of That Time, Of That Place*. London: Oneworld, 2017.

Pinter, Harold. *Plays Four*. London: Faber and Faber, 2005.

——. *Plays One*. London: Faber and Faber, 1991.

——. *Various Voices: Sixty Years of Prose, Poetry, Politics 1948-2008*. London: Faber and Faber, 1998.

Plimpton, George, ed. *Writers at Work: The Paris Review Interviews, Third Series*. London: Secker & Warburg, 1968.

Steiner, George. *Language and Silence: Essays on Language, Literature, and the Inhuman*. New York: Atheneum, 1976.

Taylor-Batty, Mark. *About Pinter: The Playwright and the Work*. London: Faber and Faber, 2005.

アドルノ、テオドール・W『プリズメン』渡辺祐邦／三原弟平訳、筑摩書房、一九九六年。

――『アドルノ　文学ノート２』三光長治／高木昌史／圓子修平／恒川隆男／竹峰義和／前田良三／杉橋陽一訳、みすず書房、二〇〇九年。

第11章　上書きされる記憶と揺らぐ歴史

二〇一〇年代の映画に見るホロコーストの現在形

中村　善雄

1　ホロコーストの記憶の喪失

二〇一七年八月に報道された、ホロコースト生存者であり、ギネス・ワールド・レコードによって世界最高齢男性として認定されたイスラエル人イスラエル・クリスタル（Yisrael Kristal）氏の死亡ニュースは、生存者の減少を象徴的に物語る出来事であった。日本の被爆体験同様、生の肉声でもってホロコーストの惨状を語れる証言者が激減する状況下で、後世にその記憶をいかに継承するかという課題が緊急の問題となっている。その対処法の一つとして、映像テクノロジーによる生存者の個人的記憶の保持が試みられてきた。二〇一七年四月には、スティーヴン・スピルバーグ

（Steven Spielberg 一九四六―）が設立した南カリフォルニア大学のショアー財団研究所が、ホロコーストの実情を生存者が語る二十分間のショートフィルム『最後の別れ』（*The Last Goodbye*）を制作し、マンハッタンで開催されたトライベッカ映画祭に出品された。この映画をあえて挙げる理由は、これがＶＲ映像であるからである。八十五歳のホロコースト生存者ピンチャス・ガター（Pinchas Gutter）が、一一歳の時に収容されたポーランドのルブリン強制収容所での自らの経験を、視聴者が三次元の世界で疑似体験できるように意図されている。ショアー財団研究所は、『最後の別れ』のみならず、二十年以上に亘りホロコーストに関するデータや証言を蒐集し、デジタルアーカイヴを構築して、それらを世界中の反ジェノサイド教育で活用している。またフェイスブック傘下のオキュラス社も、アンネ・フランク（Anne Frank 一九二九―四五）の八十九回目の誕生日に当たる二〇一八年六月十二日に、彼女の隠れ家を三百六十度全方位から眺めることの出来るＶＲ映像を配信した。近年こうした最新テクノロジーによる、よりリアルな記録が公開され、時代／次代を担うネットジェネレーションの関心を惹きつける試みがなされている。

一方、加害者側である元ナチス親衛隊も同じく時の洗礼を受け、彼らへの処罰と失われてゆく加害者側の記憶と証言を記録に留めることも急務である。実際、アウシュヴィッツで働いていた元ナチス親衛隊の「最後のナチス裁判」と言われる裁判が近年連続して行われた。アウシュヴィッツの簿記係であったオスカー・グレーニング（Oskar Groening）は、二〇一五年七月に強制収容所でのユダヤ人ら三十万人の死亡に対して殺人幇助罪で起訴され、禁固四年の有罪判決を受けた。同じく、アウシュヴィッツの元看守であった九十四歳のラインホルト・ハニング（Reinhold Hanning）も、ユダヤ人ら十七万人の虐殺に関与したとして殺人幇助罪に問われ、二〇一六年六月に禁固五年の刑が言い渡された。これらはナチスに対する妥協なき断罪の表れであるが、両者とも刑に服することはなかった。ハニングは弁護側から上告中の、二〇一七年五月にこの世を去り、グレーニングは一人で歩行不可能なほど衰え、収監されずに、二〇一八年三月に老衰のため死亡した。この二つの裁判の顚末は、戦後七十年以上の年月が経過し、ホロコーストの当事者の個人的記憶が喪失し、この未曾有の大虐殺が体験者不在の歴史へと還元される時期を迎えていることをリアルに伝えている。

2　『手紙は憶えている』にみる真正の／上書きされた記憶

この喪失されるホロコーストの生の記憶に対して、二〇一〇年代に公開されたホロコースト映画は敏感に反応している。まずその筆頭として挙げられるのが、文字通り *Remember* という原題をもつ、二〇一五年公開のカナダとドイツの合作映画『手紙は憶えている』である。

この映画では高齢による記憶の不確かさが認知症という形で表象され、不可逆的な現実の時間軸の中で、加害者・被害者共にホロコーストの語り部が確実に減少している現実を映し出している。一週間前に世を去った妻ルースの名を呼ぶ主人公ゼヴ・グッドマンの目覚めから始まる冒頭部分は、ルースの死とその死を忘却する「ホロコースト生存者」ゼヴの重度の認知症を明らかにし、この映画全体に通底する死と老いの通奏低音を形成している。目覚めの後、ゼヴが寝室を出たその場所も介護付きの老人ホームであり、同じくホロコーストの生存者であるゼヴの友人マックス・ザッカーは常時両鼻にチューブを差し込み、体も不自由で車椅子生活を送っている(1)。

しかし、友人マックスがゼヴの状況と彼の果たすべき使命を記した手紙を渡すことでゼヴの余生は一変する。その手紙には、ゼヴが認知症であることやゼヴとマックスの家族を殺害した元ナチス親衛隊員が「ルディ・コランダー」という偽名で生存していること、四人に絞られたルディ・コランダーから本物の殺害者を探し出し、復讐を果たすという誓いが記されている。マックスは体の自由が効かず、計画の立案と指示を与える「頭脳」(Brain)として、ゼヴは計画を実行に移す「肉体」(Brawn)として、互いの欠陥を補完し、ゼヴは手紙を携え、ルディ・コランダー探しの旅に出る。

しかしながら結論を先に言えば、ゼヴは四人目のルディ・コランダーを探し出し、彼の本名がクニヴェルト・シュトルムで、アウシュヴィッツのブロック長であることを自白させ、彼に死の制裁を加えるが、同時にシュトルムから、ゼヴの本名がオットー・ヴァリッシュで、同じくブロック長であることを告げられる。そしてシュトルムを殺害すると共に記憶の蘇ったゼヴが自害するという顚末を迎える。実はマックスは、ゼヴが敗戦後ユダヤ人に偽装して生き延びた元ナチス親衛隊である事実を当初から知っており、彼の認知症を利用し、二人のナチス犯罪人を同時に殺害するために偽りの手紙を書いたことが最後に明らかとなる。

したがって、ゼヴにはナチス親衛隊としての記憶の上にユダヤ人の記憶が上書きされており、彼の名前にもこの二重性が反映されている。ルベン・アルカレイ（Reuben Alcalay）編の『ヘブル・英語大辞典』（*The Complete Hebrew-English Dictionary*）によると、彼の名であるゼヴ（Zev）は、ヘブライ語で「狼」を意味し、強欲で残忍な人間に対する比喩としても用いられる。一方、彼の名字である「グットマン」（Gutman）は good ＋ man を表す。つまり、ゼヴの名前には、「狼」という凶暴性と「グッドマン」という良心が並存し、その組み合わせがナチス親衛隊とユダヤ人というゼヴ自身の二重性を反映している。と同時に、「ゼヴ」の名を、ユダヤ人の文脈で捉え直すと、家族を虐殺した戦争犯罪人への執拗な追求を象徴している。

しかし、映画の大半を占める「ユダヤ人」ゼヴの行動からは、ホロコースト生存者にして復讐に燃えるゼヴの「ユダヤ人」としての記憶が前面的に「映像化」されている。移動中のバスの窓ガラスに映し出された牛の群れを追うカウボーイの姿は追跡者ゼヴの姿と重なり、同時にホロコースト生存者の記憶を根拠に、「追われる」側の牛の姿とも共調している。つまり、「追う」ものと「追われる」ものの姿は、ゼヴ自身のユダヤ人としての記憶と使命が折り重なり合い、窓ガラスを一種のスクリーンにして投影されているのである。また、ゼヴが車窓越しに目にした貨物列車の長い連なりは、強制収容所行きの列車を想起させ、バスの乗車を待つ長い人の列と頭上にあるスピーカーは、列を成して収容所に入っていく光景と重なり、ホテルのクローズアップされた部屋番号は、強制収容所にて名前を剥奪され、腕に刻印された囚人番号と共鳴している。最も顕著な場面は、ゼヴがホテルの湯気の立ち込める浴槽に身をゆだね、彼の目線からシャワーヘッドがクローズアップされる場面であり、これはガス室の記憶を容易に呼びおこすであろう。

　他方、ナチスの記憶が完全に消滅したわけではない。三人目のルディを訪問し、既に死去したルディの息子で、ネオナチであるジョンのシェパード犬に襲われた時には、所持していた拳銃で犬そしてジョンを一撃で仕留める。足取りも覚束ない中、見事な射撃の腕前を見せたゼヴは危機に際して、ユダヤ人というアイデンティティの隙間からナチス親衛隊の記憶の片鱗を覗かせる。その場面では近くの工事現場で警報と火薬による爆発音が断続的に鳴り響き、戦場さながらの情景の演出が、ナチス親衛隊の「凶暴性」の本能を後押ししている。映画はゼヴが条件反射的な反応を迫られる瞬間に、音をトリガーとしながら、ナチスとしての潜在記憶を顕在化させているのである。

　音と言えば、ゼヴの趣味である音楽も、ユダヤ人としての顕在記憶とナチスとしての潜在記憶と深く関係している。ゼヴがメンデルスゾーンのピアノ曲の音色に導かれ、弾き手の女性と言葉を交わす場面では、ピアノの先生から、偉大な三人の作曲家はモーリッ・モシュコフスキ（Moritz Moszkowski 一八五四－一九二五）、フェーリクス・メンデルスゾーン（Felix Mendelssohn 一八〇九－四七）、ジャコモ・マイアベーア（Giacomo Meyerbeer 一七九一－一八六四）だと教えられたことをゼヴは語っている。メンデルスゾーンは言うまでもなく初期ロマン派の大家であり、モシュコフスキは、『スペイン舞踊曲』（*Spanish Tanze*）で有名な作曲家で、マイアベーアはグランド・オペラの黄金期を築いた作曲家であるが、この三人の名前の列挙は偶然ではない。ドイツの著名な指揮者ハンス・フォン・ビューロー（Hans von Bülow 一八三〇－九四）が、「バッハ（Bach）、ベートーヴェン

(Beethoven)、ブラームス(Brahms)。それ以外は皆馬鹿者だ」と、いわゆる「ドイツ3B」を称賛したのに対し、機智に富んだモシュコフスキは先の三人の名前を持ち出した。彼はビューローの発言に対し、「メンデルスゾーン、マイアベーア、そして不肖私モーリッツ・モシュコフスキ。それ以外は皆クリスチャンだ」と冗談で返答し、「クリスチャン」でないユダヤ系作曲家の名前を挙げた(Walker 一八九)。つまり、ビューローの「ドイツ3B」発言に対して、洒落っ気たっぷりにモシュコフスキは「ユダヤ3M」を持ち出したわけである。ゆえに、この三人の作曲家への言及は、音楽を通じてのゼヴのユダヤ性を強調している。しかしその後、ゼヴが女性の代わりにメンデルスゾーンの曲を弾くことでユダヤ性を顕示する一方、部屋の壁には『最後の晩餐』の絵が掛かっており、ゼヴの背後から「偽物」、「裏切り者」とのメッセージが潜在的に彼に投げ掛けられているのである。

一方、四人目のルディ・コマンダーの許を訪問した際、ゼヴはリヒャルト・ワーグナー(Richard Wagner 一八一三–八三)の楽劇『トリスタンとイゾルデ』(*Tristan und Isolde*)の一節「イゾルデの愛の死」を弾き、彼をお気に入りの作曲家だとルディに告げる。ワーグナーは一八五〇年にK・フライゲダンク(K. Freigedank)という変名で「音楽におけるユダヤ性」("Das Judenthum in der Musik")と題した論文を出版し、その中でやメンデルスゾーンらに対して差別的な中傷を加え、反ユダヤ主義の姿勢を示した。(Sposato 四、一八二)。一方ヒトラーはワグネリアンを自称し、ワーグナーの音楽がナチスによる国民の戦意高揚に利用されたことはよく知られている。一九三三年以降ニュルンベルクで開催されたナチスの党大会では、ワーグナーの楽劇『ニュルンベルクのマイスタージンガー』(*Die Meistersinger von Nürnberg*)第一幕への前奏曲の演奏が恒例となっている。従って、四人目のルディが言うように、「ホロコースト生存者ならば、ワーグナーは好まない」のが通常である。[2]しかし、ワーグナーの曲を弾き続けるゼヴは探し求めていた元ナチス親衛隊のルディと出会い、音を契機とした一種の逆転移によって、自らの抑圧された潜在記憶を浮上させていくのである。その証拠に、一人目のルディ・コランダーとの会話では嫌悪していたドイツ語で、四人目のルディと話しを始める。

最後に、ゼヴがナチス親衛隊としての記憶を蘇らせるのも、音を契機としている。クニベルト・シュトルムを射殺したと同時に、その発砲音によってゼヴは隠蔽していた記憶、つまり自らがナチス親衛隊であった潜在記憶を呼び戻している。そして、良心の呵責に苛まれ、自らの頭を打ち抜くもう一つの発砲音と共に、自らの忌まわしき記憶を強制終了させる。この映画は、認知症という初期化された記憶の残滓からゼヴによって発せられた「ルース」という音から始まり、銃声によって幕を閉じるのである。

このように『手紙は憶えている』は記憶を巡る娯楽性の強いサスペンス映画であるが、アトム・エゴヤン(Atom Egoyan 一九六〇－)監督が『ワシントン・ポスト』紙のインタビューにて語ったように、ホロコーストの被害者と加害者を扱うことのできる最後の映画とも言える。というのも、オスカー・グレーニングの死亡を伝えた『インディペンデント』紙によると、アウシュヴィッツにいた元ナチス親衛隊の数はおよそ六千五百人で、そのうちグレーニングは有罪判決を受けた五十番目の人間にあたると報じている。つまり、戦後七十年以上の時の経過の中で、親衛隊の大半が戦争犯罪の刑に服することなく人生を全うした。また、グレーニングやハニングの裁判にみるように、有罪判決が下されても、老いゆえに刑は執行されず、今日ホロコースト加担者への報いは合法的に果たせない状況にある。『手紙は憶えている』はこの困難な現実を背景に、法で裁けない加害者たちへの断罪を非合法な形で実行しようとした最後の機会をドラマ化しているのである。

3 『帰ってきたヒトラー』における記憶の風化と歴史の反復可能性

ホロコースト生存者並びに加害者がこの世を去る状況を反転させ、逆に死者を現代に蘇らせるという奇想天外な着想の基に制作されたのが、二〇一五年のドイツ映画『帰ってきたヒトラー』（原題：*Er ist wieder da*、英題：*Look Who's Back*）である。二〇〇四年公開の『ヒトラー――最後の十二日間』（原題：*Der Untergang*、英題：*Downfall*）にて、ピストル自殺をし、総統地下壕の脇でガソリンを撒かれ消失したと思われたヒトラーが、同じ場所で目を覚まし、現代にタイムスリップして蘇るという設定から、映画は始まる。ゆえに、『帰ってきたヒトラー』はパロディ色満載で、蘇ったヒトラーも一夜の宿を借りたキオスクの店主から店の手伝いを強いられ、「昨日は第十二軍を動かした。今日はスタンドだ」と愚痴りながら、新聞が並べられたラックを動かす始末である。また、『ヒトラー――最後の十二日間』の最後でガソリンを浴びた姿で復活したために、「お前の服ガソリン臭いぞ、クリーニングに出せよ」と店主に言われ、軍服を出したクリーニング店の名は「ブリッツ・クリーニング」であり、ナチスの戦法である電撃戦「ブリッツクリーク」と掛け合わされ、「電撃洗浄（戦場）」ゆえに早いと自慢げに言い、店主とリストラされたテレビ局員ザヴァッツキに哄笑される。しかし、過去のヒトラーと寸分違わぬ姿と言動に目を付けたザヴァッツキは、テレビ局に掛け合い、復活したヒトラーをテレビ出演させる手筈を整えていく。その際、ヒトラーの世話係を命じられたのが、ホロコースト生存者の孫娘ヴェラ・クレマイヤーである。クレマイヤーは専属秘書に任じられ、ヒトラーを「総統」と呼び、ヒトラーは大戦時の秘書であった「（ゲルクラフト・）ユンゲの代わり」としてクレマイヤーを重宝し、パソコンのスクリーンを前に顔を寄せ合う二人の姿が、両者の立場の変化と共に、ホロコーストの記憶の風化を明白に物語っている。

クレマイヤーのパソコン指南によって、ネットによる情報収集をしたヒトラーは満を持してメディアに登場するが、最初の出演番組はオバマ前大統領を真似て、顔を黒塗りしたアリ・ジョークマン司会の低俗な風刺番組「クラス・アルター（Krass Alter）」であり、ここでもヒトラーの物まね芸人としての役割を期待される。しかし、姿を現したヒトラーは、往年のヒトラー同様、沈黙と雄弁を駆使し、子供や老人の貧困、失業、出生率の低下や難民問題といった現代ドイツが抱える問題に関して巧みな演説を披露し、視聴者を釘付けにする。過去のヒトラーが当時の最新メディアであるマイクやラウドスピーカー、ラジオを通して、自らの演説を大衆に喧伝したのと同様、現代のヒトラーの演説は瞬く間に動画共有サービスを通じて拡散され、タブロイド紙の紙面には「ＴＶヒトラー、ユーチューブを支配」の文言が躍るようになる。

しかし、ヒトラーの人気を妬む副局長ゼンゼンブリンクの暗躍によって、コートに噛みついた小型犬一匹をヒトラーが銃殺した映像が流出したことで、彼は視聴者から大いなる非難と抗議を受け、テレビの世界から干される。そこには、ドイツの動物保護の精神が如実に反映されていよう。先進的な動物福祉国であるドイツは、全国に動物保護協会が運営するおよそ千ヵ所の保護施設「ティアハイム（Tierheim）」を有し、犬の殺処分は原則的に行われていない。この法制度の先鞭をつけたのがヒトラー当人であり、彼は一九三三年に「ライヒ動物保護法」を定め、今日の動物保護の体系を定めた（浦川 一九五一-九六）。ゆえに、過去に自分が定めた法律をヒトラー自らが破り罰せられることで、彼のパロディ性が強調されている。一方、ドイツは二〇〇五年にヒトラーやナチス・ドイツを賛美・礼賛する言動を罰則対象に含めた民衆扇動罪を制定したにもかかわらず、現代のヒトラーはその法律によって処罰されることはなく、一匹の犬を殺した者として糾弾されている。物まね芸人とはいえ、何百万ものユダヤ人を虐殺したヒトラー以上に、一匹の犬を射殺したヒトラーのほうが人々にとってはよりショッキングな事実として描かれており、そこにナチスに纏わる記憶の風化と、大衆の歴史感覚の鈍化が皮肉られている。

しかしながらテレビ界からの撤退は、復活したヒトラーと過去のヒトラーの運命をオーバーラップさせている。一九二三年にヒトラーらナチス党員は政権樹立を目指しミュンヘン一揆を起したが、クーデターは失敗に終わり、ヒトラーは五年の禁固刑に処せられ、政治の舞台から一時消えた。そしてその獄中生活にて著したのが、『我が闘争』（*Mein Kampf*）である。現代のヒトラーもメディアからの失脚に際して、「二冊目の本を書く時間を得た」と語り、ヒトラーの生い立ちから始まる『我が闘争』同様に、現代ベルリンでの目覚めから始まる『帰ってきたヒトラー』を執筆する。過去のヒトラーは『我が闘争』執筆以後、武力から選挙による政権獲得へと路線変更し、プロパガンダを駆使しながら台頭したが、現代のヒトラーもこの書がベストセラーとなり、映画化も計画され、メディアの寵児として復活する。さらに、過去と現在のヒトラーの親和性は、『ヒトラー――最後の十二日間』との間テクスト性を通して強化されている。ヒトラーを降板させたゼンゼンブリンクが、ヒトラー降板後の視聴率低下を打開するための会議は、『ヒトラー――最後の十二日間』でヒトラーと首脳陣がドイツ劣勢の打開策を探る会議のパロディとなっている。ドイツ軍の苦戦を物語る防衛ラインを記した地図は、視聴率の低下を示す折れ線グラフの表に置き換わり、過去のヒトラーもゼンゼンブリンクも状況の悪化に怒号を発し、部屋の外で事態を見守り、悲観する多くの隊員／職員の様子まで模倣されている。将軍並びにナチス親衛隊の働きぶりを罵倒するヒトラーに対して、怒りをぶちまけるゼンゼンブリンクと彼の肩越しに映る「クラス・アルター」（Krass Alter）の看板の「SS」の文字がさらに両者の類似性を際立たせている。そこまでならば、単なるパロディなのだが、苦境にある過去のヒトラーが復活したヒトラーとして、視聴率低下に喘ぐゼンゼンブリンクの苦境を救う役割を担うことになり、二つの映画の比較は、過去におけるヒトラーの終焉と現代におけるヒトラーの台頭を示し、パロディ形式の中に、ヒトラーの歴史の継承と新たなヒトラーの歴史構築を予感させている。

しかしながら、その新たなヒトラーの歴史創造に警鐘を鳴らすべく、この映画ではホロコースト生存者の老婆を登場させている。ヴェラ・クレマイヤーの祖母は、『手紙は憶えている』の主人公ゼヴ同様に認知症を患い、この映画でも生存者の高齢化と衰弱が映し出されている。しかし、この老女はヒトラーを眼にした途端豹変し、ザヴァツキは「物まねですよ」と、孫娘クレマイヤーは「これは風刺劇」と諭すが、「昔と同じだ。同じことを言っている。みんな最初は笑っていた」と言い放ち、鬼の形相でヒトラーを追い出す。老婦の戦慄と怒りは、当初、地方の極右団体であり、泡沫政党と思われたナチスが台頭し独裁制を敷くという、誰しも予想しなかった恐怖の歴史を体験した者のリアルな反応であり、ヒトラーをコメディアンとして持て囃す戦後世代の反応との乖離を際立たせている。

このホロコースト生存者の過剰とも言えるリアルな反応を眼にしたザヴァツキは、現代のヒトラーが本物であることを確信し、その存在の危険性を周囲に訴えるが、信じる者は皆無で、逆に狂人として精神病棟に監禁されてしまう。蘇ったヒトラーを本物と訴えるのは荒唐無稽な話であるが、真実が真実として通用せず、また本物がフェイクとして歓迎される状況は、真実とフェイクの境界が曖昧となったポスト・トゥルースの時代精神と共鳴するであろう。

過去と現代のヒトラーの類似性は終盤に向けてさらに高まり、蘇ったヒトラーは、自らの主張や姿がユーチューブを始めとするネット上で「拡散される」だけでなく、自ら「拡散する」姿勢を示し、過去のヒトラーがラジオや映画を駆使してプロパガンダを展開したように、復活したヒトラーは現代のメディアであるフェイスブックを利用して親衛隊を募集する。それに呼応し、物珍しさで応募した隊員たちのニヤついた顔はヒトラーの叱咤と厳しい調練によって真剣な顔つきへと変貌し、新たな親衛隊の創設も予期させている。

最後の場面でもオープンカーに乗ったヒトラーに対し、道行く者たちが笑顔やナチス式敬礼でもって反応し、過去のヒトラー同様に、現代ヒトラーの台頭ぶりが表象されている。その後にはヨーロッパ諸国の移民・難民問題を巡る現実の紛争場面がコラージュ風に挿入されるが、ヒトラーは「この状況は好都合だ」と呟き、彼の躍進を後押しする社会的状況の形成が示唆されている。実際、この映画の公開直前に、ドイツのアンゲラ・メルケル（Angela Merkel 一九五四－）首相は、移民反対派を押し切り、主にシリア難民を中心に百万人の難民受け入れを表明し、ドイツに処理し切れないほどの難民が殺到した。加えて、二〇一五年の大晦日にはケルン中央駅で北アフリカ人やアラブ人らによる集団性暴行事件が起こり、移民難民による犯罪や治安の悪化の懸念が現実のものとなった。映画は難民問題に喘ぐ現実のドイツの状況を映し出し、さらに現代のヒトラーが「一九三〇年代と同じだ」と独白するように、第一次世界大戦後のヴェルサイユ体制下で混迷を極めたドイツと類似させている。過去／現代のヒトラーの行動の相似のみならず、過去／現在の情勢の類同性も提示されているのである。それを踏まえれば、紛争場面の映像後に映し出される蘇ったヒトラーの真面目な横顔は、大衆がコメディアンとして受け入れた彼の異貌を不気味に伝え、現代におけるヒトラー復活の可能性とその意味を問いかけるのである。

4 『否定と肯定』におけるオルタナティブ・ファクトとしてのホロコースト否定論

『帰ってきたヒトラー』がヒトラーを現代に蘇らせ、新たなヒトラーを登場させたのに対し、ホロコーストの事実に対して、「もう一つの事実」であろうとする否定論を主題にしたのが、二〇一六年に制作された英米合作の映画『否定と肯定』(原題：*Denial*)である。このホロコースト否定論は絵空事ではなく、現在進行形の問題でもある。例えば、フェイスブックのCEOであるマーク・ザッカーバーグ(Mark Zuckerberg 一九八四-)は、二〇一八年七月十八日に公開されたITニュースサイト「リコード」とのインタビューの中で、以下の発言をし、物議を醸した。「私はユダヤ人であり、ホロコーストが起こったことを否定する一連の人々がいることはひどく不愉快だ」と前置きしながら、「我々のプラットフォームがそれを削除すべきだとは思わない。別の人々が思い違いをしていることがあると私は考えているからである」と発言し、ホロコースト否定論の投稿を削除しない姿勢を明らかにした。この発言は議論を呼び、ユダヤの人権団体「サイモン・ウィーゼンタール・センター」は即日反対声明を出し、副所長アブラハム・クーパー(Abraham Cooper 一九五〇-)は、「マーク・ザッカーバーグは間違っている」、「ホロコーストの否定は典型的なフェイクニュースである」と反論し、ザッカーバーグの姿勢を厳しく非難した。フェイスブックをタブーのない自由なフォーラムとしたいのがザッカーバーグの意向であるが、強力なインフルエンサーとしての彼の発言と彼が保有する巨大なSNS上の情報空間は、「フェイクニュース」をも真実として簡単かつ急速に全世界に拡散させる可能性を孕んでいる。

『否定と肯定』はこのポスト・トゥルース的状況におけるホロコーストを主題とし、クーパーがフェイクニュースと断罪したホロコースト否定の問題をネット上から、法廷に場所を移した映画である。アメリカの歴史学者にして、エモリー大学の教授デボラ・E・リップシュタット(Deborah E. Lipstadt 一九四七-)が自著『ホロコーストの否定——真実と記憶への増大する攻撃』(*Denying the Holocaust: The Growing Assault on Truth and Memory*)の中で、イギリス人の歴史小説家デイヴィッド・アーヴィング(David Irving 一九三八-)を「信用ならない人物」(一八〇)、「ホロコースト否認論の最も危険なスポークスマンの一人」(一八一)と非難したことに抗し、アーヴィングがリップシュタットと出版元であるペンギンブックスを相手取り、名誉棄損で訴えた実際の裁判に基づいている。

映画は、アーヴィングが聴衆に向かって、ホロコーストとガス室をネタにして、聴衆がそれを哄笑する場面から始まり、ホロコースト否定論者とその賛同者の存在を端的に表している。そして史実通りアーヴィングはリップシュタットのイギリスでの著作出版に対して、高等法院に訴訟を起こす。イギリスに限定するのは、アメリカでは名誉棄損の立証責任は原告側にあるが、イギリスではその責任が被告側にあり、ホロコースト否定論の虚偽を被告側に立証させるためである。そこで、リップシュタットは、ダイアナ妃の離婚裁判で弁護を務めた事務弁護士アンソニー・ジュリアスと名誉棄損を専門とする勅撰弁護士リチャード・ランプトンを中心とした弁護団を形成する。

リップシュタットは被告人となった自らの立場に動揺しながらも、ロンドンのウェストミンスター橋西端にあるブーディカ（Boudica）の銅像を見上げ、その眼差しが裁判への並々ならぬ姿勢を物語っている。というのも、ブーディカは、ケルト人イケニ族の王プラスタグス王の妻であり、夫の死に乗じて王国を奪取したローマ帝国に対して、大規模な反乱を起こした女王だからである。リップシュタットは自らの法廷闘争をローマの横暴に対するブーディカの抵抗と重ね合わせているのである。しかし、彼女がブーディカさながらに、アーヴィングと対峙して、ホロコーストの実在やアーヴィングの主張の不当さを法廷にて発言する機会はない。またホロコースト生存者が自らの凄惨たる体験を証言台にて語ることもない。被告とホロコーストの被害者であるユダヤ人自身の主張はある意味「否定」されているのである。

『否定と肯定』という邦題は、ホロコースト否定論に「否定」と「肯定」の両論が存在し、ホロコーストの真偽を巡って法廷闘争が展開される印象を与える。実際、アーヴィングはその真偽を俎上に載せようと試みる。しかし、被告側の法廷戦術は、その真偽を争うのでなく、原題の『否定』（*Denial*）が示す通り、アーヴィングのホロコースト否定論の否定だけが問題であり、ホロコーストの真偽が法廷闘争の焦点でない。ゆえに、リップシュタットや生存者によるホロコースト肯定の主張は必要ないのである。逆に、ホロコーストの真偽を審議の中心に据えることは、否定論に対する議論の余地を許す危険性を孕むのである。

一方、アーヴィングは、ホロコーストの真否を論議するべく、ヒトラーによるホロコースト命令書の不在、毒物チクロンBをガス室に入れるための穴の不在、毒ガスではなく死体消毒のためのチクロンBの使用、そして「ロイヒター・リポート」(4)（The Leuchter Report）を根拠に、ホロコーストを否定するオルタナティブ・ファクトを並べ立て、これらの証拠に対する明確な反証を出せと被告側に迫る。被告側は前述したように、それに直接応じず、アーヴィングの著書に内在する自己矛盾や彼が引用した文献の意図的な曲解を丹念に指摘し、かつ日記を通じて彼の差別主義的側面を炙り出し、彼のホロコースト否定論が人種的偏見に満ちた捏造であり、歴史家・研究者としてのアーヴィングの不当性を立証していく。判事は被告側の主張を支持し、判決は史実どおりアーヴィングの歴史歪曲が認定され、原告は敗訴し、ひとまずの結末を迎える。

しかし判決後もアーヴィングが敗訴に対する不満とホロコーストの否定をテレビで主張する場面を映し出す。その番組を視聴していたリップシュタットと事務弁護士のジュリアスはアーヴィングを「勝利者のようだ」と言って、その態度に呆れ返るが、唖然とばかりしていられないだろう。裁判結果を物ともせず、自説をメディアで垂れ流すアーヴィングの行動は、ナチスのプロパガンダ戦略を担った宣伝省大臣ヨーゼフ・ゲッベルス（Joseph Goebbels 一八九七－一九四五）のモットーである「どんな嘘も何度も繰り返されると次第に受け入れられる」（Rossel 八二）という精神をそのまま具現化しているからである。

その後、リップシュタットがジョギングに出かけ、ブーディカ像を笑顔で見上げ、巨悪に果敢に立ち向かった自らの勇気と決断を銅像に投影し、映画は勧善懲悪的な閉じられた結末を迎える印象を与えている。しかし、その場面に続くラストシーンも、その大団円を必ずしも支持していない。最後の最後に、アウシュヴィッツ収容所にあるガス室の「穴」をカメラが覗き込もうとし、この裁判が七十年以上前の記憶の地層に分け入る営為であったことを物語っていると同時に、その行き付く先は見えず、出口のない「穴」は、ハンナ・アーレント（Hannah Arendt 一九〇六－七五）の言う「忘却の穴」を容易に想起させよう。アーレントは、『全体主義の起原3――全体主義』（*The Origins of Totalitarianism Part Three: Totalitarianism*）の中で、ナチスがユダヤ人全体を抹殺しただけでなく、証拠の隠滅や痕跡の消去によって、ユダヤ人抹殺の記憶そのものを抹消しようとしたことを「忘却の穴」と呼んだ（二二三－二二五）。ホロコーストの記録や証拠を「穴」に投げ入れ、穴のなくなった「忘却の穴」は記憶の破壊を基に構築されたホロコースト否定論者の論拠を形成し、「穴」への視覚的言及が、ホロコーストの真偽を巡って暗く、出口の見えない戦いが続くことを図らずも予見している。それを敷衍すれば、簡素とも言える英題の *Denial* は一過性の「否定」に留まらず、ホロコーストの記憶の間隙を縫って立ち現れる集団的記憶を攪乱するオルタナティブ・ファクトを不断に「否定」する必要性を示している。

5　終わりにかえて――映画によってホロコーストの歴史を語ること

本論では、二〇一五年以降に公開された三つのホロコースト映画を取り上げたが、この数年間にホロコーストを巡る記憶の忘却や不確かさを前提とした映画が連続して世に出たことは決して偶然ではない。その背景には、前述したように、ヒトラーの横暴やホロコーストの惨状をリアルに証言する者たちの喪失という否定し難い現実が横たわっている。『手紙は憶えている』は、ホロコーストの生存者のみならず、加害者が消失していくという現実を踏まえながら、彼らに死の報いを与える「最後の機会」をフィクション上で展開している。『帰ってきたヒトラー』では、時間の経過と共に惹起されるヒトラーに纏わる記憶の風化と、一九三〇年代と現代ドイツとの状況の類似性、そこから生じる歴史の反復可能性を、Ｉｆの世界の枠組みで物語っている。『否定と肯定』は、「忘却の穴」の上に築かれた捏造の言説が真正の記憶を脅かす危険性を、ポスト・トゥルース的状況のなかで問題提起している。「映画は時代を映す鏡」との言葉は常套句であるが、この三つの映画は、不可逆的な時間の流れ、証言者の必至の死、生者による瞞着といった現実を背景に、各々異なる視点からホロコーストの記憶を巡る問題を切り取っている。その意味で、ホロコーストは過去の歴史ではなく、現在進行形の問題といえよう。

一方で、映画が正しい歴史を語るわけではない。そもそも神の視点から語られる「唯一の正しい歴史」など存在しない。ゆえにそのアンチテーゼとして、歴史は物語、フィクションであり、ポリフォニックな語りが可能な「歴史の物語り論」という考えが存在する（高橋 三六ー三八）。しかし、その意味するところは、『否定と肯定』におけるアーヴィングのような歴史修正主義者が「物語り」の特質を恣意的に解釈し、歴史を歪曲することではない。それはホロコーストを扱う映画自体にも該当するだろう。ホロコーストの表象を巡って、映画は様々なジャンルや手法に挑戦して、「語りえぬ」記憶を映像に留めようと試みている。しかし、特にリアルな証言者が皆無となる近い将来において、映画自体も娯楽性を維持しながら、「物騙らず」に「物語る」ことがより求められるのであろう。

注

（1）マックス役を演じた俳優マーティン・ランドー（一九二八ー二〇一七）自身、二〇一七年七月十五日にロサンジェルス市内の病院で死去し、ホロコースト生存者の現実を図らずも投影している。

（2）今日でもイスラエルではワーグナーの音楽はタブー視されている。二〇一八年八月三十一日には、イスラエルのラジオ局がクラシック専門チャンネル「ボイス・オブ・ミュージック」にてワーグナーの『神々の黄昏』（*Götterdämmerung*）の一部を誤って放送し、運営会社が謝罪をする事件が起こった。

（3）「ロイヒター・リポート」とは、フレッド・A・ロイヒター（Fred A. Leuchter 一九四三ー）が一九八八年に発表し、アウシュヴィッツのガス室が処刑ガス室として利用された、あるいはそのように機能したと考えることは不可能であると結論付けた報告書である（Hayes 八三一）。

Hayes, Peter, ed. *How Was It Possible? : A Holocaust Reader*. Lincoln, U of Nebraska P, 2015.

Lipstadt, Deborah E. *Denying the Holocaust: The Growing Assault on Truth and Memory*. New York: Plume, 1994.

Page-Kirby, Kristen. “Atom Egoyan’s ‘Remember’ Proves That Memory Is Faulty.” *The Washington Post*. 17 Mar. 2016. web. <https://www.washingtonpost.com/express/wp/2016/03/17/atom-egoyans-remember-proves-that-memory-is-faulty/?utm_term=.32a66bdf478b> accessed 23 Sept. 2018.

Rossel, Seymour. *The Holocaust: The World and the Jews, 1933-1945*. Springfield: Behrman House, 1992.

Schudel, Matt. “Oskar Groening: Former SS Guard Convicted of Crimes at Auschwitz Who Managed to Avoid Jail Time.” *Independent*. 26 Mar. 2018. web. <https://www.independent.co.uk/news/obituaries/oskar-groening-auschwitz-ss-bookkeeper-old-for-jail-holocaust-murder-jewish-poland-a8263491.html> accessed 18 Aug. 2018.

Sposato, Jeffrey S. *The Price of Assimilation: Felix Mendelssohn and the Nineteenth-Century Anti-Semitic Tradition*. New York: Oxford UP, 2006.

Swisher, Kara. “Zuckerberg: The Recode Interview.” *Recode*. 18 July 2018. web. <https://www.recode.net/2018/7/18/17575156/mark-zuckerberg-interview-facebook- recode-kara-swisher> accessed 21 July 2018.

The Simon Wiesenthal Center. “Wiesenthal Center Rebukes Mark Zuckerberg For Saying Facebook Won’t Delete Holocaust Denial Posts.” July 18, 2018. web. <http://www.wiesenthal.com/site/apps/nlnet/content.aspx?c=lsKWLbPJLnF&b=8776547&ct=15019143&notoc=1>

accessed 23 July 2018.
Walker Alan. *Hans Von Bülow: A Life and Times*. New York: Oxford UP, 2010.
アーレント、ハンナ『全体主義の起原3――全体主義』大久保和郎／大島かおり訳、みすず書房、一九八一年。
浦川道太郎「ドイツにおける動物保護法の生成と展開――付・ドイツ動物保護法（翻訳）」『早稲田法学』七十八巻四号、一九九五－二三六頁。
高橋哲哉『歴史／修正主義（思考のフロンティア）』岩波書店、二〇〇一年。

第12章　潜在するユダヤ、顕在するユダヤ

アメリカ映画に見るユダヤの伝統と記憶

伊達　雅彦

1　はじめに

ユダヤ人表象を映画というジャンルに求める時、それは多くの場合、ホロコースト映画に在る。そこにはナチス・ドイツによって様々な形で虐げられるユダヤ人が登場する。被虐のユダヤ人。これがホロコースト映画におけるユダヤ人の伝統的パブリック・イメージと言っても過言ではないだろう。だが、もちろん、映画のユダヤ人表象はホロコースト映画に限られているわけではない。アメリカ映画には、ホロコースト映画でもなく、また一見、ユダヤ的要素とは全く無関係と思われる映画であってもユダヤ人がしばしば登場してくる。ユダヤ性は予想通りに顕在する場合もあるし、

潜在しつつ、ふと表面化する場合もある。彼らは必然的にそこに立っている時もあれば、あたかも偶然を装ってただ画面を横切るだけの時もある。軽い会話や仄めかし程度の言及で彼らがユダヤ人と判別可能な場合もあれば、「よく見れば」あるいは「よく考えれば」ユダヤ人という場合もある。アメリカ映画において不意に現れるユダヤ人、ふと出会うユダヤ人たちは、必然的にそこにいるのか、あるいは、ただの偶然なのか。本論では、いくつかの表象例を拾いながらユダヤ人のパブリック・イメージの背後にあるユダヤの伝統や記憶、そこに付随するユダヤ性について考察していく。その際、そうした作品内部に垣間見られるユダヤ性が、作品外部とどのように関連しているのか製作サイドのユダヤ性にも目を向けていこう。

2　地球を救うユダヤ人科学者
――『インデペンデンス・デイ』と『インデペンデンス・デイ：リサージェンス』

ローランド・エメリッヒ（Roland Emmerich）はSF系のアクション大作を撮ることで知られているが、その代表作『インデペンデンス・デイ』（*Independence Day* 一九九六）にもユダヤ系人物が登場する。映画自体は、現在の地球の各国主要都市上空に直径約二十四キロの超巨大宇宙船が突如襲来し、人類が絶滅の淵に立たされるもアメリカが中心となり予定調和的にエイリアンを撃退するという荒唐無稽な娯楽作品である。侵略者としてのエイリアンに対峙する地球側の代表は、ビル・

プルマン演じるワスプ的イメージのアメリカ大統領ホイットモアである。彼は自ら戦闘機に搭乗し徹底抗戦の陣頭指揮を執る。だが、この映画の場合、滅亡に瀕した地球を実際救うのはユダヤ系のデイヴィッドとアフリカ系のヒラーである。民間のケーブルテレビ会社勤務のエンジニアであるデイヴィッドがユダヤ系と明確化するのは物語の後半、父親ジュリアスにユダヤ教の伝統的アイテム「キッパ」を手渡し、父親がそれを被ってユダヤ教の祈りを捧げるシーンによってである。デイヴィッドのフルネームを確認すれば「デイヴィッド・レヴィンソン」というユダヤ系のファミリー・ネームであり名前からもほぼ判断できる。またデイヴィッドを演じるジェフ・ゴールドブラム自身もユダヤ系である。

物語開始当初は、どちらかと言えば地味な市井のエンジニア的雰囲気のデイヴィッドだが、その実像は「MIT出身の優秀な科学者」である。元妻コンスタンスがホワイトハウス主席報道官で、大統領とも知人同士だったことから、地球防衛の最前線を担う社会的役割を負う。結局、抜擢され対エイリアン戦争用の攻撃作戦を立案するのもデイヴィッドであり、作戦遂行のためヒラーと共に敵エイリアンの母船に乗り込んでいく。ウィル・スミス演じるスティーブン・ヒラー大尉はアフリカ系の軍人であり、彼に肉体派のポジションが与えられているとするなら、ユダヤ系のデイヴィッドには頭脳派のポジションが与えられていると言える。つまり『インデペンデンス・デイ』では、ワスプ的大統領の指揮下、ユダヤ系とアフリカ系というマイノリティ出身の科学者と軍人が協力してエイリアンと闘う構図が提示されている。総じて言えば『インデペンデンス・デイ』は、人種の壁を越えて結成された多民族集団が当該アメリカのみならず人類全体を救う物語なのである。『インデペンデンス・デイ：リサージェンス』（*Independence Day: Resurgence* 二〇一六）は、『インデペンデンス・デイ』の二十年後に製作された続編である。前作と同じエメリッヒが監督し、主要な登場人物の交代も見られる中、「ユダヤ系科学者」デイヴィッドは続投となった[1]。彼は前作でのエイリアン戦争後に設立されたＥＳＤ（地球防衛司令部）の部長に就任している設定で、つまり、地球防衛の重責を二十年に渡り担っているのが「ユダヤ系知的エリート」ということになる。

現在に至るノーベル賞受賞者の約二十パーセントをユダヤ系が占めていることは周知の事実であり、その現実を鑑みれば「地球を救う頭脳明晰の科学者」の位置にユダヤ系の人物が設定されているのは偶然でも強引でもなく、むしろ当然のことなのかもしれない。それは、ハリウッド（アメリカ映画業界）が元来ユダヤ系によって設立されたビジネス世界であることによる人種的配慮でも、反ユダヤ主義に対するアファーマティブ・アクションでもなく、ユダヤ系の人々が実力で獲得したパブリック・イメージと言ってもよい。ユダヤのアイデンティティを殊更前面に押し出さず、キッパのような伝統的な宗教アイテムを使用し、何気ないワンシーンだけで軽く提示しているのは、ユダヤ系と非ユダヤ系の両者に配慮した結果なのだろう。

3　脇役と主役に置かれたユダヤ系精神科医
――『普通の人々』と『アナライズ・ミー』／『アナライズ・ユー』

科学者と同様に医者や弁護士も頭脳明晰のイメージ下にある知的専門職の代表である。そのため、こうした職業設定が施された作品においては、そこにユダヤ人の姿が散見される。ストレスフルな現代アメリカ社会を反映してか、アメリカ映画には頻繁に精神分析医が登場するので、ここではそれを例に取ろう。ジェームズ・ヤフェによれば医学の専門分野の中で精神科・小児科・歯科が、ユダヤ人に対し歴史的に早くから門戸開放を行っていた。そのため、精神科分野でのユダヤ人占有率が上昇し「精神分析医＝ユダヤ系」の印象が生成されたようだ。その社会的必要性に加えて、精神分析医は高収入でステータスもあり、一般的にも注目度、関心度が高い。映画等での表象が現実の精神分析医のパブリック・イメージに影響を与えている可能性は否定できないだろう。

ロバート・レッドフォード（Robert Redford）の初監督作品として話題になった『普通の人々』（*Ordinary People* 一九八〇）は、アカデミー賞の作品賞、監督賞を受賞したことで更なる注目を浴びた。この中に兄の事故死にショックを受け自殺未遂を起こす主人公コンラッド・ジャレットの精神的危機を救うユダヤ系の精神分析医タイロン・バーガーが登場する。外見は冴えないがジャレットを精神的窮地から救い出す有能な精神分析医として描かれており、多くの観客に強い印象を残したはずだ。バーガーを演じたのはジャド・ハーシュだが、実際、本人もユダヤ系である。先述の『インデペンデンス・デイ』の主人公デイヴィッド・レヴィンソンの父親ジュリアスを演じていたのもハーシュである。彼への配役そのものがユダヤ性を意識している証左であろう。脇役ながら『普通の人々』において「ユダヤ系精神分析医」は、ユダヤ系俳優がそれを演じ、彼の有能さをもって主人公を救う大切な役割を負っていると言える。

ではユダヤ系の人物であることが日本の一般的な観客には少し分かりにくいが、主役が実はユダヤ系精神分析医という例を見ていこう。ロバート・デ・ニーロとビリー・クリスタルが、それぞれマフィアのボスと精神分析医という設定で展開するハロルド・ライミス（Harold Ramis）監督による『アナライズ・ミー』（*Analyze This* 一九九九）は、いわゆるドタバタのコメディである。ビリー・クリスタル演じる精神分析医の名前はベン・ソベル、彼本人がユダヤ系である証拠は明示的には存在せず、唯一、彼のファミリー・ネーム「ソベル」がユダヤの出自を示唆しているだけである。それは、例えばユダヤ系作家バーナード・マラマッドの代表的な短編作品「はじめの七年」に登場するナチスの迫害を逃れポーランドから渡米したユダヤ人ソベルの名前を想起すれば分かるだろう。

この『アナライズ・ミー』は、好評を博し続編が製作された。それが同じライミス監督による二〇〇二年の『アナライズ・ユー』（*Analyze That*）である。そして、その冒頭に置かれたベン・ソベルの父親の葬儀シーンで、参列者がキッパを被っている場面からベンがユダヤ系と明確化する。つまり続編において初めてソベルがユダヤ系精神科医である証拠が提示されるのである。前作同様コメディ作品だが、両作品で主人公ベンを演じたビリー・クリスタル自身が有名なユダヤ系のコメディアンであり、特段の証拠を提示しなくてもアメリカの観客には「ベン・ソベル」はユダヤ人以外の何者でもないのかもしれない（ちなみに監督のライミスもユダヤ系である）。このように、ユダヤ人が主役、脇役の別なく話題作の「精神分析医」のポジションに入ることで「精神分析医＝ユダヤ系」の伝統的パブリック・イメージが強化されている可能性は十分あるだろう。

4　戯画化された利益至上主義的ステレオタイプのユダヤ人
――『マラヴィータ』と『ビバリーヒルズ・コップ2』

ユダヤ系のバリー・レヴィンソン（Barry Levinson）監督は、『レインマン』（*Rain Man* 一九八八）でアカデミー賞を獲得し一躍名を馳せた。その彼の代表作にボルチモア三部作と呼ばれる作品群がある。『わが心のボルチモア』（*Avalon* 一九九〇）はその一つだが、ここで描かれるのは東欧からのユダヤ系移民クリチンスキー家の四世代を費やす同化プロセスである。一九一〇年代に渡米し商業的成功を収め、最後にはアメリカン・ドリームを掴みとる。「商売上手」なユダヤ人を正面から描いた大河ドラマ的作品と言ってよいだろう。「商売上手」は、悪く言えば「利益至上主義」であり、伝統的なシャイロックの表象例を持ち出すまでもなく、反ユダヤ主義を引き起こす原因のひとつとしてもしばしば指摘される。ユダヤ的商業主義が彼らにもたらす社会的上昇は、時に羨望と嫉妬の混じった批判と揶揄の対象となる。こうした「商売上手なユダヤ人」表象も、しばしば伝統的ユダヤ人のパブリック・イメージとして映画の中に使われている。

様々なタイプの話題作を撮り続けるリュック・ベッソン（Luc Besson）監督の『マラヴィータ』（*Malavita* 二〇一三）は、一風変わった作品で内容的にはユダヤ的要素とは全く関連がない。ロバート・デ・ニーロ演じる元イタリア系マフィアのボス、フレッド・ブレイクは仲間《ファミリー》に命を狙われており、家族共々ＦＢＩのウィットネス・プロテクション下、生活拠点を次々に変えていく。作品は、彼らが行く先々で巻き起こす騒動をテンポよく描いたコメディである。

この『マラヴィータ』では、ブレイクが過去の悪行の数々を回想するシーンの中に唐突にユダヤ人が現れる。彼は仲間と二人である店に強盗に入る。店の金庫は開けられ、中には札束や貴金属が詰まっている。煌びやかな店内の様子から店は繁盛しているように見え、商業的成功が明示されている。ブレイクに銃口を向けられている店のオーナーは両手を挙げ無抵抗でおとなしい。ブレイクたちは「ユダヤ人」という言葉を口に出すこともない。だが、オーナーがユダヤ人なのは明白である。彼は黒い帽子に黒い服、髭とモミアゲを伸ばしており、ハシド派ユダヤ人であることは一目瞭然だからだ。やや戯画化されているとは言え「商売上手な（ハシド派）ユダヤ人」のパブリック・イメージを典型的に利用していると思われるシーンである。『わが心のボルチモア』同様、「商売上手」は結果的に「金儲け主義」に繋がるため、またベッソンはユダヤ系の監督ではないためこのワンシーンは、僅か二十二秒とは言えユダヤ人に対する揶揄が滲むシーンと言えよう。

八〇年代に活躍したアフリカ系アメリカ人俳優のひとりにエディ・マーフィがいる。一九八二年、ウォルター・ヒル（Walter Hill）監督の『四八時間』（*48 Hrs.*）で映画デビューした彼は、脚光を浴び知名度を上げ、その後も数々の作品に出演し人気を博した。コメディアンとしての本領を発揮した彼の代表作に『ビバリーヒルズ・コップ』シリーズ三部作がある。その二作目に当たるトニー・スコット（Tony Scott）監督作『ビバリーヒルズ・コップ2』（*Beverly Hills Cop II* 一九八七）において「ユダヤ人と思われる狡猾な会計士」が登場する。「ユダヤ人の」ではなく「ユダヤ人と思われる」のは確定的な根拠が提示されていないからである。彼のユダヤ性は潜在しており、あくまでも示唆的レベルにとどまっている。

アクセルの担当事件に関係し端役として設定されたこの会計士は、市街の高層ビル内に立派なオフィスを構えている。妻もベンツのオーナーであることなど細かな情報も追加され「成功した会計士」のイメージが提供される。ユダヤの伝統的な母親、いわゆるジューイッシュ・マザーが子供に勧める典型的な知的専門職として弁護士や医者があるが、会計士も同様である。ただし、先述の通り彼がユダヤ人であるという直接的な言及はなく、キッパを被るシーン等、ユダヤの慣例や伝統を示す場面もない。ではなぜ彼がユダヤ系と推測されるかというと、名前が「シドニー・バーンスタイン」だからである。レナード・バーンスタイン（指揮者）、エルマー・バーンスタイン（作曲家）、カール・バーンスタイン（ジャーナリスト）等の有名なユダヤ系の人物名を列挙するまでもなく、「バーンスタイン」は一般的にもユダヤ系のファミリー・ネームとして広く認識されている。その名前がオフィスの入口にあるネームプレートにもしっかりと刻まれ観客に視認可能なカメラワークになっている。「会計士＝ユダヤ系」の設定をこうした間接的な方法で暗示しているのかもしれない。

ここでのユダヤ系会計士は決して尊大にはならず、むしろ下手に出てアクセルを金銭的に買収しようと試みるなど、その成功の裏には狡猾さが潜んでいるように見える。単なる知的エリートではなく、「世渡り上手」というネガティヴな側面の強調もトニー・スコットは忘れない。ただ外見はどちらかと言えば強欲や悪辣という極端なマイナスイメージからは解放され、日本人の目から見るユダヤ人というよりもある種、東洋人的風貌ではある。バーンスタインを演じたギルバート・ゴットフリードは有名なユダヤ系のコメディアンでもあり、ここでも見る人が見ればバーンスタインの名前に頼らずとも「ユダヤ人会計士」の像は容易に成立しているのかもしれない。

5　ユダヤ系男性表象に見る「優しさ」と「繊細さ」
――『理想の彼氏』と『終わりで始まりの四日間』

バート・フレインドリッチ（Bart Freundlich）監督による『理想の彼氏』（*The Rebound* 二〇〇九）の主人公サンディは、夫の不倫が原因で離婚しシングル・マザーとなった四十歳の女性である。彼女としては理想的な結婚をし、子供にも恵まれ幸福な結婚生活を送っていたが、結果的には夢破れる。悲嘆に暮れ憤懣やるかたないサンディだが、社会的弱者としての主婦ではなく、自らの実力で再就職も決める自律的な女性だ。こうしたサンディの新恋人に設定されているのが、新しく居を構えたアパートの一階部分にあるコーヒー・ショップで働く二十四歳のアラムである。最初は副業的にベビーシッターとしてサンディに個人的に雇われるアラムだが、二人の関係は次第に進展していく。映画としては、年の差カップルによる、いわゆるロマンティック・コメディである。一般の観客的には二人の出会い、関係性の変化、その軽妙な会話を楽しめれば、それだけで十分であろう。

しかし、このアラムには意外と強度のあるユダヤ人設定が潜在している。彼には、グリーンカード目当てで彼と結婚したフランス人妻に逃げられた哀しくもお人好し的側面、ユダヤ伝統のシュレミール的な要素がある。そもそも、アラムのフルネームは「アラム・フィンケルシュタイン(Aram Finklestein)」と言い、劇中でも他の登場人物からはっきりとユダヤ系の名前と指摘されている。彼の母親は教育熱心で過干渉、過保護気味のジューイッシュ・マザーであり、息子の生活全般にあれこれ口を出す。一見すると大卒の学歴を持ちながらコーヒー・ショップの店員という不遇な優男的設定だが、物語の展開と共に実は「思いやり溢れる優秀な男」という男性性が顔を出す。そして一度はサンディとの関係に破れ別れるものの時を経て二人は再会する。その際、アラムの傍らには一人の男の子が寄り添っている。観客は一瞬アラムの実子かと思うが、実は孤児を養子にしていたのである。アラムは未婚のままであり、社会的にはお互いシングル・ペアレントとして対等の立場になる。この再会後、二人の関係の第二幕的発展が示唆されハッピーエンディングの予感が漂う中、映画は終わる。アラムの子供はその外観から明らかに非ユダヤ系で、彼の寛容でリベラルな面もさり気なく強調されている。アラムを演じたジャスティン・バーサは実際、容姿端麗であり、この作品における「ユダヤ人青年」はまさに（女性から見た）理想的な男性のモデルとして設定されているようだ。実はバーサ自身も、フレインドリッチ監督もユダヤ系であり、穿って見ればユダヤ系映画人による自画自賛的ユダヤ人男性イメージの発信とも言える。

『理想の彼氏』と同様に優しさと繊細さが同居したユダヤ系青年を主人公に設定してあるのが、二〇〇四年公開の『終わりで始まりの四日間』（*Garden State*）である。ザック・ブラフ（**Zack Braff**）の初監督作品で、彼は監督のみならず脚本、そして主演の三役を担った。まさに彼のオリジナル作品と言ってよい。原題の「ガーデン・ステイト（Garden State）」は、ニュージャージー州の愛称であり、ブラフ自身の出身地でもある。およそ二百五十万ドルという低予算で製作されたマイナー作品で日本では劇場公開には至らなかったが、アメリカではインディペンデント・スピリット賞新人作品賞を受賞するなどそれなりの注目を集めた。『シドニー・モーニング・ヘラルド』紙のレヴューは、この作品を「辛辣なコメディ」と評し、ブラフを「次なるウディ・アレンなのか」と「ユダヤの伝統を継ぐ映画人」として取り上げている。

ロサンゼルスで売れない役者をしている主人公アンドリュー・ラージマンは二十六歳、母親の死をきっかけに故郷のニュージャージー州に戻ってくる。母親の葬儀シーンで、『アナライズ・ユー』と同様に参列者がキッパを被っている場面から、主人公がユダヤ系と分かり、物語の中盤、相手役の女の子サムとの会話の中でユダヤ人設定が明確化する。しかし、映画全体としては、ユダヤ的特質は潜在したままで、サムとの会話におけるユダヤ性も限定的と言える。

アンドリューは精神安定剤を常用する自閉症気味の繊細な若者として設定されており、物語の当初は感情の起伏が見られない。喜怒哀楽の感情を自在に操るのが役者の仕事ならば、アンドリューが役者として成功できない理由はここにあるように思える。母親の死に際しても涙一つ見せるわけでもなく、残された父親との会話もどこかぎこちない。二人の間に存する心理的葛藤が観客に伝わる。アンドリューが家族関係に問題を抱えているのは明らかだ。推測の域を出ないが、既に他界した彼の母親は重度のジューイッシュ・マザーだった可能性もある。彼の精神的な「歪み」は母親に起因しているのかもしれない。

ザック・ブラフは『理想の彼氏』のジャスティン・バーサと同様、ルックスが良く理知的な顔立ちで、「ユダヤ系の若者＝優しくて理性的」というイメージ生成に貢献しているが、この作品においては「優しくて理性的な」から、やや悪化した「精神的に病んだ」ユダヤ人青年像をも生み出している。ブラフも実は彼自身がユダヤ系で、また相手役のサムを演じたナタリー・ポートマンもイスラエル出身のユダヤ系である。彼らの出自を知る観客の目には本作はユダヤの伝統や記憶が顕在化した映画なのだろう。

6　反ユダヤ主義とユーモア――『ホテル・ニューハンプシャー』と『テッド』

一九八一年に発表されたジョン・アーヴィングの長編小説『ホテル・ニューハンプシャー』（*The Hotel New Hampshire*）を基に作られたのが、トニー・リチャードソン（Tony Richardson）監督による同名の映画化作品である。八〇年代アメリカ文学の傾向の一つにミニマリズムの流行がある。日常をスナップショット的に切り取った小さな物語がミニマリズムの特徴だが、その潮流の中でアーヴィングは反ミニマリズム的長編を主体に大きな物語を紡いでいた。映画版『ホテル・ニューハンプシャー』においても、ベリー家の生と死を巡る大きな物語が中心となるが、そのベリー家誕生の起点となる人物が実はユダヤ系の人物である。つまり、一家の主たるウィンスロー・ベリーと彼の妻となるメアリーに結婚を促した結婚仲介役が、ユダヤ人フロイトである。フロイトというその名前が如実に示すようにユダヤ人として意識的に設定されており、ウィンスローにも「あのフロイトなのか」と間違われる。もちろん、彼は精神医学者のジークムント・フロイトではなく一介の旅芸人（大道芸人）に過ぎない。ユダヤ伝統のユーモアを備えた人物で、「メイン州」という奇妙な名前の熊をジャンク同然のサイドカーに乗せ連れ歩き、その芸を見せて回っている。日本の「猿回し」になぞらえて言えば「熊回し」とも言える。そのユーモアと奇抜さは裏を返せば独自性であり発明でもある。生きていくために、新しい視点を取り入れる彼のサバイバル精神にユダヤ性を見てもよいだろう。

また映画版『ホテル・ニューハンプシャー』における設定は、第二次世界大戦前後を背景としているが、冒頭のシーンでフロイトは、宿泊客の高慢なドイツ人からユダヤ人と蔑まれてトラブルを起こす。もちろん反ユダヤ主義が暴走するホロコースト前夜であることを意識しての設定だろう。フロイトは、当該ドイツ人にもコミカルに報復するなど、知性的で弁が立ち、反ユダヤ主義にもユーモアを忘れない存在として表象されている。しかし、戦時中ナチスに失明させられる等、ユダヤ人であるが故にやはり災厄の降りかかる悲劇的な存在でもある。原作者アーヴィングも監督のリチャードソンもユダヤ系ではなく、特に後者はイギリス出身のフリーシネマの旗手の一人であり、非ユダヤ系映画人によって生み出されたユダヤ人表象の一例である。


テディベアと言えば、通常なら「可愛いぬいぐるみのクマ」の総称である。だが、セス・マクファーレン（Seth MacFarlane）監督の『テッド』（*Ted* 二〇一二）に登場するテディベアは、そうした標準モデルからは大いに逸脱したいわば「規格外」のクマだ。日本でも映画公開時「世界一ダメなテディベア、出没」というキャッチコピーの下で公開されたように、この作品におけるテディベアは「可愛くない」というか「可愛げがない」。

物語は一九八五年、ボストン郊外から始まる。主人公ジョン・ベネット少年がクリスマス・プレゼントに貰ったテディベア（テッド）に突然命が宿ることで大騒動が巻き起こる。作品としては、コミック・ファンタジーの範疇に入るだろう。DVDのパッケージ写真などに写るテッド自体は外見的には（普通のぬいぐるみのクマのようで）愛くるしく、一見すると子供向けの作品かと思われるが、実際のテッドは饒舌で口が悪く下品極まりない。テディベアの外見を除けばただの「下品な中年のおじさん」だ。作品を通して見ても、セリフに不適切な表現が多く、またシーンによっては子供の視聴に適切とは言えない過激な部分があるためレイティングではR指定されている。

ハリウッドお得意のCG技術を最大限に利用した作品で、映像技術にも注目が集まったが、冒頭に反ユダヤ主義的シーンが臆面もなく挿入されている。もちろん反ユダヤ主義といってもホロコーストの記憶を想起させるような苛烈な反ユダヤ主義ではない。それはベネット家近隣の子供たちが同じ近所に住むユダヤ人少年をいじめる、子供の喧嘩程度の「反ユダヤ主義」である。ただ、物語の導入部に躊躇なく挿入されているため、ブラック・ジョークにしてもインパクトがある。

クリスマスを翌日に控え雪の積もった戸外で子供たちが元気に遊んでいる。するとそこへグリーンバウムという名のユダヤ人少年が通りかかる。子供たちはグリーンバウム少年に荒々しく声をかけ、逃げ出す彼を集団で追いかけ雪の路面に押し倒すと寄って集って暴行を加える。だが、グリーンバウムを演じるマックス・ハリスの風体がどこかユーモラスなため、シーン全体に緊張感は生じない。大勢に囲まれ殴られながらも、仲間はずれにされたジョンに悪態をつくなど子供ながらユダヤのサバイバビリティを感じさせる。グリーンバウムに対する視線にいじめ的陰湿さは感じられないもののユーモアの一言で回収できるのかは疑問の残るところである。

監督のセス・マクファーレンは二〇一三年第八十五回アカデミー賞授賞式で司会を務めるほどの才能豊かな映画人ではあるが、その授賞式では人種や性をジョークにした司会で各方面から不評を買った。『テッド』におけるこの露骨すぎるユダヤ人いじめもマクファーレンにとっては、「軽い」ジョークなのかもしれない。根深い反ユダヤ主義、言わば「いじめられるユダヤの伝統」は、二十一世紀のこうしたコメディ映画でも反復利用されている。

7　ジューイッシュ・マザーを越えたユダヤ人女性表象
——『デトロイト・ロック・シティ』、『マーシーX』と『スリーウイメン』

ユダヤ人女性表象として伝統的なのは先述したいわゆる「ジューイッシュ・マザー」である。日本風に端的に言えば「教育ママ」や「過保護ママ」のことだが、ユダヤ人家族を扱う映画であれば、その中で彼女たちに出会うのは難しいことではない。ジョイス・アントラー（Joyce Antler）によれば、この種のジューイッシュ・マザーは、そもそもエンターテインメントの世界に起源を持っている。二十世紀前半のラジオに始まり、その後、テレビや映画の世界でイメージが固定した。一九八九年に発表されたオムニバス映画『ニューヨーク・ストーリー』（*New York Stories*）の第三部でウディ・アレン（Woody Allen）が監督した「エディプス・コンプレックス」（Oedipus Wrecks）のようにジューイッシュ・マザーそのものをテーマにした作品すらある。離散と流浪を繰り返した二千年に及ぶ苦難の歴史の中、ユダヤ人たちは民族結束の核をユダヤ教ベースの宗教教育に置いた。現金や貴金属とは違い教育だけは、他者に掠奪されることのない「財産」だったからだ。家庭内でその教育を担ったのが、主として母親であったために教育熱心なジューイッシュ・マザーが誕生したのである。しかし、ジューイッシュ・マザーは母親である以上、必然的にある程度の年齢から上位層のユダヤ女性の表象例になる。若い母親もいるが、(2)ティーン・エイジャーの若いユダヤ人女性の表象となるとジューイッシュ・マザーの範疇にはない。では若いユダヤ人女性はどのように描かれているのだろうか。

アダム・リフキン(Adam Rifkin)監督による『デトロイト・ロック・シティ』(*Detroit Rock City* 一九九九)には、ユダヤ系の女子高校生が登場する。主人公の男子高校生のガール・フレンド役だが、サブ・プロット上の人物であり登場時間も短い脇役である。『デトロイト・ロック・シティ』は、ハードロックバンド、キッス全盛の一九七〇年代後半が背景にある。作品としては、キッスの熱狂的ファンの男子高校生四人組がデトロイトでのライブに行くまでのドタバタを描く青春コメディ映画だ。その中にメラニー・リンスキー演じる「ユダヤ系の女子高校生」のベス(ファミリー・ネームの設定なし)がサブ・キャラクターとして登場する。四人組の一人、主人公ジェレマイアの同級生で、彼に恋愛感情を抱く彼女は「一見内気だが、実は押しの強い積極的なユダヤ系女子高校生」として表象されている。ただジェレマイアは、ユダヤ系ではなくアイルランド系の設定で、宗教的にはカトリックである。しかし、ベスにとってエスニシティや宗教の違いは彼女の恋路を阻む障害物にはならない。彼女の猪突猛進ぶりが最も顕著に出ているのは、ジェレマイアが教会で「告解《コンフェッション》」する場面である。その場面、ベスが予告もなく突然、告解室に飛び込んでくる。驚き慌てるジェレマイアにお構いなく愛の「告白《コンフェッション》」をするベス。ほとんど強引とも言える積極性を持って果敢に挑む彼女に将来のジューイッシュ・マザーの萌芽を見ることも可能だろう。

『デトロイト・ロック・シティ』とは異なり、若いユダヤ系女性が端役ではなく、主人公に設定された作品として『マーシーX』（*Marci X* 二〇〇三）を取り上げよう。主人公マーシー・フェルドは、いわゆる「金持ちの社長令嬢」の設定である。若い独身女性であり、もちろんまだジューイッシュ・マザーではない。しかも、この作品の場合、日本では劇場未公開でややマイナーということもあり、たとえ主人公であっても彼女がユダヤ系であることすら、事前の情報がなければ鑑賞以前にはほとんど知りようがない。ただDVDのパッケージ等のキー・ヴィジュアルでマーシーを演じるのがリサ・クドロー、あるいは監督がリチャード・ベンジャミン（Richard Benjamin）と分かれば、ユダヤ系登場人物の可能性を察知することができる。なぜなら、リサ・クドローもリチャード・ベンジャミンもユダヤ系だからである。

さらに今ひとつこの映画にユダヤの気配を感じられないのは、マーシーの相手役となるもう一人の主人公ドクター・エスが派手なアフリカ系のラッパーであるからだろう。先述の『ビバリーヒルズ・コップ』では端役であったデイモン・ウェイアンズがドクター・エスを演じているが、オープニングはまさに彼の独壇場である。つまり、オープニングで登場するのは外連味《けれんみ》たっぷりのドクター・エスだけで、そこにマーシーの姿はない。またオープニング自体が意図的なチープ感で溢れており、一見すると「黒人ラッパー」が主人公のC級映画と間違われる出来である。オープニング全編に流れている音楽も彼のラップだけで、「カネと女と高級車」に囲まれた「超売れっ子の過激なアフリカ系ラッパー、ドクター・エス」が極端に強調されている。そのため、動的なオープニングに接続した本編冒頭の静的な「お金持ちのユダヤ系お嬢様」の登場シーンとは落差が激しく意外性が強い。ユダヤ系マーシーの登場シーンは一流ホテルのパーティ会場で、正装した多くの人々が詰めかけている。正面奥には「アメリカユダヤ人協会（American Jewish Federation）」と書かれた協会旗が掲げられており、この映画の場合、早々にユダヤ的要素が明確化する。マーシーが華やかなパーティ・ドレスを着て壇上に立ち、協会が選ぶ「世界人道主義大賞」の受賞式の司会を務めている。万雷の拍手の中、選出されたのはマーシーの父ベン・フェルドである。ベンを演じているのは本作の監督でもあるリチャード・ベンジャミンで、要するにこの場面において、ベンジャミンとクドローは自らを利用し自虐的な笑いを生み出している。

物語は、ヒップ・ホップ界の「問題児」ドクター・エスの新作アルバムがその過激さゆえに社会的批判を浴び、結果、彼が所属するヒップ・ホップレーベル（マーシーの父親の会社）が経営危機に直面する事態に発展する。急病に倒れた社長である父の代理としてマーシーがエスとの対決に臨む。あらゆる面で相反する二人の登場シーンは、生きる世界も社会的立場も異なる二人の人間の社会的な距離感を表すための演出であろう。作品としては、「ユダヤ系お嬢様」と「アフリカ系バッド・ボーイ」の対決を描くコメディでアイロニーとユーモアが混在した形で作られている。「お金持ちのお嬢様」設定は、どちらかと言えば「世間知らずで依存度が高く無力」のイメージ下にあるが、マーシーの場合はそうしたステレオタイプ的な描かれ方ではない。確かに「世間知らず」な面はあるが、困難な局面も積極果敢に自力で切り拓いていくパワフルな女性として描かれている。(3)当初は「アフリカ系バッド・ボーイ」のドクター・エスと敵対するものの、結果的には相互理解の中、結婚するというハッピーエンディングが用意されている。人種的差異や社会的立場と言った障害や格差を事もなく乗り越えていくキャラクタリゼーションは『デトロイト・ロック・シティ』の積極的な女子高校生ベス、さらには強烈な「ジューイッシュ・マザー」と通底する要素がある。

一九九三年三月、クリントン政権が始動してまもなく、フロリダ州で中絶医が射殺される悲劇的事件が起こる。プロ・ライフ派による初めての中絶医殺人事件であり全米を震撼させた。一九七三年一月に連邦最高裁が人工妊娠中絶を合法とするいわゆるロウ判決を下してから既に二十年が経過していたが、アメリカでは中絶の是非を巡ってプロ・ライフ派（中絶反対派）とプロ・チョイス派（中絶容認派）の対立はむしろ激化していた。『スリーウイメン〜この壁が話せたら〜』（*If These Walls Could Talk* 一九九六）は、こうした中絶問題に揺れるアメリカ社会を背景にして製作された作品である。

この作品は、三部構成のテレビ放映用オムニバス映画で、第一部一九五二年、第二部一九七四年、第三部一九九六年と、およそ二十年間隔で女性を取り巻く社会環境の変化を描きながら中絶問題の根深さを描き出そうとする。シェール（Cher）が監督したその第三部の主人公クリスティーン・カレンは大学院生で担当教官の大学教授との不倫が原因で不幸な妊娠をする。大学教授は、彼女に同情は示すものの愛情は示さず、手切れ金を渡して関係を終わらせようとする。もちろん子供の父親になる意思もない。

一九六八年ローマ・カトリック教皇パウロ六世は、胎児は受精の瞬間から人間であり、中絶は人間の生命を断つ行為として禁止している。クリスティーンは厳格で敬虔なアイリッシュ・カトリックの家に育っており、中絶か否か、突然突き付けられる選択に苦悩する。中絶手術の専門クリニックに足を運びカウンセリングを受けるクリスティーンの相談相手となる看護師マーシアが、実はユダヤ系である。彼女は親身になってクリスティーンの悩みを聞き、中絶への不安を和らげようとする「リベラルで知的な頼れる女性看護師」と言える。しかし、彼女がユダヤ系であることは当初は実は分からない(4)。

中絶専門クリニックは、プロ・ライフ派から見れば「人殺しの館」にほかならず、その駐車場での大規模な抗議デモの最中に来院したクリスティーンは混乱に巻き込まれてしまう。やっとのことでクリニック内に彼女を招き入れたマーシアにプロ・ライフ派から、「キリスト教徒としてあなたは正しい行いをしているのか」と罵声が飛ぶ。そこでマーシアは潜在していたユダヤ性を突如顕在化させる。口元に微笑を浮かべマーシアは言う。「私はユダヤ人よ（I'm Jewish.）」と。過去から今日に至る様々な映画の中でも、ユダヤ人はしばしば差別や偏見の対象であった。そしてその場合、彼らは自分たちがユダヤ人である現実を嘆き、正体をむしろ隠蔽しようとした。自分自身がユダヤ人である事実を隠すことなくむしろ勝ち誇ったように言い放つマーシア的表象例は異色で反伝統的表象であり、他に類を見ない。

8 おわりに

ウディ・アレンについては多言を要しないだろう。自身もユダヤ系であるアレンの映画にはユダヤ人が頻繁に顔を出す。その意味ではユダヤの伝統や記憶が顕在もしているし、潜在もしている。代表作『アニー・ホール』（*Annie Hall* 一九七七）の主人公はアレン自身が演じる自画像的ユダヤ人である。アレンのみならず、ユダヤ系の特定の監督作には、ユダヤ系の登場人物がしばしば配されている。だが、アレンなどの有名な一部の映画人を除いて、一般の映画鑑賞者には監督や主演俳優の名前からだけでは、彼らがユダヤ系か否か即断できない部分がある。そもそも、そのようなエスニシティや設定に特段の意識を向けずとも映画は十分楽しめる。だがそれでもなお登場人物をエスニシティという観点から眺めることで潜在しているユダヤの伝統や記憶が浮かび上るケースがあることも確かだ。アメリカでは、あるいはアメリカ人であれば、さらに言えば同胞のユダヤ系アメリカ人であれば、作品のユダヤ的色彩を皮膚感覚で察知できるのかもしれない。監督や俳優のファミリー・ネーム、顔立ちや立ち振る舞い、かつて出演した映画の傾向や役柄から彼らがユダヤ系であることが自明ならば、ユダヤ性は既に顕在していると言える。そこにあるユダヤ人設定は言わずもがなのことなのだろうか。仮に映画評や解説にもその暗黙裡の前提が置かれているのであれば、日本人のような他者的鑑賞者には、本当の意味でのアメリカ映画鑑賞は非常に難しいものになるだろう。映画に現れるユダヤの伝統を示すアイテムや言動、ユダヤの記憶を伝える歴史や伝承への理解がより正確な鑑賞の手掛かりになることは間違いない。

注

(1) 前作の主人公の一人アフリカ系のスティーブン・ヒラーは、テスト飛行中に事故死したという設定で続編には登場しない。ホイットモア元大統領も登場するが、現大統領は女性大統領の設定である。中国系アメリカ人の登場人物の存在など、人物設定にもアメリカ国内の社会情勢やハリウッドを取り巻く環境の変化が見て取れる中、ユダヤ系の主人公設定は継続された。またデイヴィッドの父親ジュリアスも再登場するが、彼ら父子は共にユーモアがあり、こうした面でもユダヤ系の設定は機能していると言える。

(2) ボアズ・イェーキン監督作『しあわせ色のルビー』(*A Price Above Rubies* 一九九八)の主人公ソニア・ホロウィッツは、比較的若いユダヤ系の母親の表象例である。ただし、ソニアの場合は保守的なハシド派社会に生まれ育ちながら反伝統的なユダヤ人女性だ。

(3) アメリカ映画における「パワフルでタフなユダヤ人女性」表象の代表例は、自身がユダヤ系で有名なバーブラ・

ストライサンドが演じたシドニー・ポラック監督作『追憶』（*The Way We Were* 一九七三）のケイティ・モロスキーだろう。

（4）主人公のユダヤ性が潜在し、ユダヤ系であることが作品終盤までほぼ分からない例としてはカーティス・ハンソン監督作『イン・ハー・シューズ』（*In Her Shoes* 二〇〇五）がある。ユダヤ系姉妹の物語だが、結末部の姉の結婚式で行われるユダヤ伝統の「グラス割り」で主人公マギーがユダヤ系であることが明確化する。彼女を演じているのが、スペイン系のキャメロン・ディアスであることもユダヤ性が顕在化しない一因である。

参考文献

Antler, Joyce. *You Never Call! You Never Write! A History of the Jewish Mother*. New York: Oxford University Press, 2007.

Bartove, Omer. *The "Jew" in Cinema. From The Golem to Don't Touch My Holocaust*. Bloomington: Indiana University Press, 2005.

Epstein, Lawrence J. *American Jewish Films. The Search for Identity*. Jefferson: McFarland & Company, Inc., 2013.

Erens, Patricia. *The Jew in American Cinema*. Bloomington: Indiana University Press, 1984.

Greenburg, Dan. *How to be a Jewish Mother: a very lovely training manual*. New York: New American Library, 1967.

Kamen, Gloria, Lisa Wexler and Jill Zarin. *Secrets of a Jewish Mother*. New York: New American Library, 2011.

Rosten, Leo. *The New Joys of Yiddish*. New York: Three Rivers Press, 2001.

Yaffe, James. *The American Jews*. New York: Random House, 1968.

河野徹『英米文学のなかのユダヤ人』みすず書房、二〇〇一年。

フックス、エードゥアルト『ユダヤ人カリカチュア』羽田功訳、柏書房、一九九三年。

あとがき

本書は日本ユダヤ系作家研究会の活動の一部を成す共著出版企画二〇一八年度の成果である。本協会の過去数年の成果としては、二〇一二年『笑いとユーモアのユダヤ文学』（南雲堂）、二〇一四年『ユダヤ系文学に見る教育の光と影』（大阪教育図書）、二〇一五年『ユダヤ系文学と「結婚」』、二〇一六年『ホロコーストとユーモア精神』、二〇一七年『ユダヤ系文学に見る聖と俗』（以上、彩流社）がある。各書名が示すように「笑い」、「ユーモア」、「教育」、「結婚」、「ホロコースト」、「聖と俗」が研究・執筆の中心的テーマとしてそれぞれ設定されていた。そうしたキーワードの定義には毎回苦労するが、今回も例外ではなかった。今回のテーマは「記憶と伝統」。過去のキーワードと比べると、その全てを取り込むことが可能な言葉であり、包括的なテーマとなった。

「ユーモア」というテーマが過去二度に渡って取り上げていることからも分かるように、「一度扱ったから終わり」ということではなく、「一度扱ったけど、もう一度やる」という姿勢を本研究会は大切にしている。一度の企画、つまり一冊の共著で、そのテーマを論じ尽くすことなど所詮不可能だからである。ユダヤ系の枠組みの中であっても、そのテーマを一冊の本で消化しているわけでもなければ、関連する課題を網羅しているわけでもない。同じテーマに何度でも向き合い取り組む、大袈裟に言えば「何度でも食らいつく」ことが必要になる。過去のテーマと現在のテーマを往還し検証し、論じ直すことで精度が上がり、研究の拡大と深化も期待できるのではないか、という意図もある。執筆メンバーの交代によっても新たな視点の導入ができるし、執筆者が同じでも対象とする作家や作品が違えば、また違った角度からのアプローチも可能になる。野球に例えるなら、対戦相手が同じチームでも、こちらの先発メンバーを入れ替えれば違ったゲームプランが立てられる。打順を組み換え、守備位置を変えれば新たな試合展開も期待できよう。

今回の「記憶と伝統」というテーマの包括性は、過去の論集で取りこぼした論点や副次的に生まれた視点を拾いつつ、脆弱だった議論を補い、また新たに浮かび上がった更なる疑問を解決するためのキーワードとして有効に機能したと思う。ここ数年の研究会活動を見直すため「一歩下がった」感じもあるが、「一歩下がる」ことで視野が広がった面もある。だが、いずれにせよ最終的な「試合結果」を判断するのは読者諸賢であることは言うまでもない。

今二〇一八年は、平成三十年である。平成という元号は天皇陛下の退位が決定している関係上、三十一年で終わる。いわゆるワン・ジェネレーションである。昭和に比べれば約半分の歴史しかない。

だが、そこにはバブルの崩壊（平成三年）があり、地下鉄サリン事件（平成七年）があった。そして日本の国土は、阪神・淡路大震災（平成七年）や東日本大震災（平成二十三年）という未曽有の天災に見舞われた。「平成の記憶」は将来こうした事件や災害と共に語られるだろう。そして何より、平成の三十年間で社会はネットに覆い尽くされた。一方、西暦で考えれば二〇一八年であり、ミレニアム単位の違う長さの物差しも同時に横たわる。平成の間に二十世紀は終わり、二十一世紀が始まった。国外では一九八九年にベルリンの壁の崩壊（平成元年）があり米ソ冷戦が終結を見た。だが湾岸戦争（一九九一年／平成三年）や九・一一（二〇〇一年／平成十三年）、イラク戦争（二〇〇三年／平成十五年）が起こり「戦いの世紀」と呼ばれた二十世紀は終わりを告げないまま二十一世紀になだれ込み、テロリズムが台頭する。リーマン・ショックが起こった二〇〇八年（平成二十年）には、バラク・オバマがアフリカ系初の米国大統領に就任した。

時間の長さと関係する記憶や伝統は、その土台を形成する歴史とそこに在る時間感覚に影響されるに違いない。歴史の長さが必然的に歴史上の「今」の立ち位置や在り方を決めることになる。そして伝統の重みも記憶の尊さもそれに連動していく。二〇一八年はユダヤ暦にすると五七七九年である。五千年超の歴史とそれに向き合う時間感覚を持たなければユダヤ人の記憶と伝統の真の姿を見ることはできないのかもしれない。

最後に、本書の出版をご快諾頂いた彩流社の竹内敦夫社長、また編集者の若田純子さんに感謝の意を表したい。若田さんには、様々なアイデアや的確な助言を頂き、各論文の細部から装丁のデザインに至るまでお世話になった。本研究会としては、前述の『ユダヤ系文学と「結婚」』から四冊連続で面倒を見て頂いたことになる。この場を借りて改めて厚く御礼を申し上げたい。

平成三十年（二〇一八年）晩秋

伊達　雅彦

執筆者紹介

（掲載順）

広瀬 佳司（ひろせ・よしじ） ノートルダム清心女子大学教授 ＊編者

著書：『増補版 ユダヤ世界に魅せられて』（彩流社、2019）、*Yiddish Tradition and Innovation in Modern Jewish American Writers*（大阪教育図書、2011）、*Shadows of Yiddish on Modern Jewish American Writers*（大阪教育図書、2005）、*The Symbolic Meaning of Yiddish*（大阪教育図書、2000）、『ユダヤ文学の巨匠たち』（関西書院、1993）、『アウトサイダーを求めて』（旺史社、1991）、『ジョージ・エリオットの悲劇的女性像』（千城、1989）。**共編著書**：『ユダヤ系文学に見る聖と俗』（彩流社、2017）、『ホロコーストとユーモア精神』（彩流社、2016）、『ユダヤ系文学と「結婚」』（彩流社、2015）、『ユダヤ系文学に見る教育の光と影』（大阪教育図書、2014）、『笑いとユーモアのユダヤ文学』（南雲堂、2012）、『越境・周縁・ディアスポラ―三つのアメリカ文学』（南雲堂フェニックス、2005）、『ホロコーストとユダヤ系文学』（大阪教育図書、2000）など。**訳書**：『ヴィリー』（大阪教育図書、2007）、『わが父アイザック・B・シンガー』（旺史社、1999）。共訳、監修『新イディッシュ語の喜び』（大阪教育図書、2013）など。

佐川 和茂（さがわ・かずしげ） 青山学院大学名誉教授

著書：『青春の光と影―在日米軍基地の思い出』（大阪教育図書、2019）、『楽しい透析―ユダヤ研究者が透析患者になったら』（大阪教育図書、2018）、『文学で読むユダヤ人の歴史と職業』（彩流社、2015）、『ホロコーストの影を生きて』（三交社、2009）、『ユダヤ人の社会と文化』（大阪教育図書、2009）。**共編著書**：『ホロコーストとユーモア精神』（彩流社、2016）、『ユダヤ系文学と「結婚」』（彩流社、2015）、『ユダヤ系文学に見る教育の光と影』（大阪教育図書、2014）、『ゴーレムの表象―ユダヤ文学・アニメ・映像』（南雲堂、2013）、『笑いとユーモアのユダヤ文学』（南雲堂、2012）、『ユダヤ系文学の歴史と現在―女性作家、男性作家の視点から』（大阪教育図書、2009）、『ソール・ベロー研究―人間像と生き方の探求』（大阪教育図書、2007）など。

鈴木 久博（すずき・ひさひろ）　沼津工業高等専門学校教授

共著書：『ユダヤ系文学に見る聖と俗』（彩流社、2017）、『ホロコーストとユーモア精神』（彩流社、2016）、『ユダヤ系文学と「結婚」』（彩流社、2015）、『ユダヤ系文学に見る教育の光と影』（大阪教育図書、2014）、『笑いとユーモアのユダヤ文学』（南雲堂、2012）、『ユダヤ系文学の歴史と現在―女性作家、男性作家の視点から』（大阪教育図書、2009）、『日米映像文学は戦争をどう見たか』（金星堂、2002）。**論文**："Bernard Malamud's Works and the Japanese Mentality"（*Studies in American Jewish Literature* 第27号、2008）など。**共編訳書**：『新イディッシュ語の喜び』（大阪教育図書、2013）。

Gordon, Andrew M.（アンドリュー・ゴードン）

Empire of Dreams: The Science Fiction and Fantasy Films of Steven Spielberg, *Rowman and Littlefield*, 2008. (co-author, with Hernán Vera), *Screen Saviors: Hollywood Fictions of Whiteness*, Rowman and Littlefield, 2003. (Ed., with Peter L. Rudntsky), *Psychoanalyses/Feminisms*, State University of New York Press, 2000. *An American Dreamer: A Psychoanalytic Study of the Fiction of Norman Mailer*, Associated Universities Press/Fairleigh Dickinson University Press, 1980.

向井 純子（むかい・じゅんこ）　ノートルダム清心女子大学　＊訳

共著書：『越境・周縁・ディアスポラ―三つのアメリカ文学』（南雲堂フェニックス、2005）。**論文**："I. B. Singer: *Enemies, A Love Story*: Characters and Their Living Spaces"（ノートルダム清心女子大学修士論文、1999）、「I. B. Singer: The Slave―Jacobの旅に見るSingerのディアスポリズム」（『イマキュラタ』、2004）。**翻訳**：シンシア・オジック『異教のラビ』（『シュレミール』、2004）。**共訳書**：『イディッシュ語の喜び』（大阪教育図書、2013）。

井上 亜紗（いのうえ・あさ）　日本女子大学助教

論文："The Struggle for a Voice in Saul Bellow's *Dangling Man*"（『日本女子大学大学院文学研究科紀要』第25号、2019）、"The Narrator as Therapist: Narrative Therapy in Saul Bellow's *Herzog*"（『日本女子大学大学院文学研究科紀要』第23号、2017）、「Saul Bellowの*Humboldt's Gift*における他者について」（Veritas 第37号、2016）、"The Role of Comedy in Henry James's *Daisy Miller*"（Veritas 第36号、2015）。

秋田 万里子（あきた・まりこ）　日本大学・大正大学非常勤講師

共著書：『ホロコーストとユーモア精神』（彩流社、2016）。**共訳書**：『ユダヤ系文学に見る聖と俗』（彩流社、2017）。**論文**：「偶像打破のための想像力と解釈―Cynthia Ozick の *Heir to the Glimmering World* におけるテキスト解釈と継承の問題」（『多民族研究』第 10 号、2017）、"A Jewish Writer as an Oxymoron: Cynthia Ozick's Self-Contradiction in Story-Making in 'Usurpation' (Other People's Stories)"（*The Journal of the American Literature Society of Japan* 第 14 号、2016）、「反逆する『異物』―Cynthia Ozick's *Foreign Bodies*」（『多民族研究』第 7 号、2014）、"Representations of Space and Jewish American Immigration in Anzia Yezierska's *Bread Givers*"（『日本女子大学大学院文学研究科紀要』第 19 号、2013）など。

坂野 明子（さかの・あきこ）　専修大学教授

共編著書：『ホロコースト表象の新しい潮流―ユダヤ系アメリカ文学と映画をめぐって』（彩流社、2018）、『ゴーレムの表象―ユダヤ文学・アニメ・映像』（南雲堂、2013）、『ユダヤ系文学の歴史と現在―女性作家、男性作家の視点から』（大阪教育図書、2009）。**共著書**：『ホロコーストとユーモア精神』（彩流社、2016）、『ユダヤ系文学と「結婚」』（彩流社、2015）、『ユダヤ系文学に見る教育の光と影』（大阪教育図書、2014）、『笑いとユーモアのユダヤ文学』（南雲堂、2012）、『バード・イメージ―鳥のアメリカ文学』（金星堂、2010）、『文学的アメリカの闘い』（松柏社、2000）、『女というイデオロギー』（南雲堂、1999）、『映像文学に見るアメリカ』（紀伊国屋書店、1998）。**論文**：「フィリップ・ロスの 90 年代後半―歴史意識とユダヤ人意識の関係をめぐって」（『世界文学』第 104 号、2006）。

山本 玲奈（やまもと・れな）　大阪大学・近畿大学非常勤講師

論文：「『ハーツォグ』における女性たちの影響―演劇と手紙からの解放」（『シュレミール』第 17 号、2018）。

風早 由佳（かざはや・ゆか）　岡山県立大学准教授

共著書:『ユダヤ系文学に見る聖と俗』（彩流社、2017）、『ホロコーストとユーモア精神』（彩流社、2016）。**論文**：「ユダヤ系アメリカ詩人の描く結婚―断髪と離婚に着目して」（『神戸英米論叢』第28号、2015）、"Voice and Silence: An Analysis of Fred Wah's Visual Poetry"（『ペルシカ』第39号、2012）、"An Analysis of Racial Solidarity in Lawson Inada's Jazz Poetry"（『21世紀倫理創成研究』第5号、2012）、「詩、写真、身体―Fred Wahの*Sentenced to Light*における Image-text 分析」（『神戸英米論叢』第25号、2011）「アジア系アメリカ人の視覚詩を読む―文学的戦略としての沈黙」（『神戸英米論叢』第24号、2010）、"Dualism in Yone Noguchi's English Poetry"（『ペルシカ』第38号、2011）など。

奥畑 豊（おくはた・ゆたか）　ロンドン大学バークベック校大学院博士課程

論文：「冷戦の終わりに―ジュリアン・バーンズ『ポーキュパイン』とイアン・マキューアン『黒い犬』について」（『比較文学・文化論集』第36号、2019）、「ハリウッド、冷戦、家庭：Angela Carterの*The Passion of New Eve*における女性像の構築」（『英文学研究』第95号、2018）、"Utopian Visions in the Dystopian World: Angela Carter's *Nights at the Circus* as a Political Fantasy Novel" (*The British Fantasy Society Journal*, vol. 19, 2018)、"Language, Politics, and Taboo Memory: Harold Pinter's *The Caretaker* and *The Homecoming* as Post-Holocaust Dramas"（『言語情報科学』第14号、2016）、「死産するスタンリーと声の剥奪 ― ハロルド・ピンター『誕生日パーティー』試論」（『シュレミール』第15号, 2016）、「何かが起こる／何も起きない ― ハロルド・ピンター『温室』における風刺的イメージ」（『世界文学』第120号、2014）ほか。

中村 善雄（なかむら・よしお）　ノートルダム清心女子大学准教授

共編著書：『ヘンリー・ジェイムズ、いま―没後百年記念論集』（英宝社、2016）、『水と光―アメリカの文学の原点を探る』（開文社、2013）。**共著書**：『繋がりの詩学―近代アメリカの知的独立と〈知のコミュニティ〉の形成』（彩流社、2019）、『アメリカ文学における幸福の追求とその行方』（金星堂、2018）、『エコクリティシズムの波を越えて―人新世を生きる』（音羽書房鶴見書店、2017）、『ユダヤ系文学に見る聖と俗』（彩流社、2017）、『ホロコーストとユーモア精神』（彩流社、2016）、『ホーソーンの文学的遺産―ロマンスと歴史の変貌』（開文社、2016）、『身体と情動―アフェクトで読むアメリカン・ルネサンス』（彩流社、2016）、『ユダヤ系文学と「結婚」』（彩流社、2015）、『ユダヤ系文学にみる教育の光と影』（大阪教育図書、2014）、『越境する女―19世紀アメリカ女性作家たちの挑戦』（開文社、2014）など。

伊達 雅彦（だて・まさひこ）　尚美学園大学教授　＊編者

共編著書：『ホロコースト表象の新しい潮流―ユダヤ系アメリカ文学と映画をめぐって』(彩流社、2018)、『ユダヤ系文学に見る聖と俗』(彩流社、2017)、『ホロコーストとユーモア精神』（彩流社、2016)、『ユダヤ系文学と「結婚」』（彩流社、2015)、『ユダヤ系文学に見る教育の光と影』（大阪教育図書、2014 年)、『ゴーレムの表象―ユダヤ文学・アニメ・映像』（南雲堂、2013)。**共著書**：『アメリカ映画のイデオロギー―視覚と娯楽の政治学』（論創社、2016)、『アイリッシュ・アメリカンの文化を読む』（水声社、2016)、『映画で読み解く現代アメリカ―オバマの時代』（明石書店、2015)、『アメリカン・ロードの物語学』（金星堂、2015)、『エスニック研究のフロンティア』（金星堂、2014)、『亡霊のアメリカ文学―豊饒なる空間』（国文社、2012)、『笑いとユーモアのユダヤ文学』（南雲堂、2012)。**共訳書**：『新イディッシュ語の喜び』（大阪教育図書、2013）など。

索引

◆作家・作品名

か行

さ行

ザッカーバーグ、マーク（Mark Zuckerberg） 263-64
サトロフ、マリリン（Marilyn R Satlof） 121
『サムラー氏の惑星』（*Mr. Sammler's Planet*） 92, 97, 133
サリンジャー、Ｊ．Ｄ．（J.D.Salinger） 158
シェイクスピア、ウィリアム（William Shakespeare） 99, 100
シェイボン、マイケル（Michael Chabon） 37, 157-59, 164-67, 172, 174-76
ジェイムズ、ヘンリー（Henry James） 138, 144
『質屋』（*The Pawnbroker*） 94
『修理屋』（*The Fixer*） 68
『助手』（*The Assistant*） 70-73, 75, 81, 88
『ショールの女』（*The Shawl*） 137
シンガー、アイザック・バシェヴィス（Isaac Bashevis Singer） 16, 20-26, 31-38, 40-41, 49, 58, 63, 177, 181-82
『シンドラーのリスト』（*Schindler's List*） 100
「申命記」（“Deuteronomy”） 205
『信頼』（*Trust*） 138-40, 144, 147-49, 153-54
スタイナー、ジョージ（George Steiner） 223
スタイン、ガートルード（Gertrude Stein） 207
スタインバーグ、ミルトン（Milton Steinberg） 86
スタニスラフスキー、コンスタンチン（Konstantin Stanislavski） 116
ストッパード、トム（Tom Stoppard）
スピルバーグ、スティーヴン（Steven Spielberg） 110, 249-50
『スリーウイメン』（*If These Walls Could Talk*） 293
『聖なるものの技術者』（*Technicians of the Sacred*） 203, 218
セイファー、エレイン（Elaine Safer）
聖フランシス（St. Francis） 75
『そしてすべての川は海へ』（*All Rivers run to the Sea*） 21, 25
『そして世界は沈黙を守った』（*Un die Velt hot geshivign*） 16, 26, 28-29, 39

た行

ダイアン、コール（Diane Cole）
『誕生日パーティー』(*The Birthday Party*)　224-26, 230-31, 233, 237-40, 244-45
チャイルズ、ブレヴァード（Brevard S. Childs）　114
『宙ぶらりんの男』（*Dangling Man*）　114
ツェラン、パウル（Paul Celan）　19, 203
『積もりつもって』（*It All Adds Up*）
『手紙は憶えている』（*Remember*）　251, 256, 257, 261, 268
『テッド』（*Ted*）　287-89
『デトロイト・ロック・シティ』（*Detroit Rock City*）　290-91, 293
『大使たち』（*The Ambassadors*）　138
「天使レヴィン」（"Angel Levine"）　72
デンビー、デイヴィッド（David Denby）
ドラッカー、ピーター（Peter Drucker）　62

な行

『ナチュラル』（*The Natural*）　81
『ニューヨーク・ストーリー』（*New York Stories*）　289
ノグチ、イサム（Isamu Noguchi）　132
ノラ、ピエール（Pierre Nora）　113

は行

『灰から灰へ』（*Ashes to Ashes*）　224, 234, 237-38, 241-43
ハイデガー、マルティン（Martin Heidegger）　184
「はじめの七年」（"The First Seven Years"）　278
バタイユ、ジョルジュ（Georges Bataille）　198
『パーティーの時間』（*Party Time*）　224, 234, 237-38, 241
ハワード、レスリー（Leslie Howard）　125
『播種』（*Seeding & Other Poems*）　203, 214
『ビッグ・リボウスキ』（*The Big Lebowski*）　159
『ピッツバーグの秘密の夏』（*The Mysteries of Pittsburgh*）　157-58, 163

『否定と肯定』（*Denial*）　30, 263-65, 268-69
ヒトラー、アドルフ（Adolf Hitler）　163, 165, 255, 257-63, 266, 268
『ヒトラー　最後の12日間』（*Downfall*）　257, 260
『ビバリーヒルズ・コップ２』（*Beverly Hills Cop II*）　281
ピンター、ハロルド（Harold Pinter）　222-26, 230-31, 233-39, 241, 243-45
フォア、ジョナサン・サフラン（Jonathan Safran Foer）　184-85, 188, 196-97
フォスター、スティーヴン（Stephen Foster）　117
『普通の人々』（*Ordinary People*）　277-78
フックス、ダニエル（Daniel Fuchs）　115, 130
ブーディカ（Boudica）　265-66
ブラウン神父（Father Brown）　45, 47
ブラックバーン、ポール（Paul Blackburn）　208-10
ブラフ、ザック（Zack Braff）　284-85
フランク、アンネ（Anne Frank）　250
ブランショ、モーリス（Maurice Blanchot）　183-84, 198
「古い道」（“The Old System”）　92
ブルーム、ハロルド（Harold Bloom）　114
プローズ、フランシーン（Francine Prose）
『プロット・アゲンスト・アメリカ』（*The Plot Against America*）　166
『フンボルトの贈り物』（*Humboldt's Gift*）　103
ヘクト、ベン（Ben Hecht）　134
ベケット、サミュエル（Samuel Beckett）　236, 244
ベック、レオ（Leo Baeck）　236, 244
『紅はこべ』（*The Scarlet Pimpernel*）　125
『部屋』（*The Room*）　225
『ベラローザ・コネクション』（*The Bellarosa Connection*）　91-97, 99, 102, 110, 113-15, 133
ベロー、ジャニス（Janis Bellow）　113
ベロー、ソール（Saul Bellow）　25, 58, 63, 91-97, 100-1, 103-6, 113-15, 133, 177
『忘却』（*The Forgotten*）　17, 39
『ホテル・ニューハンプシャー』（*The Hotel New Hampshire*）　286-87

ポトク、ハイム（Chaim Potok） 63
ホームズ、シャーロック（Sherlock Holmes） 45
『ポーランド／1931』（*Poland/1931*） 203
ポロック、ジャクソン（Jackson Pollock） 130

ま行

マイアベーア、ジャコモ（Giacomo Meyerbeer） 254-55
『マーシーX』（*Marci X*） 291
マクルーア、マイケル（Michael McClure） 216-17
「魔法の樽」（"The Magic Barrel"） 75
『マラヴィータ』（*Malavita*） 280
マラマッド、バーナード（Bernard Malamud） 63, 67-70, 72, 75, 81, 88, 278
メルケル、アンゲラ（Angela Merkel） 262
メンデルスゾーン、フェーリクス（Felix Mendelssohn） 254-55
『もうひとつの生活』（*A New Life*） 68-71, 73, 77, 79-80, 83, 88
モシュコフスキ、モーリツ（Moszkowski, Moritz） 254-55
「モズビーの思い出」（"Mosby's Memory"） 92
モーセ（Moses） 152, 208, 216

や行

『山の言葉』（*Mountain Language*） 224, 234, 237-40
湯田豊 72, 74, 80
『ユダヤ教入門』（*The Complete Idiot's Guide to Understanding Judaism*）
『ユダヤ人の記憶、ユダヤ人の歴史』（*Zakhor: Jewish History and Jewish Memory*） 114
ヨブ（Job） 71-72
「ヨブ記」（"Book of Job"） 72, 118
『48時間』（*48 Hrs.*） 281

ら行

『理想の彼氏』（*The Rebound*） 282, 284-85

リップシュタット、デボラ・E（Deborah E. Lipstadt） 264-66
『レインマン』（*Rain Man*） 279
レヴィナス、エマニュエル（Emmanuel Lévinas） 183
レーガン、ロナルド（Ronald Reagan） 113
レセム、ジョナサン（Jonathan Lethem） 69
ロス、フィリップ（Philip Roth） 166, 177
ローズ、ビリー（Billy Rose） 99, 101-2, 123-26, 129-30
ローゼンタール、レギン（Regine Rosenthal）
ローゼンバーグ、ジェローム（Jerome Rothenberg） 201-8, 210-14, 217-19
ロルカ、フレデリコ・ガルシア（Frederico Garcia Lorca） 202

わ行
『わが心のボルチモア』（*Avalon*） 279-80
『我が闘争』（*My Struggle* (*Mein Kampf*)） 260
ワーグナー、リヒャルト（Richard Wagner） 255-56
ワラント、エドワード・ルイス（Edward Lewis Wallant） 94
『我々は決して死なない』（*We Will Never Die*）
『ワンダー・ボーイズ』（*Wonder Boys*） 158, 161-63, 176

◆事項・用語

あ行
アイデンティティ（identity） 69, 124, 138-39, 153-54, 161, 167, 172, 174-76, 183, 185, 198, 202, 226, 229, 231, 234-37, 245, 254, 276
安息日（Sabbath） 50, 225
イスラエル（Israel） 18, 24, 46-47, 52, 54-55, 58, 60, 116, 122, 129, 166, 170, 172, 175-77, 234-37, 249, 285
イディッシュ語（Yiddish） 20-21, 23-32, 40, 106, 174-76, 181-82, 202, 225
『大いなるユダヤの書』（*A Big Jewish Book*） 203-6, 208, 211, 213, 218-19
オルタナティブ・ファクト（alternative facts） 263, 266-67

か行
仮庵祭（Sukkot） 208
ガリチア（Galicia） 123, 126
ゴーレム（Golem） 36-40, 163-65, 176

さ行
サイモン・ウィーゼンタール・センター（Simon Wiesenthal Center） 263
ジューイッシュ・マザー（Jewish mother） 281, 283, 285, 289-91, 293
シュノーラ（schnorrer） 106
シュリマゼル（shlimazl） 69-74, 88
シュレミール（shlemiel） 69-75, 77, 79, 88, 283
ショアー（大虐殺）（Shoah）
過越祭（Passover） 46, 160-62, 176

た行
第二次世界大戦（World War Ⅱ） 17, 23, 94, 138, 144, 149, 166, 181, 183, 196, 221, 287
タナハ（Tanakh） 205
タルムード（Talmud） 19, 41, 48, 53, 59, 63
中絶（abortion） 168, 173, 293-94
ディアスポラ（the Diaspora） 119, 123-24, 202, 219
トーラ ―（Torah） 59, 74, 205-6

な行
ナチス（Nazis） 98, 101, 125, 143, 163, 165-66, 183-84, 238, 243, 250-56, 258-62, 266-67, 273, 278, 287
ネイビーム（予言の書）（Nevim） 205-6

は行
ハシド主義（ハシディズム）（Hassidism） 16, 19, 23-24, 31-35, 40
ハシド派（Hassid） 32, 58, 167, 169, 280

ハックニー（Hackney）　222, 226, 235
ハリウッド（Hollywood）　115, 124, 276, 288
バル・ミツヴァ（bar mitzvah）　222
反ユダヤ主義（anti-Semitism）　18, 28, 68, 166, 255, 276, 279, 287-89
ビート・ジェネレーション（the Beat Generation）　208, 216
プロパガンダ（propaganda）　260, 262, 266
ヘブライ語（Hebrew）　24, 26, 40, 49, 59, 114, 154, 174-76, 182, 204, 206, 225, 235, 253
ポスト・トゥルース（post-truth）　30, 261, 264, 268
ホロコースト（the Holocaust）　16, 18-26, 30, 40, 49, 58, 68, 92-97, 100-2, 106-8, 110, 114-16, 118, 123-26, 128, 130, 132-33, 137, 139, 143, 145, 147, 149, 151-152, 154-55, 163-64, 166, 168, 175, 183, 203-4, 221-24, 237-38, 241, 243-45, 249-53, 256-58, 261, 263-69, 273, 287-88

ま行

マッカーシズム（McCarthyism）　69
ミニマリズム（minimalism）　286

や行

ユダヤ教（Judaism）　24, 32-34, 45-49, 51, 54, 58, 61, 63-64, 67, 70, 74-77, 79-81, 86, 88, 139, 141, 149, 154, 160, 208, 226, 236, 275, 290, 293
ユーモア（humor）　20, 25, 47, 96, 193, 286-88, 293
ヨム・キプル（贖罪の日）（Yom Kippur）　21, 81, 226

ら行

ラビ（rabbi）　21, 32-33, 35-36, 38-39, 46-51, 53-56, 58-61, 63, 75, 105-6, 116-17, 119, 122, 132, 185, 188, 207, 226
冷戦（the Cold War）　113, 132
ロイヒター・リポート（The Leuchter Report）　266

わ行

ユダヤの記憶《きおく》と伝統《でんとう》

2019年4月15日　第1刷発行　　定価はカバーに表示してあります。

編著者　広瀬佳司
伊達雅彦
発行者　竹内淳夫

Sairyusha

発行所　株式会社彩流社
〒102-0071 東京都千代田区富士見2-2-2
電話03（3234）5931　Fax 03（3234）5932
http://www.sairyusha.co.jp
e-mail sairyusha@sairyusha.co.jp
印刷　モリモト印刷（株）
製本　（株）難波製本
装幀　坂川朱音（朱猫堂）

ISBN978-4-7791-2574-4 C0098

ユダヤ系文学と「結婚」

広瀬佳司、佐川和茂、伊達雅彦 編著

結婚（そして離婚も）は誰にとっても一大事。ユダヤ系社会にあっては、結婚はさらに民族的・宗教的にも特別な意味を持ち、独特な風習が守られている。文学、映画からユダヤ人の結婚観を探る。

（四六判上製・二八〇〇円＋税）

ホロコーストとユーモア精神

広瀬佳司、佐川和茂、伊達雅彦 編著

ユダヤ人のジョーク好きは広く知られるところだが、大虐殺という極限状態を描くにあたって、作家らのユーモア精神はいかに機能したのか。文学作品や映画に探る。

（四六判上製・二八〇〇円＋税）

ユダヤ文学に見る聖と俗

広瀬佳司、伊達雅彦 編著

ユダヤ教という「聖」を精神的な核としながら、宗教を離れて生きる人々。「俗」にまみれた日々のなかでも失われない宗教的伝統。ユダヤ系文学の世界に、「聖」と「俗」の揺らぎを見つめる。

（四六判上製・二八〇〇円＋税）